Roberta de Falco
Ein ehrenwerter Tod

PIPER

Zu diesem Buch

Während herbstliche Stürme über Triest hinwegfegen, wird eine junge Frau aus der Ukraine brutal zusammengeschlagen und vor den Toren eines Klosters liegen gelassen. Da Commissario Benussi am Herzen operiert wird, müssen seine beiden Mitarbeiter Elettra und Valerio beweisen, was in ihnen steckt. Doch viel können sie über Julija, so der Name des Opfers, nicht herausfinden, nur dass sie kürzlich ein Baby verloren hat – ob ungewollt oder nicht, wissen sie nicht, denn Julija liegt im Koma. Kurz darauf wird eine vierundsechzigjährige Touristin im Park einer Villa erstochen. Hat derselbe Täter erneut zugeschlagen? Sämtliche Hinweise führen zu dem Bed & Breakfast, in dem die Amerikanerin übernachtet hat, beziehungsweise zu den anderen amerikanischen Gästen dort. Doch alle Verdächtigen haben für die Tatzeit ein hieb- und stichfestes Alibi …

Roberta de Falco ist das Pseudonym einer erfolgreichen Drehbuchautorin, die mit den Großen des italienischen Kinos zusammengearbeitet hat. Sie lebt in Triest, Rom und Orvieto. »Ein ehrenwerter Tod« ist ihr vierter Kriminalroman um Commissario Benussi.

Roberta de Falco

EIN EHRENWERTER TOD

Ein Triest-Krimi

Übersetzung aus dem Italienischen
von Sigrun Zühlke

PIPER

Mehr über unsere Autoren und Bücher:
www.piper.de

Von Roberta de Falco liegen im Piper Verlag vor:
Die trüben Wasser von Triest
Gute Zeiten für schlechte Menschen
Schuld vergisst nicht
Ein ehrenwerter Tod

FSC
www.fsc.org
MIX
Papier aus verantwortungsvollen Quellen
FSC® C083411

Ungekürzte Taschenbuchausgabe
ISBN 978-3-492-31401-5
November 2018

Titel der italienischen Originalausgabe:
»Non è colpa mia«, Sperling & Kupfer, Mailand 2016

erschienen im Verlagsprogramm Pendo
Umschlaggestaltung: U1berlin/Patrizia Di Stefano
Umschlagabbildung: Sandro Orefice und Jon Cartwright/
Getty Images; renphoto/istockphoto
Satz: Satz für Satz, Wangen im Allgäu
Gesetzt aus der Life
Druck und Bindung: CPI books GmbH, Leck
Printed in the EU

Und wenn es auf der Erde keine Stille gäbe,
der Schneefall hat sie sich schon erträumt.
Du bist allein. Kaum Gesten. Nichts zur Schau.

Vladimir Holan, Der Schnee

DIE PERSONEN

ETTORE BENUSSI, Kommissar der Kriminalpolizei Triest
ELETTRA MORIN, Inspektorin der Kriminalpolizei
VALERIO GARGIULO, Inspektor der Kriminalpolizei
ROSANNE GUARNIERI, Staatsanwältin
TULLIO CERRI, Gerichtsmediziner und Freund von Ettore Benussi

CARLA BENUSSI, Psychologin, Ettore Benussis Frau
LIVIA BENUSSI, Tochter von Ettore und Carla Benussi
PATER FLORENCE, Kapuzinermönch, Leiter eines Offenen Hauses in Triest
VIOLETA AMADO, brasilianische Mitarbeiterin von Pater Florence

DAVID HUTCHINSON, emeritierter Professor der Theoretischen Physik am ICTP Triest
GIACOMO HUTCHINSON, Sohn von David Hutchinson
GAIA CORTONA, Ehefrau von Giacomo Hutchinson
ASIA HUTCHINSON, Tochter von Giacomo Hutchinson und Gaia Cortona
RICHARD NOBLE, Student

HUGO NEWMAN, amerikanischer Journalist
JULIJA ROSTOWA, junge Frau aus der Ukraine
BORIS ROSTOW, Ehemann von Julija Rostowa
LUIGI UND ADELE CROFF, Arbeitgeber von Julija
ELISEO RUIZ, Filipino, Faktotum im Hause Hutchinson
CORAZÓN RUIZ, Ehefrau von Eliseo Ruiz, Hausmädchen bei den Hutchinsons
DOTTOR MARIUS, Obdachloser
DON RENZO, Priester von Gretta

1

Inspektorin Elettra Morin hatte kein Auge zugemacht. Und nicht nur wegen der Bora, die sich die ganze Nacht über erbittert gegen die alten Fenster ihrer Einzimmerwohnung in der Via Tigor geworfen hatte.

Schuld war ihr Kollege Valerio Gargiulo, der wie ein betrunkener Husar schnarchte. Sie hätte ihn geweckt, aber sie wusste, dass es nutzlos war. Es wäre ihm nur unendlich peinlich gewesen. Schließlich war sie es gewesen, die nach dem Essen darauf bestanden hatte, dass er über Nacht blieb. Sie hatten beide zu viel getrunken, und das Resultat war dieses großartige Konzert aus Zisch-, Grunz- und Röchellauten, das sie über Stunden wach gehalten hatte.

Sie beschloss, noch ein wenig zu lernen. Der interne Kommissarlehrgang stand bevor, und sie hoffte, es dieses Mal wirklich zu schaffen. Wenn sie bestand, würde sie wahrscheinlich Triest verlassen müssen, das war ihr klar. Den hitzköpfigen und empfindlichen Commissario Ettore Benussi, ihren Vorgesetzten, konnte sie bestimmt nicht verdrängen, auch wenn er seit Jahren schon von der sehnlichst erwarteten Pensionierung redete. Er würde es niemals ertragen beiseitezutreten.

Doch die Vorstellung war ihr gar nicht mal so unangenehm.

Triest wurde ihr allmählich zu eng.

Ihr ganzes Leben wurde ihr allmählich zu eng.

Die Beziehung zu Valerio, die in Wirklichkeit wesentlich besser lief, als sie es jemals erwartet hätte, war an einer schicksalsträchtigen Klippe angelangt: Ein »Qualitätssprung« musste her. Nach zwei Jahren Beziehung »ohne Verpflichtungen« begann Gargiulos sprichwörtliche neapolitanische Geduld fadenscheinig zu werden.

Was Laura betraf, ihre leibliche Mutter, die sie erst jüngst wiedergefunden hatte, so schwankten Elettras Gefühle zwischen Schuld und dem dringenden Bedürfnis, die Flucht zu ergreifen. War es nicht Mutter Teresa gewesen, die gesagt hatte, dass mehr Tränen vergossen werden wegen erhörter Gebete als wegen unerhörter? In Wahrheit hatten Tränen eigentlich nichts damit zu tun, was sie gegenüber dieser Fremden empfand, die jahrelang ihre Fantasie beschäftigt hatte. Da waren Enttäuschung, Fremdheit, Unduldsamkeit. Alles Gefühle, die ihr keine Ehre machten, das wusste sie, aber sie wurde sie nicht los. Umso weniger, als besagte Erzeugerin im Gegensatz zu ihr ganz begeistert darüber schien, die verlorene Tochter wiedergefunden zu haben, und sie per WhatsApp mit Herzchen und Emojis überschüttete, die ihre Nerven aufs Äußerste strapazierten.

Das Klingeln des Telefons riss sie aus ihren Gedanken. Sie sah auf die Uhr. Es war kurz nach sieben.

»Ja, Pitacco? Wo? In Ordnung, ich bin gleich da. Ja, ich benachrichtige den Commissario.«

Valerio war bereits auf den Beinen, vom Läuten des Telefons geweckt, und zog sich an.

»Ein Mädchen wurde halb tot aufgefunden.«

»Wo?«

»Bei Pater Florence.«

»Gib mir zwei Minuten.«

Valerio ging ins Bad, während Elettra ihren Vorgesetzten anrief.

Es war der letzte Tag im Oktober, und die Kälte begann sich bemerkbar zu machen.

Seit einiger Zeit fühlte Kommissar Ettore Benussi sich nicht gut. Ohrensausen, Schwindel und Übelkeit machten ihm zu schaffen, sodass er noch reizbarer und unduldsamer wurde als ohnehin schon. Seiner Frau Carla hatte er nichts davon gesagt, weil er ihre Neigung, sich als Krankenschwester zu betätigen, fürchtete. Sie würde ihn sofort zum Blutbild schicken, und er ließ sich nicht gern piksen. Er wusste, dass es lächerlich war, aber wenn er nur eine Nadel sah, war er schon nah an einer Ohnmacht.

Der Reflex war einfach stärker als er.

An diesem Morgen hatte er jedoch einen gehörigen Schreck bekommen, als er im Bad das Gleichgewicht verloren und zu Boden gestürzt war, nachdem ihm ein stechender Schmerz ins rechte Bein gefahren war. Genau an der Stelle, an der er es sich vor zwei Jahren gebrochen hatte, als er einen jungen Mann zu retten versucht hatte, der sich umbringen wollte.

Nur mit großer Anstrengung, verstärkt noch durch die Leibesfülle, die ihm die einfachsten Bewegungen erschwerte, gelang es ihm, wieder auf die Beine zu kommen. Schnaufend ließ er sich auf den Toilettensitz fallen.

Mit einem tiefen Seufzen betrachtete er sich im Spiegel. Nach einem halben Jahrhundert ehrenvollen Dienstes bei der Polizei – was war nur aus dem ehrgeizigen, allseits gefürchteten Commissario Ettore Benussi von der Kriminalpolizei Triest geworden?

Das, was er da vor sich sah.

Ein hässlicher Mann von sechzig Jahren, das Haar spärlich und angegraut, die Haut von schrecklichen dunklen Flecken durchzogen und, was noch deprimierender war, schon wieder in einem Meer aus kompaktem Fett ersoffen; den ewigen Kampf gegen die Waage hatte er unwiderruflich verloren. Ein gescheiterter Schriftsteller, der sich der Illusion hingegeben hatte, seinem Leben mit dem Schreiben – und erfolgreichen Veröffentlichen – eines Kriminalromans eine Wendung geben zu können, welcher jedoch vollkommen unbeachtet geblieben war. Nach Erscheinen war er sofort untergegangen in der Masse vergleichbarer Bücher, die den aufgeblähten Buchmarkt überschwemmten. Ein unzulänglicher Vater einer höchst komplizierten Tochter, die mit achtzehn Jahren nichts wollte als Triest verlassen, ansonsten aber nicht die geringste Vorstellung davon hatte, was sie mit ihrem Leben anfangen könnte. Ein enttäuschender Ehemann für Carla, seine Frau, der es, nach einer traumatischen Entführung durch einen Verrückten, wie vielen anderen Frauen gelungen war, sich aus der Asche zu erheben und sich mit noch mehr Energie und Einsatz ins Leben zurückzustürzen. Die Tatsache, dass sie ihn immer noch liebte, verstärkte seine Schuldgefühle. Was hatte er ihr denn zu bieten außer seiner ständig schlechten Laune und einem unbegründeten Groll gegen alles und alle?

Ein typischer Italiener.

Das war er.

Stets großzügig gegenüber eigenen Schwächen und intolerant gegenüber denen anderer; polemisch, verächtlich gegenüber seinesgleichen, die prinzipiell schuld waren an allen Missständen des Landes; Missstände, für die er sich, wie alle anderen Italiener auch, nicht im Mindesten verantwortlich fühlte.

»Ettore!« Die durchdringende Stimme seiner Frau riss ihn aus seinen nutzlosen Grübeleien.

»Ich bin im Bad!«, wollte er antworten, aber es wurde nur ein ersticktes Röcheln.

Carla schaute besorgt herein. Sie sah, wie er zittrig im derangierten Schlafanzug auf der Toilette saß, blass und zerzaust.

»Was ist denn mit dir passiert?«

Benussi räusperte sich und versuchte, den Schmerz im Bein zu überspielen.

»Nichts … wieso?«

»Du siehst schrecklich aus!«

»Es … ist nichts, mir … geht's gut.«

»Sicher?«

»Natürlich!«

Carla verbarg ihre Skepsis nicht, zog es aber vor, das Spiel mitzuspielen. »Morin hat angerufen, sie sagt, bei Pater Florence habe es einen Überfall gegeben.«

»Ich … ich komme!«

Seine Stimme klang erstickt und schwach. Carla drehte sich um und sah ihn an, verunsichert.

»Alles in Ordnung?«

Mit einer verärgerten Handbewegung forderte der Kommissar seine Frau auf hinauszugehen. »Aber klar, alles bestens … Nun geh schon.«

Als sich die Tür endlich schloss, versuchte er aufzustehen, indem er sich an der Wand abstützte. Kaum hatte er es mühsam in die aufrechte Position geschafft, spürte er, wie es ihn erneut zu Boden zog.

Alarmiert durch die Geräusche, steckte Carla abermals den Kopf durch die Tür. »Was ist passiert?«

»Der Kopf …«

»Was ist mit deinem Kopf?«

»Er dreht sich mir …«

»Stütz dich auf mich, ich helfe dir.«

»Nein, es ist … nichts …«, sagte er kaum hörbar.

»Hast du schon wieder eine Diät angefangen?«

»Ja …«, log er.

»Wahrscheinlich bist du unterzuckert. Komm, leg dich noch mal hin. Ich hole dir was zu essen.«

Während er sich fühlte wie Pinocchio gegenüber Geppetto, verließ der große Commissario Benussi das Badezimmer und zog es vor, sein Unwohlsein lieber darauf zurückzuführen, dass er zu wenig gegessen habe, als sich etwas wesentlich Beunruhigenderem zu stellen, dem er sich in keinerlei Hinsicht gewachsen fühlte.

Der Himmel über Triest war mit dicken Wolken bezogen, die alles andere als zuversichtlich stimmten. Die dunkle Bora, die die ganze Nacht gewütet hatte, zeigte keinerlei Neigung nachzulassen. Als reichte das noch nicht, hatte es auch noch angefangen, in Strömen zu regnen.

Valerio Gargiulo fühlte sich unwohl. Er fuhr nicht gern bei solchem Wetter. Außerdem ärgerte er sich über den vergangenen Abend. Er hätte nicht nachgeben dürfen, er hätte zum Schlafen nach Hause gehen sollen. Er ertrug seine Nachgiebigkeit gegenüber Elettra nicht mehr. Jeden Morgen beschloss er, dass es ihm reichte, dass er genug hatte von diesem Hin und Her, und jeden Abend, kaum dass sie vorschlug, gemeinsam zu essen, gab er nach, ohne es wirklich zu wollen. Später bereute er es.

Das war keine Liebe.

Das war eine Krankheit.

Er musste unter allen Umständen hier weg, eine Versetzung beantragen, diese unterkühlte und unzugängliche Stadt verlassen, die ihn vor vier Jahren verführt hatte, doch ohne ihm jemals das Gefühl vermitteln zu können, angenommen worden zu sein, genau wie seine Kollegin Elettra Morin. Er sehnte sich nach Wärme, nach Sonne, danach, sich an ein vertrautes Meer zu setzen, wo es vor Leben wimmelte, nach vertrauten Stimmen, danach, eine schöne warme Sfogliatella zu bestellen, ein paar Worte mit Freunden zu wechseln, vielleicht im Hintergrund irgendein geliebtes neapolitanisches Lied zu hören und sich von der schlichten Freude am Leben tragen zu lassen, die er als Student empfunden hatte. Alles, was ihn anfangs hierhergezogen hatte, war sowieso abgestorben angesichts der Ablehnung, die ihm entgegenschlug, und des Unwohlseins, das sein Herz umklammerte.

Nachdem er nur knapp einem vom Wind umgestürzten Motorroller hatte ausweichen können, fand er sich plötzlich einem Müllcontainer gegenüber, den der Wind mitten auf die Straße geschoben hatte. Das waren die Überraschungen der Bora: überall verstreute Hindernisse, die den Autofahrern das Leben schwer machten. Um einen Zusammenstoß zu vermeiden, riss er das Lenkrad herum und geriet dabei auf die Gegenfahrbahn.

»Pass auf!«, rief Elettra, die einen entgegenkommenden Bus sah. Erschreckt riss Valerio das Lenkrad gleich noch mal herum, mit minimalem Abstand fuhren sie aneinander vorbei.

»Madonne, chi tè muorto!«, fluchte er, während das Adrenalin durch seine Adern rauschte.

Elettra konnte sich ein Lächeln nicht verkneifen. Sie liebte es, wenn er auf Neapolitanisch fluchte. Es machte ihr gute Laune.

»Und du lachst auch noch. Fast wären wir tot gewesen!«, protestierte Valerio, bleich wie ein Leintuch. Elettra nahm seine Verärgerung wahr, zog es jedoch vor, sie zu ignorieren. Aber ihr war klar, dass sie das nicht mehr lange durchhalten würde.

Früher oder später würde sie eine Entscheidung treffen müssen.

Das Offene Haus, das von Pater Florence geleitet wurde, lag in San Vito, unweit von Elettras Wohnung. Seit Jahren schon arbeitete der brasilianische Ordensbruder – der sich allerdings nach einem Vierteljahrhundert, das er in der julianischen Stadt verbracht hatte, als *triestin patocco,* als echter Triestiner, betrachtete – daran, Nahrung und Obdach für all die Verzweifelten zu bieten, die ziellos in Triest umherstreiften.

Seit Beginn der Krise waren zu den Fremden auch einige Italiener dazugekommen, überwiegend Rentner an der Schwelle zur Armut, getrennt lebende Väter, Arbeitslose und ältere, nicht vermittelbare Arbeitslose, die dank eines neuen Gesetzes noch keine Rente beziehen konnten. Ein Meisterwerk der sozialen Ungerechtigkeit, das ganze Familien in Armut gestürzt und ihre mageren Ersparnisse aufgefressen hatte.

Elettra Morin bewunderte Pater Florence für die Energie und die positive Einstellung, mit der er seine Arbeit versah. Seine Art, den Glauben zu leben, bestand aus Handeln, Initiative und Urteilskraft. Er verstand es, sowohl autoritär und ernst als auch einladend und väterlich zu sein, je nachdem, was der Einzelfall erforderte. Er verurteilte nie, sondern hörte lieber zu. »Der größte Notstand heutzutage ist die Zerstreutheit«, hatte er einmal gesagt. »Niemand findet mehr Zeit, dem anderen seine Aufmerksamkeit zu schenken.«

Als die Inspektoren Morin und Gargiulo am Tatort eintrafen, der zwischen den Abfallcontainern hinter der Einrichtung lag, fanden sie Pater Florence über das Opfer gebeugt. Neben ihm stand eine etwa vierzigjährige, gut aussehende Frau mit dicht gelocktem Haar, die einen Schirm über beide hielt, um sie vor dem prasselnden Regen zu schützen.

Elettra stieg aus und rannte zu ihnen, während Valerio den Wagen parkte.

»Guten Morgen, Pater. Violeta …«

Die Frau lächelte traurig. Sie kannten sich schon lange. Violeta Amado war eine der vertrautesten Mitarbeiterinnen von Pater Florence. Wie er stammte sie aus Brasilien und war vor drei Jahren nach Triest gekommen, um die Geburtsstadt der Frau kennenzulernen, die sie in Rio de Janeiro adoptiert und aus der Favela gerettet hatte, in der sie geboren worden war. Am Ende war sie geblieben.

»Sie ist zusammengeschlagen worden«, sagte der Pater mit gequälter Miene. »Ich fürchte, es ist etwas gebrochen, sie bekommt nur schwer Luft … Ich habe sie nicht bewegt.«

»Sehr gut, der Rettungswagen ist auf dem Weg.«

Das Mädchen lag zusammengekrümmt auf der Seite, die Arme schützend über das verquollene, blutverkrustete Gesicht gelegt, die Beine voller Blutergüsse und Wunden. Zierlich, klein, blond, sah sie nicht älter als fünfundzwanzig aus. Elettra fiel ein kleiner Leberfleck links über der Lippe auf.

»Wisst ihr, wer sie ist?«

»Nur, dass sie Julija heißt. Sie kommt aus der Ukraine. Gestern kam sie zu uns und bat um Hilfe«, erklärte Violeta.

»Welche Art von Hilfe?«

»Sie sagte, sie sei in Gefahr und brauche einen sicheren Platz für die Nacht. Ich habe sie bei mir im Zimmer schlafen lassen.«

»Und sie hat nicht gesagt, wer sie bedroht?«

»Nein, sie war vollkommen verängstigt. Ich habe versucht, sie zum Reden zu bringen, aber sie wollte nichts sagen. Sie hat nur geweint. Ich hatte gehofft, dass sie mir heute Morgen etwas erzählt, aber als ich aufgewacht bin, war sie nicht mehr da.«

»Haben Sie sie nicht weggehen gehört?«

»Leider nein, ich schlafe nicht gut und hatte eine Schlaftablette genommen.«

Der Regen prasselte unbarmherzig auf sie herunter.

Der Rettungswagen traf ein, und die Sanitäter sprangen heraus, während Valerio den Tatort in Augenschein nahm und versuchte, mit dem Fotoapparat irgendwelche nützlichen Hinweise für die Ermittlungen festzuhalten, bevor der Wolkenbruch alle Spuren wegspülte.

Während das Mädchen eine orthopädische Halskrause angelegt bekam und auf die Trage gehoben wurde, suchte Elettra, schon völlig durchnässt, Schutz unter Violetas Regenschirm.

»Wer hat sie denn gefunden?«

»Rina, die Köchin. Sie hat sie hier liegen sehen, als sie zur Arbeit kam, halb versteckt zwischen dem Abfallcontainer für Plastik und dem für Glas. Anfangs hat sie sie für einen Müllsack gehalten.«

»Ich fahre mit«, sagte Pater Florence und zeigte dabei auf den Rettungswagen. »Ich möchte sie nicht allein lassen.«

Elettra schaute sich suchend um. Hoffentlich kam Benussi bald. Es war schon mehr als eine halbe Stunde vergangen, seit sie ihn angerufen hatte. Es sah ihm gar nicht ähnlich, sich so viel Zeit zu lassen.

»Der Commissario wurde aufgehalten«, erklärte ihr Valerio, als hätte er ihre Gedanken gelesen, während er mit dem Handy in der Hand zu ihr trat. »Er hat mich gerade angerufen. Ich habe die Staatsanwaltschaft informiert.«

»Gut. Also, gehen wir mal rein und hören uns um, ob vielleicht jemand was mitbekommen hat ...«

»Ich würde lieber ins Krankenhaus mitfahren«, schlug Valerio vor. »Falls das Mädchen wieder zu Bewusstsein kommt.«

Elettra hätte ihn gern aufgehalten, aber sie ertappte sich dabei, wie sie nickte. Sein Vorgehen war korrekt. Sie sah ihm nach, als er durch den Regen davonging, und fühlte sich unwillkürlich schuldig an etwas, das sie nicht akzeptieren wollte. Zum Glück gab es einen Fall aufzuklären, und das Privatleben, mit all seinen Forderungen und Widrigkeiten, konnte zurückgestellt werden.

2

Boston, 29. August 1965

I can't get no satisfaction …

Klasse, diese Rolling Stones! Ganz was anderes als die Schnulzen von Dean Martin oder Frank Sinatra, die aus dem Plattenspieler meiner Mutter plärren. Das ist richtige Musik, das ist pures Adrenalin, das direkt in die Adern geht. Mick Jagger ist eine Legende! Ich liebe ihn! Ich kann es kaum erwarten, diese Stadt voller Snobs hinter mir zu lassen und zu Paul und Rosy nach San Francisco zu gehen. Da passieren die abenteuerlichsten Sachen, und ich bin hier gefangen in einer Welt voller Mumien, die mich gruseln lässt.

Heute bin ich endlich, endlich achtzehn geworden. Erwachsen! Meine Mutter hat für heute Abend eine Cocktailparty zu meinen Ehren im Jachtklub meines Vaters organisiert und all die Sprösslinge der guten Gesellschaft der Stadt eingeladen, Leute, die ich noch nie leiden konnte. Ich habe versucht, ihr zu sagen, dass mich das nicht interessiert, dass ich keine Feier will, und schon gar nicht mit diesen Weichlingen, mit denen sie mich so gern sehen würde. Aber es war nichts zu machen.

»Du musst allmählich anfangen, dich mit jungen Leuten aus deinen Kreisen anzufreunden«, wiederholt sie seit Monaten gebetsmühlenartig. Was für ein Unsinn, diese verdammten Kreise! Ich hasse es, wenn sie so redet. Sieht sie denn gar nicht, wie sich gerade alles ändert? Wir ertragen diese ganzen absurden Regeln nicht mehr, diese Konventionen, diese Heuchelei. Wir ertragen keine leeren Autoritäten mehr. Tausende von jungen Leuten lassen sich seit gut fünf Jahren in Vietnam in einem sinnlosen Krieg ermorden. Gestern ist Bob gestorben, der große Bruder von Susan, einer meiner Schulkameradinnen. Er wollte nicht in den Krieg, er war einer von denen, die öffentlich den Einberufungsbescheid verbrannt haben, aber sie haben ihn trotzdem gezwungen. Du musst deine Pflicht tun! Aber was für eine Pflicht ist denn das? Die, unbewaffnete Zivilisten zu erschießen? Mein Gott, wird denn dieses nutzlose Massaker an Unschuldigen nie ein Ende finden? Für meine Familie ist es natürlich ein gerechter Krieg. Sie hassen die Kommunisten und haben Angst, dass, wenn die Vereinigten Staaten Südvietnam nicht unterstützen, die Roten Khmer bei uns einmarschieren. Was für ein Blödsinn. Ich fange gar nicht mehr davon an, es nützt ja sowieso nichts. Ich muss nur weg von hier, so bald wie möglich weg.

Mein Vater hat sich nicht die Mühe gemacht, extra aus Miami zu kommen, aber dagegen hab ich nicht unbedingt was. Im Gegenteil. Er hat mir ein Übelkeit erregendes Telegramm geschickt, mir ein Leben voller Erfolg und Glück gewünscht. Was für ein Arschloch. Natürlich vor allem Erfolg und erst in zweiter Linie Glück. Aber was nützt einem der Erfolg, wenn man dann so ein Scheißleben hat wie sie? Ich will glücklich sein, der Erfolg geht mir am Arsch vorbei. Aber wie sollte er mich auch verstehen? Er weiß ja kaum, wer ich bin, ich bin ihm überhaupt nicht wichtig. Familie ist für ihn nur dekoratives Beiwerk. Er ist so wenig wie möglich zu Hause, gerade lang genug, um den Schein zu wahren. Er erträgt meine Mutter nämlich auch nicht, aber weil sie zu einer der einflussreichsten Familien in Boston gehört und ihm für seine Arbeit als Schiffsmakler nützlich ist, tut er so, als wäre alles in schönster Ordnung. Abgesehen davon wollen sie ja beide das Gleiche. Von Party zu Party treiben, in einer mondänen Welt Small Talk machen, möglichst mit einem Glas Champagner in der Hand.

Eine Tochter wie mich zu haben – die einzige Tochter auch noch – muss für beide eine Enttäuschung gewesen sein, ich kenne sie doch. Sie haben von einer affektierten Prinzessin geträumt, mit der sie auf ihren Partys prahlen können, und stattdessen haben sie eine störrische Hippiebraut bekommen, die zu allem Überfluss auch noch ein bisschen kurzsichtig ist. Meine Mutter hätte es am liebsten, wenn ich Kontaktlinsen tragen würde – um deine schönen grünen Augen besser zur Geltung zu bringen, wie sie immer sagt –, aber ich liebe meine Schildpattbrille, hinter der ich mich geschützt und unsichtbar fühle.

Zum Glück ist es mir gelungen, Mary, meine beste Freundin, zu überreden, zu der Cocktailparty zu kommen. Meine Mutter wollte das nicht, sie gehört nämlich nicht zu »unseren Kreisen«, hat sie mir gesagt. Die anderen Gäste würden sich in ihrer Gegenwart unwohl fühlen. Aber ich habe darauf bestanden, es ist schließlich mein Geburtstag, und wenn es ihr wirklich so viel bedeutet, dass ich bei diesem Affentheater mitspiele, dann muss Mary unbedingt dabei sein, auch wenn sie dick ist und schwarz. Mary ist der aufgeweckteste Mensch, den ich kenne. Und sie war es auch, die mir gesagt hat, dass ich für mein Leben kämpfen muss. »Du musst diesen goldenen Käfig verlassen, bevor er dich verschlingt. Du verdienst was Besseres.«

Heilige Worte.

3

Rosanna Guarnieri, die für den Fall des überfallenen Mädchens zuständige Staatsanwältin, hatte Benussis Vorschlag zugestimmt, sich zunächst bei ihm zu Hause, in der Salita Promontorio, zu einer Vorbesprechung mit den beiden Inspektoren Morin und Gargiulo zu treffen.

Das leichte Unwohlsein, das den Kommissar an jenem Morgen daran gehindert hatte, das Haus zu verlassen, sollte ihn unter keinen Umständen von diesem neuen Fall ausschließen. Die Staatsanwältin hatte nichts dagegen gehabt, auch weil kurz zuvor ein vertraulicher Anruf von Carla Benussi ihr die Lage erklärt hatte. Es war besser, dass ihr Mann sich ein paar Tage schonte.

Guarnieri und Benussi kannten sich schon seit Jahren, und auch wenn sie sich trotz der langen Zusammenarbeit niemals veranlasst sahen, sich das Du anzubieten, vertrauten sie einander. Seit einiger Zeit hatten sie sogar herausgefunden, dass sie sich sympathisch fanden, was sie niemals vermutet hätten. Misstrauen ist das primäre Gefühl des Menschen, und nicht nur seines. Man setze ein neues Huhn in einen Hühnerhof und beobachte, wie die alten reagieren: allgemeines Lärmen, Gackern und Flügelschlagen, um der Neuen klarzumachen, dass sie mitnichten erwünscht ist.

Die Staatsanwältin und der Kommissar waren weiß Gott nicht mit Hühnern zu vergleichen, und doch hatten sie einander lange Jahre misstraut, sich gegenseitig Nachlässigkeiten und Fehler vorgeworfen, die in Wirklichkeit eher ihrer persönlichen Enttäuschung über die Arbeit entsprangen, die sie sich ausgesucht hatten und die sich mit jedem Tag fragwürdiger und frustrierender darstellte, für beide.

Rosanna Guarnieri hatte kein glückliches Leben gehabt, allerdings mehr aus eigener Entscheidung denn aufgrund von Schicksalsschlägen. Sie hatte sich jung mit einem Studienkollegen verheiratet, von dem sie sich nach zehn Jahren trennte, ohne Kinder bekommen zu haben. Seitdem war ihr Leben der Arbeit gewidmet, der sie den größten Teil ihrer Tage und häufig auch der Abende zugestand, um nicht in ein viel zu großes, dunkles Haus zurückkehren zu müssen, in dem noch die Schritte und Streitereien ihrer bereits seit Jahrzehnten verstorbenen Eltern widerhallten. Nun, mit über sechzig, hatte sie gelernt, nichts vom Leben zu erwarten und ihre Aufgaben sorgfältig zu erfüllen, ohne sich allzu sehr über die spärlichen Resultate zu grämen.

»Also, was haben wir bisher über dieses arme Mädchen herausgefunden?«

Es waren bereits fünf Stunden vergangen, seit das Mädchen entdeckt worden war, und es galt, nicht noch mehr kostbare Zeit zu verlieren.

»Wir wissen nur, dass sie aus der Ukraine stammt und Pater Florence um Hilfe gebeten hat«, antwortete Morin mit einem Blick auf ihre Notizen. »Es sind weder bei ihr noch in ihrer Tasche Papiere gefunden worden. Nichts, was dazu beitragen könnte, sie zu identifizieren. Sie sagte, sie fühle sich in Gefahr und suche einen sicheren Platz für die Nacht. Vielleicht hat sie jemand bedroht. Aber sie hat nicht gesagt, wer das war …«

»Und niemand hat etwas gehört?«, fragte Benussi. »Kein anderer Gast?«

»Leider nein. Die Bora war heute früh sehr heftig, sie hat alle Geräusche überdeckt.«

Der Kommissar saß hinter seinem Schreibtisch. Er hatte wieder ein bisschen Farbe bekommen und musterte neugierig seine beiden Untergebenen, die es heute Vormittag offensichtlich vermieden, einander anzusehen, und sich so steif verhielten wie ausgestopfte Vögel. Diese beiden haben etwas zu verbergen, dachte er, bevor er sich wieder an Morin wandte.

»Nichts aus den Abfallcontainern?«

»Nichts. Wir haben sie im ganzen Viertel durchsucht. Die Kollegen weiten den Radius gerade aus.«

»Wir müssen herausfinden, warum sie die Unterkunft so früh verlassen hat. Wenn sie sich in Gefahr fühlte, hätte sie doch eigentlich bleiben müssen.«

»Vielleicht ist ihr derjenige, der sie bedroht hat, gefolgt. Oder er hat sie mit irgendwelchen Nachrichten auf dem Handy verschreckt«, mischte sich Guarnieri ein.

»Ich habe die Busfahrer befragt, die auf der Strecke fahren«, antwortete Morin. »Der Fahrer der Linie 30 hat gesagt, dass er gegen halb sieben morgens beinahe einen Mann auf einem schwarzen Motorrad überfahren hätte, der ihm wie ein Irrer gegen die Einbahnstraße entgegenkam.«

»Hat er erkennen können, um was für ein Motorrad es sich handelte?«

»Nur, dass es schwarz war, ohne Aufschrift. Er war nicht schnell genug, um sich das Nummernschild zu merken.«

»Und der Fahrer?«

»Der trug wohl eine schwarze Lederjacke. Ich habe den Busfahrer für heute Nachmittag in die Zentrale einbestellt, damit er seine Aussage unterschreibt, vielleicht bekommen wir noch etwas mehr aus ihm heraus.«

»Und das Mädchen?«

»Hat er nicht gesehen.«

Der Kommissar schloss die Augen, um einen leichten Schwindel zu verbergen. Er fühlte sich ganz und gar nicht gut, wollte sich dies aber auf keinen Fall anmerken lassen.

»Ispettore Gargiulo hat aber noch etwas anderes herausgefunden, im Krankenhaus«, sagte Morin. »Das könnte vielleicht wichtig sein.«

Benussi öffnete die Augen und starrte den neapolitanischen Polizisten gereizt an. »Ach ja? Und wie lange wollten Sie noch warten, um mir das zu sagen, Napoli? Bis Gras über die Sache gewachsen ist?«

Gargiulo lief bis unter den blonden Haarschopf rot an und räusperte sich. »Ich wollte es Ihnen gerade sagen … Es deutet viel darauf hin, dass das Mädchen vor Kurzem ein Kind geboren hat, vor weniger als einem Monat. Wir gleichen das gerade mit allen Krankenhäusern und Kliniken der Stadt ab, aber bis jetzt scheint keine Frau aus der Ukraine ein Kind zur Welt gebracht zu haben.«

Rosanna Guarnieri schöpfte neuen Mut. Das könnte eine interessante Spur sein. Vorausgesetzt, das Mädchen überlebte.

»Was sagen denn die Ärzte? Wird sie es schaffen?«

Gargiulo zuckte die Achseln. »Sie äußern sich noch zurückhaltend. Sie hat sehr schwere innere Verletzungen, sie mussten Uterus und Eierstöcke entfernen.«

Schweigen senkte sich über das Zimmer. Das würde ein

schwieriger Fall werden. Aber wann war ein Fall schon einmal einfach gewesen?

Rosanna Guarnieri kehrte zu Fuß in ihr Büro zurück. Sie fühlte sich niedergeschlagen. Der Regen hatte aufgehört und die Böen der Bora mitgenommen, die Stadt glitzerte unter der bleichen Oktobersonne.

Der Anblick der blutüberströmten jungen Frau, zusammengekrümmt, als wollte sie einen Fötus schützen, den es nicht mehr gab, hatte sie zutiefst erschüttert. Sie ertrug diese grundlose Gewalt nicht mehr, die überall ausbrach. Es bedrückte sie, dass die niedersten Instinkte anscheinend an die Stelle von Worten und rationalen Gründen traten, das Herz zählte nicht mehr. *Homo homini lupus.* Das war schon immer so, sie wusste es. Aber seit einigen Jahren hatte sich das ausgebreitet wie ein Ölfleck und erfasste auch immer mehr und immer unkontrollierbarer Menschen, die eigentlich ganz normal waren. Ja, war es nicht sogar so, dass die Normalität der Menschenschinder jedes Mal, nach jeder Bluttat, extra betont wurde, einem Mantra gleich? Menschen, die die Täter kannten, vielleicht Nachbarn, sprachen es in die Mikrofone: »Er war ein ganz normaler Mensch, niemand hätte sich das je vorstellen können.«

Sie hoffte inständig, dass sie ihn erwischen würde, diesen Bastard, der das Mädchen so zugerichtet hatte. Aber sie wusste auch, dass das nur wenig nützen würde. Abgesehen davon, ob er überhaupt bestraft würde – eine Verunsicherung, gegen die sie schon seit Jahren ankämpfte –, nichts und niemand würde dieser jungen Frau das Vertrauen in das Leben wieder zurückgeben können. Sie dachte an das gerade geborene Kind, das irgendwo auf sie wartete. Und spürte, wie sich ihr das Herz zusammenkrampfte.

Sie fröstelte unter ihrem Regenmantel.

Es war schon fast zwei. Sie merkte, dass sie Hunger hatte.

»Ich will nach New York gehen!«

Die Information wurde am Mittagstisch erteilt, ohne jegliche Vorankündigung.

Versunken in einen übergroßen schwarzen Pullover, der seit Wochen so etwas wie ihre zweite Haut war, schob Livia das Essen auf dem Teller hin und her, ohne es anzurühren, um unmissverständlich ihre Verachtung für dieses heuchlerische Ritual zu demonstrieren – das Essen im Kreis der Familie –, zu dem ihre Mutter sie gegen ihren Widerstand gezwungen hatte.

Carla Benussi schaute sie ungläubig an.

»Und was willst du machen?«

Eine absolut gerechtfertigte Frage, die jedoch die sowieso schon gereizte Tochter nur noch mehr reizte, sodass sie aufsprang und mit der Faust auf den Tisch haute.

»Machen, machen, machen! Immer muss man irgendwas machen, wenn's nach euch geht! Ich will aber mal gar nichts müssen. Ich will nur hier weg, mal was anderes sehen, endlich anfangen zu leben. Ich bin achtzehn. Auch ich hab das Recht, mal die Welt zu sehen, oder?«

Als Livia loslegte, überkam Benussi das unwiderstehliche Verlangen, ihr eins hinter die Ohren zu geben. Sosehr er sich auch bemühte, es gelang ihm nicht, Mitgefühl mit dieser Kreatur zu empfinden, die er in die Welt zu setzen mitgeholfen hatte.

»Und wie stellst du dir das vor? Wovon willst du denn leben?«, fragte er sie sarkastisch.

»Ich such mir einen Job, wie alle anderen auch.«

Ihr Vater klatschte spöttisch in die Hände. »Prima, sehr gut! Kompliment! Ich sehe schon, du bist bestens informiert.«

Carla blitzte ihn an. »Ettore!«

Doch Benussi hatte nicht vor, sich bremsen zu lassen.

»Wach auf, Livia. Die Welt ist nichts für Träumer. Sagt dir der elfte September etwas? Du hast keine Chance, mit einem Touristenvisum in Amerika Arbeit zu finden. Die Regeln sind verschärft worden, und wer jemanden ohne Arbeitserlaubnis anstellt, riskiert das Gefängnis. Wenn du wirklich die Welt sehen willst, fang mal an und verlass dein Zimmer. Du wärst überrascht. Da draußen gibt es noch andere menschliche Wesen aus Fleisch und Blut, die sind nicht virtuell.«

Livias blasses Gesicht wurde plötzlich feuerrot. »Du musst hier doch immer das Arschloch spielen!« Sie stürmte hinaus und knallte die Tür hinter sich zu.

»Musste das sein?«, fragte Carla. »Da hat sie einmal einen Plan …«

»Das nennst du einen Plan? Nach New York gehen! Wenn sie nicht mal Zeitung liest und ihr der Rest der Welt vollkommen egal ist, sie sich stattdessen immer nur von Facebook, Twitter oder ähnlichen Idiotien verblöden lässt, dann habe ich doch die Pflicht, ihr die Augen zu öffnen! Du hast sie viel zu sehr verwöhnt und beschützt, und guck, was dabei herausgekommen ist! Seit sie mit der Schule fertig ist, macht sie überhaupt nichts mehr. Sie verlässt das Haus nicht, sie liest nicht, sie wäscht sich nicht, sie zieht sich nicht an. Den ganzen Tag hockt sie in ihrem Zimmer und guckt diese verdammten Fernsehserien und träumt davon, dass jemand aus dem Bildschirm steigt und sie zu einer Hauptfigur in einem dieser Filme macht, die ihr den Kopf verdrehen!«

»Jetzt reg dich doch nicht so auf. Sie ist gerade mal achtzehn ... Da ist es normal, Träume zu haben.«

»Träumt sie von etwas? Begeistert sie sich für irgendwas, interessiert sie sich für etwas, irgendwas, das sie im Leben mal machen will? Nein, nichts. Gar nichts. Sie hat keine Freundin, da ist nicht mal die Spur eines Freundes. Als wären alle anderen da draußen ihrer Aufmerksamkeit nicht wert. Ich habe es satt, sie immer mit diesem beleidigten Schmollgesicht durchs Haus schleichen zu sehen. Soll sie doch nach New York gehen, wenn sie unbedingt will. Aber ich zahl ihr das Ticket ganz sicher nicht. Soll sie doch babysitten, soll sie sich erst mal hier was zu tun suchen, soll sie sich doch das Geld für die Reise verdienen! Das will ich doch mal sehen, ob sie sich so weit herablässt, die Prinzessin!«

»Reg dich nicht so auf, Ettore. Das tut dir nicht gut. Vor allem aber bringt es überhaupt nichts. Du hilfst deiner Tochter nicht dabei, erwachsen zu werden, und mich macht das auch ganz unglücklich. Beherrsch dich, bitte.«

Ein dumpfer Schlag hinter ihnen ließ sie beide zusammenzucken.

Carla sah Benussi an.

»Wo will sie denn hin?«

»Lass sie gehen. Vielleicht kommt sie ja zur Vernunft.«

Benussi fühlte, wie sein Herz raste. Vielleicht hatte er es tatsächlich ein bisschen übertrieben mit Livia, er durfte sich nicht so gehen lassen. Carla hatte recht, es führte zu nichts. Er stand auf, um an die Bar zu gehen. Er brauchte jetzt einen kleinen Grappa, die Szene hatte ihn angestrengt und er fühlte sich erschöpft.

Sobald er aufgestanden war, fühlte er sich in einen schwarzen Abgrund gezogen.

»Ettore!«, rief Carla, als sie ihn zusammenbrechen sah. »Ettore! Was ist denn los? Rede mit mir, mach mir keine Angst!«

Doch ihr Mann konnte sie nicht hören.

4

Die Identität der jungen Frau, die in Pater Florence' Einrichtung überfallen worden war, wurde am nächsten Morgen enthüllt, als ein sehniger Mann um die siebzig sich in der Polizeizentrale meldete, direkt nachdem er die Meldung in *Il Piccolo* gelesen hatte.

Inspektorin Morin war gerade aus dem Krankenhaus gekommen, in dem Kommissar Benussi aufgenommen worden war. Nach dem leichten Herzinfarkt, den er am Vortag erlitten hatte, war er stabil, doch es mussten noch einige Untersuchungen gemacht werden. Aufgewühlt von diesen Neuigkeiten, fiel es ihr schwer, wieder in ihre Rolle als Polizistin zurückzufinden. Die Vorstellung, dass ihr Vorgesetzter beinahe gestorben war, hatte sie, trotz ihrer Meinungsverschiedenheiten und der unzähligen Male, bei denen sie aneinandergeraten waren, verwirrt und schwach gemacht.

»Bitte«, sagte sie zu dem Mann, der sich ihr als Luigi Croff, Admiral a.D., vorgestellt hatte. Bevor sie das Gespräch begann, warf Elettra noch einen Blick auf ihr Smartphone. Valerio hätte längst da sein müssen, war aber offensichtlich aufgehalten worden. Und er hatte es vorgezogen, sie nicht darüber zu informieren.

Seit gestern Abend hatte sie nichts mehr von ihm gehört.

Erschöpft schaute sie den Mann an, der vor ihr saß. »Also, Sie sagten, Sie glauben zu wissen, wer das überfallene Mädchen ist …«

Luigi Croff nickte und zeigte ihr die Fotokopie eines ukrainischen Passes. »Es könnte Julija sein, die Pflegerin meiner Frau. Sie ist seit zwei Tagen verschwunden.«

Das Passbild zeigte eine ernste, müde junge Frau, deren Haar im Nacken zu einem Pferdeschwanz zusammengebunden war. Sie war es. Elettra erkannte sie an dem Leberfleck über der Lippe. Sie hieß Julija Rostowa, geboren in Kiew am 18. Februar 1990. Folglich war sie 25 Jahre alt.

»Ja, das ist die Person, die wir aufgenommen haben. Seit wann hat sie für Sie gearbeitet?«

»Erst seit zwei Wochen. Wissen Sie, meine Frau ist nicht mehr gut zu Fuß, und ich schaffe es alleine nicht mehr. Sie braucht rund um die Uhr Hilfe, und auch wenn es mir nicht gerade gefällt, Fremde im Haus zu haben, musste ich es einsehen. Unser Priester hat mir von dieser tüchtigen jungen Frau erzählt, die gerade erst gekommen war und einen Platz suchte. Ich sage Ihnen gleich, dass ich es noch nicht geschafft habe, sie anzumelden, sie war noch auf Probe …«

»Darf ich den Namen Ihres Priesters erfahren?«

»Don Renzo Rizzo.«

»Hatte sie Referenzen?«

»Nein. Aber sie machte einen vertrauenswürdigen Eindruck. Sie sah mir ganz vernünftig aus. Vielleicht habe ich einen Fehler gemacht, aber sie war so verzweifelt, sie brauchte so dringend eine Arbeit …«

»Und wie haben Sie sich verständigt?«

»Auf Italienisch. Das hatte sie in ihrem Land gelernt.«

»Hatte sie Besuch, während sie bei Ihnen wohnte?«

»Nein, da war niemand.«

»Telefonanrufe?«

»Nicht während der Arbeitszeit.«

»Hat sie Ihnen irgendetwas aus ihrem Leben erzählt? War sie verheiratet, hatte sie Kinder?«

»Sie hat nur gesagt, dass sie sehr traurig sei, weil sie vor Kurzem ein Kind verloren habe. Aber mehr wollte sie nicht sagen. Sie war sehr zurückhaltend.«

»Was hat sie denn nach Triest verschlagen? Das haben Sie sie doch bestimmt gefragt. Kannte sie hier jemanden?«

»Sie hatte über eine Freundin von Triest gehört, die vor Kurzem hergekommen war, so hat sie es zumindest gesagt. Die hatte ihr erzählt, dass es in Triest viele alte Menschen gibt, was unbestreitbar ist, und dass es daher auf jeden Fall Arbeit gebe ... Sie solle zu Don Renzo gehen, der würde ihr helfen.«

»Machte sie in den vergangenen Tagen den Eindruck, als bedrücke sie etwas?«

»Ja, irgendetwas hat sie beunruhigt. Aber sie hat uns nicht sagen wollen, was es war.«

»Hat sie sich sonst ungewöhnlich verhalten?«

»Sie war zerstreut, hat immer wieder geweint. Meine Frau hat versucht, mit ihr zu reden, aber sie wollte nichts sagen. Dann, vorgestern, ist sie verschwunden. Sie hat nach dem Essen das Haus verlassen und ist nicht wieder zurückgekommen.«

»Und Sie haben sich keine Sorgen gemacht?«

»Sie hat nur tagsüber gearbeitet, jedenfalls meistens. Die Abende hatte sie zur freien Verfügung. Wissen Sie, meine Frau geht früh zu Bett, und ich bleibe gern noch allein auf und sehe fern. Das ist die einzige Zeit, wo ich mal Ruhe habe.«

»Wollen Sie damit sagen, dass das Mädchen regelmäßig abends wegging?«

»Ja, natürlich. So war es vereinbart. Normalerweise kam sie vor Mitternacht zurück. Sie musste irgendwo Freundinnen haben oder, wahrscheinlicher, einen Freund. Warum auch nicht? Die Hormone kreisen, wenn man so jung ist.«

Elettra schaute ihn verblüfft an. Wie seltsam, so von jemandem zu sprechen, dem man seine Frau anvertraut hat.

»Und sie ist nie über Nacht weggeblieben, bevor sie verschwunden ist?«

»Nur einmal.«

»Hat sie Ihnen nicht gesagt, wo sie übernachtet hat?«

»Wir haben sie nicht danach gefragt«, antwortete Croff und wich ihrem Blick aus. »Es schien uns nicht angebracht.«

Es schien ihnen nicht angebracht? Der Mann war wirklich beunruhigend, dachte Elettra. Er hatte eine vollkommen Fremde angestellt, über die er nichts wusste, und machte sich auch keine Gedanken darüber, wo sie abends hinging und mit wem sie die Nächte verbrachte.

Es war unglaublich.

Irgendetwas an der ganzen Sache stimmte nicht.

»Hatte sie einen eigenen Schlüssel?«

»Sicher.«

Das sagte er, als sei es das Selbstverständlichste der Welt.

»Und Sie hatten keine Angst, dass sie ihn jemandem geben … ihn nachmachen lassen könnte? Immerhin wussten Sie ja überhaupt nichts über sie.«

»Uns reichte Don Renzos Wort.«

Es brachte nichts, weiter darauf herumzureiten, dieser Croff schien wie von einem anderen Stern. »Hat sie etwas in ihrem Zimmer zurückgelassen?«

»Ein paar Kleider, zwei oder drei Bücher und ein bisschen Zeug.«

»Gut. Sobald mein Kollege eintrifft, werden wir das Zimmer inspizieren. Wenn Sie sich noch einen Augenblick gedulden könnten, dann lasse ich Sie gleich noch Ihre Aussage unterschreiben.«

Während Elettra den Bericht fertigstellte, schaute sich Luigi Croff nachdenklich um. Vor dem Fenster konnte er ein Stückchen Himmel sehen, der von ein paar spärlichen Wolken bedeckt war.

»Haben Sie sich schon mal gefragt, warum alle vom Wetter reden, wenn sie sich treffen?«

Elettra hob neugierig den Blick vom Bildschirm.

»Um ehrlich zu sein, nein.«

»Weil es das Einzige ist, bei dem wir uns sicher sein können, einer Meinung zu sein.«

Elettra lächelte belustigt und tippte weiter.

Admiral Croff stand auf und stützte sich dabei mit einer Hand auf dem Tisch auf.

»Ah, meine armen Beine! Darf ich fragen, wie es dem Mädchen geht?«

»Nicht gut, sie musste operiert werden.«

Die klaren Augen des pensionierten Offiziers verschleierten sich. »Arme Julija«, sagte er. »Hoffen wir, dass sie es schafft. Meine Frau hat sie schon sehr liebgewonnen.«

Im selben Augenblick kam Inspektor Valerio Gargiulo mit besorgter Miene ins Büro.

»Mein Kollege, Ispettore Valerio Gargiulo«, stellte Elettra ihn kühl vor. Der greise Militär legte die Hand an die Schläfe, als salutierte er im Dienst.

»Admiral Luigi Croff.«

»Bitte, unterschreiben Sie hier«, unterbrach ihn Elettra und hielt ihm das Blatt hin, das gerade aus dem Drucker gekommen war.

»Zu Befehl«, scherzte Croff, während er sich vorbeugte, um die Unterschrift zu leisten.

»Vielen Dank, dass Sie gekommen sind. Wir kommen in etwa einer Stunde bei Ihnen vorbei«, schloss Elettra, während sie ihn verabschiedete.

»Gut. Ich mache Ihnen dann einen guten Caffè.«

Während der Admiral ging, schaute Valerio sie fragend an.

Elettra ignorierte seinen Blick.

»Wo bist du gewesen? Es ist schon fast zehn.«

»Ich hatte einen Notfall.«

»Und da konntest du dich nicht melden?«

»Ich habe Pitacco angerufen«, sagte Valerio schnell, vermied es jedoch, sie anzusehen. »Wer war der Typ?«

»Der Arbeitgeber des überfallenen Mädchens.«

»Ah, also wissen wir jetzt, wer sie ist?«

»Ja, sie heißt Julija Rostowa, ist fünfundzwanzig Jahre alt und erst vor etwas mehr als zwei Wochen nach Triest gekommen. Wir müssen mit dem Priester sprechen, der sie diesen Herrschaften empfohlen hat. Vielleicht steht er in Kontakt mit den Eltern.«

Valerio vermied es immer noch, sie anzusehen. Er schien sich unwohl zu fühlen.

»Was ist denn?«

»Pitacco hat mir gesagt, der Commissario liegt im Krankenhaus.«

»Ja. Er hatte gestern einen Herzinfarkt.«

»Und das konntest du mir nicht sagen?«

»Ich habe es erst heute Morgen erfahren.«

»Um wie viel Uhr?«

Elettra konnte ihre Beschämung nicht verbergen. »Ich komme gerade aus dem Krankenhaus, es geht ihm schon besser.«

Valerio kehrte ihr den Rücken zu und wandte sich zum Gehen.

»Wo willst du hin?«

»Mit dem Priester reden.«

»Vorher müssen wir uns erst noch das Zimmer des Mädchens ansehen ...«

»Wir sind doch nicht Dick und Doof. Inzwischen sind achtundvierzig Stunden seit dem Überfall vergangen. Wir können uns in aller Ruhe die Aufgaben aufteilen. Gib mir die Adresse von diesem Priester.«

»Valerio, jetzt sei doch nicht so ... Ich habe versucht, dich zu benachrichtigen, dein Telefon war aus.«

Sie schämte sich sofort für diese dreiste Lüge, aber ihn so feindselig zu sehen irritierte sie.

»Jetzt gib mir schon die Adresse von diesem verdammten Priester«, herrschte Valerio sie an und streckte die Hand aus.

Elettra schrieb etwas auf ein Blatt ihres Notizbuchs und riss es heraus. »Ich hab nur den Namen«, murmelte sie entschuldigend.

»Reicht dicke«, antwortete Valerio und steckte den Zettel ein.

Als Elettra hörte, wie die Tür hinter ihm zufiel, ließ sie sich in ihren Schreibtischstuhl fallen und schloss die Augen. Sie hasste es, sich schuldig zu fühlen.

»Na, Commissario, was machst du denn für Geschichten?«

Tullio Cerri, Gerichtsmediziner und ein alter Freund Benussis, gab sich scherzhaft, aber es gelang ihm nicht, seine Besorgnis zu verbergen.

Ettore Benussi versuchte ein schwaches Lächeln. Er fühlte sich erschöpft. Im Krankenhaus aufgewacht zu sein deprimierte ihn. Jetzt konnte er nicht einmal sich selbst vormachen – und erst recht nicht den anderen –, dass es ihm gut gehe.

»Wenn du dir ein bisschen Urlaub nehmen wolltest, um noch ein Buch zu schreiben, hättest du dir eine bessere Methode ausdenken können.«

»Wie geht es dem überfallenen Mädchen?«, fragte Benussi. Er wollte das Thema wechseln.

Cerri schüttelte amüsiert den Kopf. »Du lässt auch nie locker, was? Hast du Angst, die junge Morin schnappt dir den Job weg? Aber ganz ruhig, die Frau ist außer Gefahr. In ein paar Tagen wird sie entlassen.«

»Und wann darf ich hier wieder raus?«

»Morgen, aber du solltest dich dann noch ein bisschen schonen.«

»Wie lange?«

»Sagen wir drei, vier Wochen mindestens, bis zur OP.«

Benussi sah entsetzt seine Frau an, dann wandte er sich wieder dem Arzt zu.

»Operation?«, fragte er. »Was für eine Operation?«

Cerri warf Carla einen Blick zu, die ihn ermutigte fortzufahren. »Deine Herzkranzarterie ist so verstopft wie die Mautstation Trieste-Lisert im August. Da muss ein Bypass gelegt werden.«

»Und das wäre?«

»Nichts Schlimmes. Es wird ein Blutgefäß aus dem Bein entnommen und so eingesetzt, dass es eine Umleitung um die verstopfte Arterie ergibt.«

»Und das nennst du nicht schlimm?«

»Ganz ruhig, es ist ein Routineeingriff.«

»Von wegen Routine! Hier ist von meinen Adern die Rede, von meinem Bein, von meinen Herzkranzgefäßen!«

»... und von Jahren der Völlerei und Trinkgelage, die dir

jetzt die Rechnung präsentieren. Wie oft habe ich dir gesagt, dass diese ganzen Diäten vollkommen nutzlos sind? Du hast deinem Körper Berge an Fett und Zucker zugemutet, und das ist das Ergebnis. Zumindest wirst du jetzt gezwungen sein, darauf zu achten, was du isst, und dich regelmäßig zu bewegen, damit du den Eingriff besser verträgst. Sei froh, dass du nicht rauchst, sonst müsstest du dir das jetzt auch noch abgewöhnen.«

Je länger der Gerichtsmediziner sprach, desto bleicher und verängstigter wurde der Kommissar.

»Es reicht, Tullio«, griff Carla ein und legte ihm dabei eine Hand auf die Schulter. »Wir wollen doch jetzt nicht vorgreifen ...«

»Du hast recht, entschuldige. Als wäre ich ein mustergültiges Beispiel der Enthaltsamkeit. Wir haben schon ein paarmal richtig gut zusammen getrunken, was, Commissario! Vielleicht bin das nächste Mal ich dran, wer weiß. Klopfen wir auf Holz! Auf jeden Fall brauchst du dir keine Sorgen zu machen, Ettore, der Chefarzt ist einer der besten Operateure Europas, du wirst in besten Händen sein. Ich geh jetzt mal nach dem Mädchen sehen. Bis dann!« Mit einem Nicken verließ Tullio Cerri das Krankenzimmer.

Carla goss etwas Wasser in ein Glas und hielt es ihm hin. »Trink mal was, Ettore.«

Ihr Mann sah sie verängstigt an.

»Stimmt das, was Tullio da gesagt hat? Muss ich mich wirklich operieren lassen?«

»Leider ja. Der Herzinfarkt war eine Warnung. Wenn du auf mich gehört hättest und wir regelmäßig zur Kontrolle gegangen wären ...«

Benussi schloss seufzend die Augen. Carla wusste, welche Angst ihr Mann schon vor einer einfachen Spritze empfand. Und jetzt waren sie in erster Linie hier wegen seiner kindischen Weigerung, auch nur ein Blutbild oder irgendeine andere Laboranalyse machen zu lassen. Sie machte sich Vorwürfe, sein Unwohlsein in letzter Zeit nicht ernst genommen zu haben. Sie hätte sich durchsetzen müssen, ihn zwingen sollen, sich von Kopf bis Fuß durchchecken zu lassen. Aber wie Cerri ganz richtig gesagt hatte, nun war es zu spät. Es nützte nichts, sich jetzt aufzuregen.

»Morin ist heute Morgen vorbeigekommen, sie lässt dich grüßen. Sie sagt, sie wüssten jetzt, wer das Mädchen ist. Morgen kommt sie vorbei, um Bericht zu erstatten.«

Der Kommissar lächelte schwach über die Anteilnahme seiner Frau. Er wusste, dass sie versuchte, ihn von den Gespenstern seiner Fantasie abzulenken, indem sie mit ihm über die Arbeit sprach.

»Ach, Livia war auch hier.«

Benussis Miene verdüsterte sich. »Das von gestern tut mir leid. Vielleicht habe ich es wirklich ein bisschen übertrieben …«

»Du übertreibst immer. Aber ich will nicht sagen, dass du nicht recht gehabt hättest.«

Er streckte ihr die Hand hin. »Ich habe Angst, Carla.«

Seine Frau trat näher und setzte sich aufs Bett. Müdigkeit und Sorgen hatten auch auf ihrem Gesicht Spuren hinterlassen, aber sie versuchte ihm Mut zu machen, und drückte seine Hand.

»Wir haben schon Schlimmeres durchgestanden, Ettore. Das hier schaffen wir auch noch.«

5

Poona, 29. August 1975

Ich komme nicht mehr aus dem Bett.

Das Fieber verschlingt mich von innen heraus, und ich habe niemanden, dem ich wirklich etwas bedeuten würde. Ich hätte so gern etwas Wasser und Obst. Alle sind zur Morgenmeditation gegangen und haben mich hier allein gelassen.

Tolle Art, seinen achtundzwanzigsten Geburtstag zu feiern!

Ich muss hier weg. Ich ertrage das alles nicht mehr, Staub, Hitze, Insekten und Schweiß. Nach drei Jahren im Aschram weiß ich nicht mehr, wer ich bin oder was ich will, ich fühle mich nur noch als Gefangene des Chaos.

Jahrelang bin ich morgens früh aufgestanden, um zu meditieren, habe den Worten des Meisters gelauscht, habe die Vergangenheit hinter mir gelassen und mich von der Zukunft gelöst, habe die Ewigkeit durch mich hindurchfließen lassen, habe getanzt, gelacht und Liebe gemacht mit wer weiß wie vielen Menschen, habe geweint, mich umarmen lassen – von Leuten, vor denen ich mich oft ge-

nug geekelt habe –, und das alles nur, um Erleuchtung zu erlangen.

Aber welche Erleuchtung?

Ich versuche die Worte des Meisters zu wiederholen. »Nichts ist gut, nichts ist böse. Alles ist, was es ist. Entspanne dich. Eines Tages, wenn du es am wenigsten erwartest, wird dir das Gegenwärtige in seiner ganzen Herrlichkeit bewusst werden. Dann wird es keine Wolken mehr geben, keine Gedanken, keine Wünsche …«

Dieser Tag ist für mich nie gekommen. Es gab immer einen ganzen Haufen Wolken und Gedanken und Wünsche in mir. Es ist mir nicht gelungen, sie loszuwerden, und jetzt bin ich an einem Punkt, wo es mir auch vollkommen egal ist. Ich bin bald dreißig, ich kann mir nicht mehr vorstellen, das Leben in einen stinkenden Sari gehüllt zu verbringen, zu tanzen, Kettchen zu fertigen und endlos schönen Worten zu lauschen.

Vielleicht hatte Bob recht, vielleicht war ich nicht für dieses Leben geschaffen.

Als ich vor zehn Jahren von Boston nach San Francisco gegangen bin, war ich voller adoleszenter Rebellion, alles erschien mir wie ein Wunder. Wir waren die Kinder des Wassermann-Zeitalters, »Hair« war unser Musical. Wir kannten alle Lieder und sangen sie immer wieder, am Strand zu unseren Gitarren. Ich fühlte mich genau wie Sheila, und Paul war mein Claude.

Aber es war kein leichtes Leben auf dem Hausboot in Sausalito. Wir wohnten da zu siebt, und niemand machte jemals sauber oder kochte. Wir waren ständig stoned oder besoffen. Liefen in dreckiger Unterwäsche und Socken herum, der Gestank war unerträglich, die Mäuse turnten über die Töpfe und Teller, die sich im Waschbecken stapelten. Ein typisches Hippieleben, ohne Regeln und ohne

Pflichten. Nachdem ich das Kind verloren hatte, konnte ich es nicht mehr ertragen. Ich konnte Paul nicht mehr sehen, ich ertrug die Vorstellung nicht, dass ich für ihn nur eine von vielen war. Und so ging ich mit Bob und Rita hierher nach Indien, wo ich endlich ein bisschen Frieden und Ruhe zu finden hoffte.

Am Anfang war es wirklich hart. Der Entzug machte mir schwer zu schaffen. Der Meister wollte keine Drogen im Aschram. »Wer meditiert, braucht keine Drogen.« Ich saß mit geschlossenen Augen auf dem Boden im Schneidersitz und versuchte zu meditieren, aber stattdessen dachte ich nur an Heroin. Ich hätte töten können, nur um noch einmal zu spüren, wie es mir durch die Adern schießt, um mein Hirn und mein Herz in Flammen zu setzen.

Dann jedoch bin ich langsam da rausgekommen. Eines Tages wachte ich auf und fühlte mich neugeboren. Ich schaute mich um, sah all diese wunderbaren jungen Leute in orangen Kleidern neben mir, die mit geschlossenen Augen und hoch erhobenen Händen tanzten, geführt vom Meister auf seinem Podest, und erkannte, dass ich nichts mehr zu befürchten hatte. Ich war zu Hause angekommen. Poona war mein Zuhause. Bhagwan sprach genau das aus, was ich mich sagen hören wollte: »Das Geheimnis des Glücks liegt im Hier: Was auch immer du tust, lass dich nicht von der Vergangenheit ablenken, und lass dich nicht von der Zukunft beunruhigen ...« Ich musste an nichts denken, konnte mich einfach nur im Strom treiben lassen. Es war ein wunderbares Gefühl, noch nie hatte ich mich so gut gefühlt, so akzeptiert und geliebt.

Doch das Paradies kann nicht ewig dauern, und ein paar Monate später begann die Vergangenheit wieder, mich abzulenken, und die Zukunft, mich zu beunruhigen. Das Problem lag im Verb des zweiten Satzes des Meisters:

Was auch immer du tust. *Denn es war derselbe Bhagwan, der zugestand, dass man irgendetwas im Leben tun musste, etwas, das über Perlenauffädeln, Tanzen und Ficken hinausging.*

6

Als Don Renzo aus dem Pfarrhaus in Gretta trat, war er ganz aufgewühlt. Er hatte das dringende Bedürfnis, sich zu bewegen.

Der nette Polizist, Inspektor Gargiulo, hatte ihm gerade berichtet, was der jungen Frau aus der Ukraine zugestoßen war, die er Admiral Croff empfohlen hatte. Eigentlich hatte er schon die Nachricht im *Il Piccolo* gelesen und wusste daher Bescheid. Er kannte aber nicht die Details und auch nicht den Preis, den die arme Julija bei dieser wilden Aggression hatte zahlen müssen.

Irgendwie gelang es ihm nicht, sich nicht mitschuldig zu fühlen. Er erinnerte sich noch sehr genau an den ersten Eindruck, den er von ihr gehabt hatte, als er sie vor einigen Wochen in der Kirche hatte knien sehen, die Hände vors Gesicht geschlagen.

Sie hatte ihn an ein aus dem Nest gefallenes Vögelchen erinnert.

Er war zu ihr getreten und hatte sie gefragt, ob er etwas für sie tun könne. Sie hatte den Blick auf ihn gerichtet, ohne ein Wort herauszubekommen. Es hatte Zeit gebraucht und eine ordentliche Menge Geduld, um herauszufinden, was geschehen war. Sie hatte vor Kurzem ein Kind verloren, es war unter der Geburt gestorben. Auch der Mann war vor einigen Monaten bei einem Unfall ums Leben gekommen. Sie hatte nichts und niemanden mehr, was sie noch mit Kiew verband, nur ungute Erinnerungen, so hatte sie es gesagt. Deshalb war sie nach Triest gekommen, in der Hoffnung, hier ein neues Leben anfangen zu können. Sie konnte ganz anständig Italienisch, hatte es zu lernen begonnen, als der Krieg mit Russland ausgebrochen war. In Wirklichkeit hatte sie längst entschieden, nach Italien zu gehen, sobald das Kind auf der Welt war, weil sie nicht wollte, dass es zwischen Schüssen und Panzern aufwuchs. Als sie nun allein zurückgeblieben war, wurde das Verlangen nur noch stärker. Irina, eine Freundin, hatte ihr von seiner Gemeinde erzählt, und so hatte er sie eines Nachmittags in der Kirche getroffen. Nein, leider wusste er sonst nichts über Julija, hatte er mehrmals zu Inspektor Gargiulo gesagt. Sie hatte keinerlei Referenzen, nur ihren Schmerz. Und natürlich hatte er keine Ahnung, wer der unbekannte Angreifer sein könnte. Soweit er es verstanden hatte, kannte sie niemanden in der Stadt. Ja, er erinnerte sich an Irina, eine anständige Frau, immer bereit, bei den Kindern im Jugendhaus auszuhelfen. Aber er kannte weder ihren Nachnamen, noch wusste er, wo sie arbeitete.

Don Renzo war auf seinem Gang in den Garten der Villa Cosulich gelangt, die nicht weit von seiner Gemeinde entfernt lag. Er kam oft hierher, er kannte hier jeden Weg, jeden Baum, jede Bank. Er hatte die Villa um die Jahrtausendwende wiederauferstehen sehen, nachdem sie jahrelang vernachlässigt und dem Verfall preisgegeben war, und betrachtete den Garten ein bisschen als seinen eigenen.

Der Park war leer um diese Zeit.

Es war kurz nach zwei, und die üblichen Besucher, überwiegend Rentner und Mütter mit kleinen Kindern, waren zum Mittagessen zu Hause. Die Bora und der Regen hatten die Kieswege mit Blättern bedeckt, mit abgebrochenen Ästen und Matsch.

Er war auf dem Weg zu seiner Bank unter der Linde, zu der er immer ging, als etwas seine Aufmerksamkeit erregte. Aus einem Geißblattbusch ragte etwas Rotes hervor.

Neugierig trat er hin und sah genauer nach.

Beinahe hätte er vor Schreck aufgeschrien.

Eine Blutlache breitete sich unter der Kehle einer Frau mit feuerroten Haaren aus. Sie trug eine orangefarbene Jacke, die offensichtlich handgemacht war, weite gelbe Hosen, bunte Ringelsocken und Turnschuhe.

Rote.

Er beugte sich über sie, um zu sehen, ob sie noch am Leben war, aber an der Halsschlagader war kein Pulsieren mehr zu sehen. Mit einem Mal wurde ihm schwindelig. Er musste sich setzen, bis sein Herzschlag sich etwas beruhigt hatte. Er schaute sich um. Er musste Hilfe holen, aber von wo? Es war niemand zu sehen. Die Blutlache erreichte seine Füße. Entsetzt sprang er auf, zog das Handy heraus und wählte die Nummer von Inspektor Gargiulo.

»Wo bist du?«

Elettras Stimme klang hart. Valerio war versucht, einfach nicht zu antworten, aber er hatte gerade den Anruf von Don Renzo erhalten, und dies war mit Sicherheit nicht der richtige Augenblick für amouröse Streitereien, die so amourös nicht mehr waren.

»Im Auto … Ich wollte dich auch gerade anrufen.«

Das kurze Schweigen, das folgte, ließ erahnen, dass auch Elettra sich nicht wohlfühlte. Umso besser.

»Eine tote Frau an der Villa Cosulich, Don Renzo hat sie soeben gefunden.«

»Aber warst du nicht gerade bei ihm?«

»Wenn ich noch bei ihm gewesen wäre, hätte ja wohl ich sie gefunden, oder nicht?«

»Kein Grund, gleich so aggressiv zu sein.«

»Ich fahre gerade zurück«, erklärte Valerio kurz angebunden, »benachrichtigst du Dottor Cerri und die Spurensicherung? Ich rufe die Staatsanwältin an.«

»Einverstanden.«

»Wir müssen auch den Commissario informieren.«

»Also, ich denke nicht, dass … Besser, wir lassen ihn in Ruhe.«

Valerio wurde ärgerlich. Es war nicht an ihr, darüber zu entscheiden. »Er ist immer noch unser Vorgesetzter«, antwortete er trocken. »Es ist unsere Pflicht, ihn auf dem Laufenden zu halten.«

»Jetzt übertreibst du aber, Ispettore Gargiulo. Ich habe nicht den Eindruck, dass ich meinen Pflichten schon mal nicht nachgekommen wäre.«

»Kommt immer drauf an, welche Pflichten du meinst …«

Eine unglückliche Formulierung, die er sofort bereute, aber es war zu spät.

»Du tust mir leid, Gargiulo«, lautete Elettras eiskalter Kommentar. »Wenn du was mit mir hast, dann hab auch die Eier, es mir ins Gesicht zu sagen, aber erspar mir dieses Machogehabe!«

Das Gespräch wurde abrupt beendet.

Valerio blieb noch einen Augenblick mit dem Handy in der Hand sitzen, fassungslos und wie betäubt. Was war nur in ihn gefahren, so eine idiotische Bemerkung zu machen? Sie hatte recht, wie immer. Er war ein Feigling. Und ein Arschloch. Er schloss die Augen, um wieder klar denken zu können.

So konnte es nicht weitergehen.

Sie mussten die Sache klären, ein für alle Mal.

Er startete den Motor und schickte sich an, nach Gretta zurückzukehren.

Der Verkehr war inzwischen dichter geworden.

Neben einer Grundschule war er gezwungen, zwischen den Fahrzeugen wartender Mütter Slalom zu fahren. Die Schule war gerade zu Ende. Als er vor der Villa Cosulich ankam, traf er Don Renzo vor dem Tor, sichtlich aufgewühlt.

»Endlich ...«

Im selben Augenblick traf der Rettungswagen mit dem Gerichtsmediziner ein, gefolgt von den Beamten der Spurensicherung.

Von Elettra war nichts zu sehen.

Zum Glück musste Valerio keine Schaulustigen vertreiben. Die Tote war an einem eher abgelegenen, weit vom Tor entfernten Ort aufgefunden worden.

Während die Männer von der Spurensicherung den Fundort mit weiß-rotem Band absperrten, zog sich Valerio Handschuhe über und durchsuchte die Hosen- und Jackentaschen des Opfers. Er fand Geld, ein gebrauchtes Taschentuch, Mentholzigaretten und ein Feuerzeug.

Nichts Nützliches.

Doktor Cerri trat zu ihm und beugte sich über die Leiche.

»Wer hat sie gefunden?«, fragte er.

»Don Renzo, der Priester der Kirche hier in der Nähe. Ich hatte ihn gerade wegen der Ukrainerin vernommen«, antwortete Valerio.

Der Priester, der hinter ihnen stand, nickte. »Ja, ich hatte mich gerade von dem Ispettore verabschiedet und wollte einen Spaziergang machen, um mich zu beruhigen ...«

»Haben Sie sie schon mal gesehen?«, unterbrach ihn Cerri etwas barsch.

Don Renzo schüttelte den Kopf. »Sie kann nicht aus Triest sein.«

»Wie kommen Sie darauf?«

»Ich weiß nicht … die Kleidung, die Schuhe … So leuchtend rote Haare habe ich auch noch nie gesehen.«

»Henna, selbst gefärbt«, vermutete Valerio, während Agente Pierri von der Spurensicherung mit einer Stricktasche aus bunter Wolle in der Hand zu ihnen kam, die bereits in einem versiegelten Plastikbeutel steckte.

»Die haben wir unter einem Laubhaufen hinter einem Busch gefunden. Sie könnte dem Opfer gehören. Keinerlei Papiere oder Portemonnaie.«

»Sonst nichts?«, fragte Gargiulo, während er den Beutel entgegennahm.

»Ein paar frische Abdrücke hinter der Steineiche da. Zum Glück hat der Regen den Boden aufgeweicht, wir versuchen einen Gipsabdruck zu machen.«

Während Pierri wieder wegging, um mit der Beweissicherung fortzufahren, hatte der Gerichtsmediziner bereits erste Schlüsse gezogen.

»Ich schätze, die Tatwaffe war ein scharfes Messer. Die Klinge hat direkt die Schlagader durchtrennt, sie muss sofort tot gewesen sein.«

»Entschuldigt«, stieß Elettra Morin hervor, von hinten kommend. »Mein Auto ist nicht angesprungen. Was haben wir hier?«, wandte sie sich direkt an Doktor Cerri und ignorierte Valerio.

Der Rechtsmediziner machte eine Kopfbewegung in Richtung des Opfers.

»Kaukasische Frau, wahrscheinlich um die sechzig. Vor weniger als einer Stunde erstochen. Sie ist von hinten überfallen worden. Der Schnitt ist sauber, stammt von einer Klinge wie von einem Küchenmesser, die hier links eingedrungen und da rechts wieder ausgetreten ist. Das deutet daraufhin, dass der Mörder kein Linkshänder ist und größer als sie. Was uns nicht viel hilft, da das Opfer ziemlich klein war. Über den Daumen einen Meter sechzig, würde ich schätzen.«

»Papiere?«

»Bis jetzt keine«, mischte sich Valerio ein. »Nichts am Körper, nichts in ihrer Tasche.« Valerio zeigte die Tasche, die er noch in der Hand hielt. »Agente Pierri hat sie zehn Meter von hier gefunden, schlecht unter einem Haufen Laub versteckt. Sie enthielt weder Papiere noch Schlüssel, auch keine Brieftasche oder ein Handy. Nur einen Regenhut, Papiertaschentücher, einen Lippenstift, ein Halstuch, Bonbons. Sieht alles nach einem misslungenen Raubüberfall aus.«

Elettra schüttelte den Kopf, ohne ihn anzusehen.

»Ein Raub rechtfertigt solche Grausamkeit nicht. Das Opfer war schmächtig, weder besonders groß noch außergewöhnlich sportlich. Wenn man sie nur hätte ausrauben wollen, hätte es gereicht, sie bewusstlos zu machen. Nein, wir haben es hier mit einem vorsätzlichen Mord zu tun, das scheint mir ziemlich klar. Ihr Mörder muss sie gekannt und ihr aufgelauert haben.«

»Es gibt auch Psychopathen, Ispettore Morin«, gab Valerio zurück, genervt von Elettras belehrendem Tonfall.

»Und ich würde auch nicht ausschließen, dass der Mörder ein Psychopath war«, schloss Elettra eisig. »Jemand, der zu solcher Grausamkeit fähig ist, muss mit Sicherheit an einer Persönlichkeitsstörung leiden.«

Valerio ertrug es nicht mehr, in Gegenwart des Doktors so vorgeführt zu werden. »Psychopathie ist keine Persönlichkeitsstörung, sondern eher eine neurobiologische, erbliche Anomalie. Dottor Cerri zufolge …«

»Ich bitte dich! Jetzt hör mal auf, mir hier Vorlesungen zu halten!«

»Hört lieber mal auf, euch so zu beharken«, ging Cerri dazwischen, während er sich mühevoll erhob. »Euer Commissario ist fast gestorben, und ihr wetteifert hier darum, wer sich gehässiger benehmen kann.«

Dann drehte er sich zu den wartenden Sanitätern um. »Ihr könnt den Leichnam mitnehmen. Ich bin fertig.« Er warf den beiden Inspektoren noch einen zerstreuten Blick zu, während er losging. »Macht's gut.«

Valerio steckte die Zurechtweisung schweigend ein und wandte sich von Elettra ab, die sich zu den Sanitätern umgedreht hatte. Als er Don Renzo erblickte, der wartend auf einer Bank saß, ging er zu ihm.

»Es tut mir leid, dass wir Sie hier haben warten lassen. Sie können jetzt gehen. Allerdings müssten Sie heute Nachmittag noch in der Zentrale vorbeischauen, um Ihre Aussage zu unterschreiben.«

Der Priester sah erleichtert aus.

»Sicher, sicher. Also kann ich jetzt …?«

»Wir sehen uns um vier.«

Während der Priester wegging, sah Valerio Elettra mit Agente Pierri unter der Steineiche sprechen, ohne dass er hören konnte, was sie sagten. Sie hatte einen Plastikbeutel in der Hand, in dem offenbar eine Werbepostkarte steckte. Er konnte es nicht genau erkennen. Aufgeregt drehte Elettra sich zu ihm um und winkte ihn heran.

Neugierig ging er zu ihr.

»Wir haben die erste Spur!«, sagte sie lächelnd.

Dieses Lächeln ließ sein Herz weit werden.

»Was denn?«

»Der Flyer eines Bed & Breakfast hier in der Nähe. In der Strada del Friuli. Vielleicht war das Opfer eine Touristin.«

Endlich, dachte Valerio erleichtert. Endlich etwas Konkretes, dem man nachgehen konnte.

»Dann gehen wir jetzt?«, fragte er gut gelaunt.

»Ja, gehen wir.«

Nach hundert Metern blieb Valerio plötzlich stehen.

»Was hältst du davon, wenn wir erst noch etwas essen gehen? Mir hängt der Magen schon in den Kniekehlen!«

»Ach, mal was ganz Neues!«, scherzte Elettra. »Einverstanden. Panino oder Kebab?«

»Um ehrlich zu sein, hätte ich jetzt am meisten Lust auf Gnocchi mit Bratensoße, aber angesichts der Tatsache, dass wir so wenig Zeit haben, tut es auch ein deprimierendes Panino.«

Rosanna Guarneri hatte gerade mit einer heftigen Kopfschmerzattacke gekämpft, als sie den Anruf von Inspektorin Morin bekam. Sie war den ganzen Morgen bei Gericht gewesen und hatte sich eine halbe Stunde im Dunkeln hinlegen müssen. Sie litt schon seit der Kindheit an Migräne und wusste, dass nichts zu machen war, wenn ein Anfall kam. Man konnte nur warten, bis er vorüberging.

Aber heute konnte sie sich den Luxus nicht erlauben, sich einfach auszuklinken, sie musste sich mit den beiden jungen Inspektoren in einer Pension an der Strada del Friuli treffen, wo anscheinend eine Frau gewohnt hatte, die mit durchgeschnittener Kehle in den Gärten der Villa Cosulich aufgefunden worden war.

Es war ein seltsamer Zufall, dass sie die Hutchinsons, die Eigentümer der Pension, kannte. Sie war früher eng mit Bruna Fabris befreundet gewesen, der Frau von Professor Hutchinson, der mit Abdus Salam zusammengearbeitet hatte, dem Gründer des ICTP, des Instituts für Theoretische Physik in Triest. Seit ihre Freundin allerdings vor nunmehr zehn Jahren gestorben war, hatte sie allmählich den Kontakt zum Rest der Familie verloren.

Sie wusste, dass der alte Professor, ein exzentrischer, weltfremder Typ, allein im obersten Stockwerk der Villa lebte und dass sein Sohn Giacomo mit einer Frau aus Florenz verheiratet war, die sie nie kennengelernt hatte. Eine gemeinsame Freundin hatte ihr erzählt, dass es die Idee dieser Florentinerin gewesen war, die Villa in ein exklusives Bed-&-Breakfast zu verwandeln, um die beträchtlichen Kosten aufbringen zu können, die zum Erhalt eines solchen Gebäudes notwendig waren.

Es würde eine Gelegenheit sein, die Hutchinsons wiederzusehen und die jungen Inspektoren zu unterstützen, die nun schon zum zweiten Mal innerhalb weniger Tage ohne die Leitung von Kommissar Benussi eine Ermittlung durchführen mussten. Auch wenn sie wusste, dass Elettra Morin absolut in der Lage war, einen Fall allein zu leiten. Eine wirklich patente junge Frau, die mit Sicherheit ihren Weg machen würde.

Der Eingang zum Bed & Breakfast Villa Bruna war hinter einem schmiedeeisernen Jugendstil-Gartenzaun versteckt, etwa auf der Hälfte der Strada del Friuli, nicht weit vom Leuchtturm entfernt. Es war eine Gegend voller herrschaftlicher Villen, alle Ende des 19., Anfang des 20. Jahrhunderts erbaut, umgeben von verwilderten Gärten, die sich über weitläufige Terrassen bis zum Meer hinunter erstreckten. Villen, die wie die ganze Stadt Geschichten von altem Glanz, aristokratischem Reichtum und erbarmungslosem Niedergang erzählten.

Nachdem sie geklingelt hatte und eingelassen worden war, folgte Rosanna Guarnieri einer schweigsamen philippinischen Angestellten eine lange Treppe hinunter, die sie gut kannte, bis sie in einen geräumigen Salon gelangten, der von zwei großen, bodentiefen Fenstern eingerahmt wurde, die auf einen kahlen und herbstlichen Garten hinausgingen. Etwas entfernt sah man das aufgewühlte Meer.

»Bitte warte hier. Herrschaft komme sofort.«

Von dem alten Glanz des Raumes, den Bruna immer das Musikzimmer genannt hatte und wo sie oft zu Ehren ihrer Gäste auf dem Klavier gespielt hatte, war nichts übrig geblieben als eben das Klavier. Verschwunden waren die langen, samtbezogenen Sofas, die Familienfotos, die Bilder aus dem 19. Jahrhundert, die den Hintergrund für ihre Abende gebildet hatten, die kostbaren chinesischen Vasen. An ihre Stelle waren drei voneinander unabhängige Sitzgruppen für die Gäste getreten – ein kleines Sofa und zwei Sessel mit rosa-weiß gestreiftem Bezug sowie ein kleines rechteckiges Tischchen. Obwohl alles sehr liebevoll eingerichtet und gepflegt war, machte es auf sie einen befremdlichen und etwas deprimierenden Eindruck.

Guarnieri schaute sich unsicher um.

Sie war allein. Wo steckten denn die beiden Inspektoren?

Sie trat an das große Fenster und entdeckte Morin, die mit einem sportlichen Mann um die vierzig sprach. Sie klopfte ans Fenster, um ihre Aufmerksamkeit auf sich zu ziehen. Als er sie erblickte, hellte sich das Gesicht des Mannes auf. Er löste sich von Elettra, um beinahe im Laufschritt in den Salon zu kommen.

»Rosanna!«

Sie lächelte über seine Verblüffung und nahm seine Hand.

»Ciao, Giacomo. Wie geht es dir?«

»Was führt dich denn hierher?«

»Guten Tag, Frau Staatsanwältin«, begrüßte Morin sie, als sie ebenfalls hereinkam.

»Ispettore.«

»Ihr kennt euch?«, fragte Giacomo und sah sie ungläubig an.

»Wir arbeiten zusammen«, erklärte Guarnieri.

»Bist du auch wegen dieser armen Frau hier, die im Park gefunden wurde?«

»Ganz genau. Wie geht es deinem Vater?«

Giacomo schien die Frage nicht zu hören, er war noch immer aufgewühlt von dem Gespräch mit Morin.

»Ist das nicht schrecklich? Wo sie doch gerade erst vorgestern angekommen ist …«

»Ispettore Morin wird dich gefragt haben, wer sie war.«

Elettra kam ihm zuvor, indem sie in ihrem Notizbuch blätterte.

»Annabel Alexander, Amerikanerin, vierundsechzig Jahre.«

»War sie schon einmal hier?«

Giacomo schüttelte den Kopf.

»Und wie ist sie auf euch gekommen?«

»Über das Internet, wie alle unsere Gäste. Aber ich habe Ispettore Morin schon gesagt, dass ihr Gaia, meine Frau, fragen müsst. Sie kümmert sich um die Buchungen.«

»Und wo ist sie?«

»Seit sie erfahren hat, was passiert ist, fühlt sie sich nicht gut. Das fehlte gerade noch … Es ist keine leichte Zeit.«

Rosanna Guarnieri war versucht, nach dem Grund für die Unpässlichkeit seiner Frau zu fragen, hielt sich aber zurück. Es war nicht der rechte Augenblick für Privatgespräche.

»Gargiulo ist bei ihr«, flüsterte Elettra, um zu verstehen zu geben, dass sich bereits jemand um sie kümmerte.

»Wie viele Gäste habt ihr derzeit?«, hakte Guarnieri nach.

»Fünf.«

In der Entfernung hörte man das verzweifelte Weinen eines Kindes.

»Meine Tochter ...«, erklärte Giacomo. »Sie ist etwas über ein Jahr alt.«

Im selben Augenblick trat die Filipina ein, ängstlich.

»Sorry, Sir, can you come please? Asia is not feeling well ...«

»Entschuldige, Rosanna. Darum muss ich mich kümmern. Ispettore Morin wird dir alles berichten.«

Als Giacomo Hutchinson hinausgegangen war, setzte sich Rosanna Guarnieri auf eines der Sofas im Salon und sah Morin erwartungsvoll an.

»Und jetzt?«

Morin nahm ihrerseits auf einem kleinen Sesselchen daneben Platz und konsultierte ihr Notizbuch. »Das Opfer ist vor zwei Tagen in Triest angekommen. Nach allem, wie es aussieht, war die Frau problematisch. Giacomo Hutchinson zufolge war sie ständig betrunken und passte überhaupt nicht hierher, und das nicht nur wegen ihrer Art, sich zu kleiden. Sie war ausdrücklich angereist, um Professor Hutchinson zu treffen. Sie behauptete, eine Leidenschaft für Astrophysik zu haben und dass sie viel gemeinsam hätten. Kein einfacher Gast also. Außerdem scheint sie sich in einen anderen Gast verguckt zu haben, einen gewissen Hugo Newman, einen amerikanischen Journalisten, der seit drei Tagen hier wohnt. Sie ist ihm auf Schritt und Tritt gefolgt.«

»Sonstige Gäste?«

»Richard Noble, ein Student. Anscheinend besucht er einen Italienischkurs.«

»Auch ein Amerikaner, nehme ich an.«

Morin nickte. »Offensichtlich haben sie gute Beziehungen nach Amerika. Aber es gibt auch ein Ehepaar aus Spanien, Carmen und José Gonzalez, aus Pamplona, und einen brasilianischen Handelsvertreter für Kaffee, einen gewissen Roberto Ferreira, der geschäftlich in der Stadt ist.«

»Und Giacomos Frau?«

»Anscheinend geht es ihr nicht besonders gut ...«

»Ach was, es geht mir hervorragend! Glauben Sie nicht, was mein Mann erzählt«, ertönte eine schrille Stimme hinter ihnen. »Männer lassen sich ja schon von einem Niesen beeindrucken!«

Rosanna Guarnieri stand auf und blickte interessiert der blonden Frau mit den aristokratischen Gesichtszügen entgegen, die, in einen kostbaren Seidenkimono gehüllt, hereingekommen war, gefolgt von Inspektor Gargiulo.

»Sie müssen Rosanna Guarnieri sein, die Freundin meiner Schwiegermutter«, sagte sie und streckte ihr etwas affektiert die Hand hin. »Herzlich willkommen. Mein Mann hat mir oft von Ihnen erzählt. Ich bin Gaia Cortona. Bitte, bleiben Sie doch sitzen. Darf ich Ihnen etwas anbieten?«

»Nein danke«, antwortete Guarnieri, während sie sich wieder setzte.

Gargiulo grüßte sie mit einem Nicken.

»Dieser junge Polizist hier hatte schon Angst, dass ich

die Flucht ergreife. Er hat mich nicht einen Moment aus den Augen gelassen! Er wird doch nicht denken, dass ich unseren merkwürdigen Gast ermordet habe.«

Der gekünstelt humorvolle Ton der Hausherrin verriet eine nur schlecht verhohlene Gereiztheit. Offensichtlich war die ganze Sache für sie eine Unannehmlichkeit, auf die sie gern verzichtet hätte.

»Die Dame fühlte sich nicht gut, als sie die Nachricht erhielt«, erklärte Morin. »Wir wollten nur sichergehen, dass es nichts Ernstes war.«

»Ach was! Der Blutdruck, sonst nichts ... Eine Tablette, und ich bin wieder ganz die Alte!«

»Ihr Mann sagte, das Opfer hätte sein Zimmer übers Internet gebucht«, unterbrach Guarnieri sie.

»Wieso auch nicht? Wer kommt denn heute noch ohne Internet aus? Eine großartige Erfindung, die sich allerdings manchmal als Falle herausstellt, wie diesmal. Wie hätte ich denn ahnen können, dass sich hinter dem Namen einer älteren Dame aus Amerika eine Verrückte verbarg? Wenn ich gewusst hätte, worauf sie es wirklich abgesehen hatte, hätte ich niemals ...«

»Warum, was waren denn ihre wirklichen Absichten?«

»Schlicht und einfach Sextourismus«, erklärte Gaia Cortona mit einem abfälligen Lächeln. »Sie hat alle männlichen Gäste hier belästigt, und wenn ich es nicht verhindert hätte, hätte sie wohl auch noch meinen Schwiegervater terrorisiert, den Armen!«

Giacomo Hutchinson kehrte in den Salon zurück, auf dem Arm ein kleines Mädchen, das immer noch weinte.

»*For God's sake,* Giacomo! Bring sie hinaus, das fehlte uns jetzt gerade noch, das Kind!«

»Sie hat sich übergeben, ich dachte, ich bring sie mal kurz an die frische Luft ...«

»Tu, was du willst, aber lass uns hier ungestört weitermachen.«

Gaia Cortonas Härte verblüffte alle. Was war das denn für eine Mutter? Giacomo warf der alten Freundin seiner Mutter einen verzweifelten Blick zu.

»Rosanna, es tut mir leid, dass wir uns unter so schwierigen Umständen wiedersehen. Ich hoffe ...«

»Bis bald, Giacomo«, antwortete sie ihm verschwörerisch.

Das Kind auf seinem Arm weinte immer noch bitterlich.

»Nun geh schon, Giacomo, geh! Mir zerspringt der Kopf!«, fuhr Gaia dazwischen und wedelte ihn mit der Hand fort. »Das ist nun wirklich nicht der Moment für Anstellereien.«

Diese Frau war wirklich eine Hexe, dachte Elettra und warf Valerio einen einvernehmlichen Blick zu, der schon rot angelaufen war. Sie wusste, wie sehr ihn anmaßende Überheblichkeit wütend machte.

Es war Zeit, dass sie das weitere Geschehen in die Hand nahm.

»Wir müssen die anderen Gäste vernehmen«, erklärte sie bestimmt.

»Ich habe es Ihrem Kollegen bereits gesagt. Sie sind alle außer Haus.«

»Dann brauchen wir ihre Handynummern. Außerdem müssen wir das Zimmer des Opfers in Augenschein nehmen.«

»Nur zu. Erster Stock links, drittes Zimmer. Corazón bezieht gerade die Betten frisch und wechselt die Handtücher.«

Valerio riss ungläubig die Augen auf.

»Wieso das denn? Ich habe doch ausdrücklich angeordnet, dass nichts angerührt werden darf!«

»Ich habe ihr doch nur gesagt, sie soll das Zimmer …«

Elettra blitzte Valerio an. Wie hatte ihm das entgehen können? »Schnell, Gargiulo. Stopp das sofort!«

Valerio stürmte beschämt hinaus. Elettra wandte sich wütend an Gaia Cortona.

»Was fällt Ihnen ein!«

»Nicht in diesem Ton! Ich bin keine von Ihren Kriminellen!«

»Das vielleicht nicht, aber absolut verantwortungslos handeln Sie schon. Ist Ihnen klar, was Sie da angerichtet haben?«

»Nun stellen Sie sich mal nicht so an, Signora! Wegen ein bisschen Bettwäsche! Was wollten Sie denn da finden? Spermaspuren des Mörders?«

»Es reicht, Signora Hutchinson«, ging Rosanna Guarnieri dazwischen. »Ispettore Morin tut nur ihre Pflicht. Wenn Sie so weitermachen, muss ich Sie wegen Behinderung der Justiz anklagen.«

Theatralisch stand Gaia Cortona auf und hielt ihr die aneinandergelegten Handgelenke hin. »Tun Sie sich keinen Zwang an, legen Sie mich nur in Handschellen! Vielleicht kann ich mich ja im Gefängnis endlich ein bisschen ausruhen. Ich kann es kaum erwarten!«

»Die Handynummern der anderen Gäste, bitte!«, insistierte Elettra. Das Verhalten der Frau ging ihr gewaltig auf die Nerven.

Gaia Cortona bedachte sie mit einem eisigen Blick und bedeutete ihr dann mit übertriebener Freundlichkeit, ihr zu folgen. »In meinem Büro, bitte.«

Rosanna Guarnieri war ebenfalls aufgestanden und massierte sich die Schläfen. Der Kopfschmerz wurde immer heftiger. Sie musste sich unbedingt einen Moment lang im Dunkeln hinlegen.

»Ich muss gehen, Ispettore Morin. Ich erwarte Ihren Bericht.«

»Einverstanden.«

Als wäre nichts gewesen, streckte ihr Gaia Cortona die Hand hin.

»Wenn das alles vorüber ist, kommen Sie doch einmal vorbei. Mein Schwiegervater würde sich bestimmt freuen, Sie wiederzusehen, und mein Mann auch.«

Rosanna Guarnieri ignorierte die ausgestreckte Hand, verabschiedete sich mit einem knappen Nicken und ging hinaus. Diese Frau war wirklich unerträglich.

»Was für ein Benehmen!«, kommentierte Gaia Cortona gekränkt. »Habt ihr alle so schlechte Manieren, ihr Rechtsvertreter?«

»Bitte, wir haben schon genug Zeit verloren«, antwortete Elettra kurz angebunden und ging zur Tür. Das konnte man auch ganz anders beurteilen, was schlechte Manieren waren und was nicht.

7

Violeta Armado kam am Abend des 3. November gegen neun Uhr abends ins Cattinara-Krankenhaus. Sie wusste, dass Julija am nächsten Tag entlassen werden sollte, und wollte ihr saubere Kleidung und etwas Süßes bringen. Während Julijas Krankenhausaufenthalts war sie ständig in Kontakt mit der Oberschwester gewesen. Die beiden Frauen kannten sich schon lange, und auch wenn Oberschwester Rosa manchmal ein wahrer Drachen sein konnte, konnte sie Violeta gut leiden und hatte ihr gestattet, zu so einer ungewöhnlichen Zeit noch vorbeizukommen.

Früher war es einfach nicht gegangen. Im Zentrum war zur Mittagszeit fast eine Schlägerei ausgebrochen, und es hatte ihrer ganzen diplomatischen Fähigkeiten bedurft, um den Zorn einer Gruppe nigerianischer Frauen zu besänftigen, die sich um das letzte Stück Torte stritten. Es waren Tabletts und Teller geflogen, alle hatten gekreischt und sich gegenseitig an den Haaren gezogen. Die Situation wurde von Tag zu Tag schwieriger, irgendwann würde ihnen das Ganze um die Ohren fliegen, dachte Violeta, während sie die Taste am Aufzug drückte, der sie in die Gynäkologie bringen würde.

Die Nachtschwester war von Rosa informiert worden

und ließ sie problemlos hinein. Der Flur war leer, fast alle Patienten schlummerten schon in ihren Betten. Violeta klopfte leise an die Tür und trat ein.

Julijas Bett war leer.

Sie musste im Bad sein, sagte sie sich, stellte das Glas mit den Keksen auf das Nachtschränkchen und holte das Kleid heraus, das sie ihr mitgebracht hatte.

Die Frau, die mit Julija das Zimmer teilte, schlief schon fest, und sie wollte sie nicht stören.

Als sie den schmalen Kleiderschrank aufzog, um das Kleid hineinzuhängen, sah sie, dass er leer war. Mantel und Schuhe waren verschwunden. Unten auf dem Boden lag zusammengeknüllt der Morgenmantel, den sie ihr am Vortag gebracht hatte.

In ihrem Kopf schrillte eine Alarmglocke.

Sie ging zur Badezimmertür und klopfte.

»Julija? Bist du da?«

Keine Antwort.

Während ihr das Herz bis zum Halse schlug, trat Violeta auf den Flur hinaus und lief zum Schwesternzimmer.

»Haben Sie die junge Frau aus der Ukraine vorbeikommen sehen?«

Die Frau schrak hoch und hielt sich die Hand aufs Herz. »Meine Güte, haben Sie mich erschreckt!«

»Das tut mir leid, aber ich finde sie nicht …«

»Hier ist niemand vorbeigekommen.«

»Im Zimmer ist sie nicht. Auch ihre Kleidung ist verschwunden.«

»Das ist nicht möglich!«

»Wann haben Sie Ihre Schicht angefangen?«

»Um acht.«

»Und da haben Sie sie gesehen?«

»Natürlich. Sie wollte auch eine Schlaftablette.«

Die Schlaftablette war nicht für sie selbst gewesen, sondern für die Bettnachbarin, dachte Violeta. Deshalb schlief sie so fest.

»Haben Sie denn gar nichts Ungewöhnliches bemerkt, irgendjemand, der nicht hierhergehörte?«

Violetas inquisitorischer Tonfall ärgerte die Schwester. »Da war niemand«, antwortete sie gereizt. »Das hätte ich gemerkt.«

Vielleicht war jemand während der Besuchszeit hereingekommen und hatte sich versteckt. Das wäre nicht sonderlich schwierig gewesen. Violeta spürte, wie ihr der Puls wieder schneller ging.

»Und Sie waren die ganze Zeit hier?«

»Nur mal fünf Minuten nicht. Ich musste bei einer Patientin die Infusion wechseln ... Aber ich habe die Tür offen gelassen und keinen einzigen Laut gehört, glauben Sie mir.«

»Wir müssen die Polizei benachrichtigen!«

»Lassen Sie uns nichts überstürzen. Vielleicht wollte sie nur ein bisschen frische Luft schnappen. Ich gehe sie suchen.«

Ein bisschen frische Luft schnappen, so spät am Abend, bei der Kälte?

Unwahrscheinlich.

Nein, leider gab es nur eine Möglichkeit. Julija war verschwunden.

Ettore Benussi schaute sich um.

Er saß in seinem gewohnten Sessel, neben dem Ficus benjamini, eine Decke über den Beinen.

Alles war wie immer.

Das Sofa, das Bücherregal, der Teewagen mit der Bar darauf, der große unordentliche Park der Villa Necker hinter dem Wohnzimmerfenster. Und doch sah er alles mit neuen Augen. Er fühlte sich wie ein Überlebender. Er wusste nicht, ob er froh darüber sein sollte oder nicht.

Die Zukunft ist der Feind der Herzinfarktpatienten, dachte er. Eine Zukunft voller Verbote und Pflichten. Alles war verboten, ein für alle Mal, was das Leben angenehm machte – Wein, Grappa, Trostessen –, und an deren Stelle trat alles, was es anstrengend machte: Bewegung, Diät, Disziplin. Und zwar als feste Verpflichtung. Und wofür das Ganze? Um ein Leben leben zu können, das keinerlei Überraschungen mehr bereithielt. Welcher Horizont sollte sich ihm denn noch öffnen, wenn nicht die gottergebene Wiederholung immer gleicher Tage bis zum Tod? Was aus Livia werden sollte, regte ihn nicht mehr allzu sehr auf, ebenso wie ihn die Hoffnung darauf, Großvater zu werden, nicht mehr sonderlich reizte. Die Illusion, sich einen Zeitvertreib fürs Alter schenken zu können, indem er Kriminalromane schrieb, hatte Schiffbruch erlitten. Er würde keinen zweiten Versuch schaffen. Ganz zu schweigen von seiner Arbeit als Polizist. Das war sowieso schon, als würde man das Meer mit einem Löffel ausschöpfen wollen. Die Welt steuerte unaufhaltsam auf eine soziale Entropie zu, es war sinnlos, sich vorzumachen, man könne das Loch im Staudamm mit dem Finger stopfen, wie der Junge in dem Märchen *Hans Brinker und die silbernen Schlittschuhe*.

Das Klingeln an der Tür riss ihn aus seinen düsteren Grübeleien.

»Ich geh schon!«, rief Carla aus der Küche.

Kurz darauf brachen seine beiden Inspektoren herein. Aus den peinlich berührten Blicken, die sie wechselten, schloss er, dass er nicht allzu gut aussah.

»Buongiorno, Commissario, gut sehen Sie aus!«, log Morin, während sie ihre dicke Jacke auszog.

»Ich gestatte Ihnen, die Wahrheit zu sagen, Ispettore.«

Morin lächelte und gab Carla zur Begrüßung die Hand.

»Manchmal kann die Wahrheit kontraproduktiv sein. Er ist wieder zu Hause, und das reicht uns.«

Benussi warf Gargiulo einen belustigten Blick zu.

»Wie halten Sie das nur mit ihr aus, Napoli?«

Gargiulo zuckte mit den Schultern, lächelte resigniert und hielt ihm eine Einkaufstüte hin.

»Wir haben Ihnen was zu lesen mitgebracht.«

»Danke, das ist aber nett!«

Es waren zwei Krimis, einer von Antonio Manzini und der andere von Marco Malvaldi.

»Ich hoffe, Sie haben sie noch nicht gelesen.«

»Nein, noch nicht … danke«, flüsterte er leise und hatte dabei das Gefühl, als bohre sich eine Klinge in seine Eingeweide. Neid ist kein edles Gefühl; in seiner Lage durfte er aber ein bisschen niederträchtig sein, fand er. Jedes Buch, das diese zwei schrieben, schnellte sofort an die Spitze der Bestsellerliste, während seines es kaum bis auf den zweihundertsten Platz geschafft hatte.

»Hier kommt der Caffè«, verkündete Carla, als sie mit einem Tablett hereinkam.

»Wunderbar! Genau das, was ich jetzt brauche«, meinte Benussi dankbar und schaffte Platz auf dem mit Büchern und Zeitungen bedeckten Tisch.

»Für dich ein schöner Lindenblütentee, Ettore.«

»Das ist nicht dein Ernst! Ihr könnt mir nicht auch noch den Caffè wegnehmen!«

Carla verdrehte die Augen, bald am Ende mit ihrer Geduld. Sein Selbstmitleid erreichte eine neue Dimension.

»Na gut, trink halt einen. Wenn du dich hinterher schlecht fühlst, fahr ich dich wieder ins Krankenhaus.«

Ohne eine weiteres Wort zu sagen, ging sie hinaus.

»Tun Sie Ihrer Frau den Gefallen, Commissario«, bat Elettra. »Wir haben einen komplizierten Fall, den wir Ihnen vorlegen möchten, und können es uns wirklich nicht leisten, dass Sie ausgerechnet jetzt schwächeln.«

Benussi richtete sich betroffen auf.

»Was haben wir? Fangen Sie an!«, sagte er brüsk.

Da ist er ja wieder, der alte Chef, dachte Elettra lächelnd und warf Valerio einen Blick zu.

»Erst einmal wollen wir Sie im Fall der Ukrainerin auf den aktuellen Stand bringen. Sie ist gestern Abend aus dem Krankenhaus verschwunden. Violeta Amado …«

»Violeta Amado, haben Sie gesagt?«

»Ja, genau die.«

»Wie geht es ihr? Ich würde sie gern mal wiedersehen. Wirklich eine bemerkenswerte Frau«, meinte Benussi mit einem nostalgischen Lächeln. Er hatte schon immer eine Schwäche für die gut aussehende Brasilianerin gehabt, seit er sie bei dem Fall der alten Jüdin, die tot im Meer aufgefunden worden war, kennengelernt hatte, und gab sich keine Mühe, dies zu verbergen. Gargiulo lächelte.

»Ganz gut, sie lässt Sie grüßen«, beschied Morin kurz angebunden, um mit ihrem Bericht fortzufahren. »Ich wollte gerade sagen, dass Violeta Amado sie besuchen ging, um ihr saubere Kleidung zu bringen, und das Bett leer vorfand. Anscheinend hat sie einen Moment ausgenutzt, in dem die Nachtschwester abgelenkt war. Die Überwachungskameras des Krankenhauses haben sie um 20:46 Uhr erfasst, als sie in einem weißen Kittel das Gebäude verließ. Offensichtlich hat man sie für eine Ärztin gehalten.«

»Wie ist denn das möglich? Ich dachte, sie wäre noch außer Gefecht …«

»Die Angst muss die Schmerzen besiegt haben. Ihre

Bettnachbarin hat mir gesagt, dass sie am Nachmittag Besuch von einem Mann hatte und hinterher sehr aufgeregt gewesen war.«

»Konnte sie ihn beschreiben?«

Morin schlug ihr Notizbuch auf. »Ein stämmiger Mann, kahl, mit einer schwarzen Lederjacke.«

»Haben sie Russisch gesprochen?«

»Sie konnte nichts verstehen. Sie haben sehr leise gesprochen, als wollten sie nicht belauscht werden.«

»Ich habe bei Croffs nachgefragt, ihren Arbeitgebern, ob sie dorthin zurückgekehrt ist, aber sie haben sie nicht gesehen«, meldete sich Gargiulo zu Wort. »Und auch nicht im Zentrum von Pater Florence.«

»Was sagt denn die Staatsanwältin?«

»Dass unter diesen Umständen die Ermittlungen nicht fortgeführt werden können. Die Frau steht nicht unter Verdacht und hat ihren Angreifer nicht angezeigt. Folglich sind uns die Hände gebunden. Stattdessen hat sie angeordnet, mit dem Mord bei der Villa Cosulich weiterzumachen. Wie ich Ihnen am Telefon gesagt habe, ist dort eine Amerikanerin ermordet worden.«

Der Kommissar seufzte und schloss die Augen. Vielleicht hatte er seine Kräfte überschätzt, als er darauf bestanden hatte, dass seine Untergebenen zu ihm nach Hause kamen. Diese Frau, der man die Kehle durchgeschnitten hatte, interessierte ihn im Augenblick nicht die Bohne, und auch das verschwundene ukrainische Mädchen war ihm herzlich egal. Das Einzige, was er wirklich wollte, war eine ganze Flasche Grappa herunterzustürzen, zwei reichliche Portionen Lachstatar von SaluMare zu verschlingen und sich dann in einem abgedunkelten Zimmer aufs Bett zu legen.

»Vielleicht sollten wir eine Pause …«, hörte er Gargiulo

von Weitem sagen. Widerstrebend schlug er die Augen auf.

»Nein, nein. Fahren wir fort. Sie sagten gerade, Morin …«

Nach einem kurzen, peinlich berührten Schweigen fuhr Morin mit einem Blick auf ihr Notizbuch fort. »Das Opfer hieß Annabel Alexander, war vierundsechzig Jahre alt und lebte in San Diego in Kalifornien. Sie ist am Mittwoch in Triest eingetroffen und in der Pension Villa Bruna abgestiegen, einer Pension in der Strada del Friuli. Dem Eigentümer zufolge, Giacomo Hutchinson …«

Benussi merkte auf, als der Name fiel. »Hutchinson? Doch nicht zufällig verwandt mit dem großen David Hutchinson?«

»Sein Sohn.«

»Ach ja? Ich habe gerade erst sein Buch über das Ende des Universums gelesen, wirklich sehr beeindruckend. Den würde ich gern mal kennenlernen. Wie ist er denn so?«

»Wir haben ihn noch nicht getroffen«, sagte Morin.

»Die Staatsanwältin kennt ihn gut«, setzte Gargiulo hinzu. »Sie war mit seiner Frau befreundet. Die könnten Sie fragen.«

»Das wäre großartig. Als Kind wollte ich immer Astrophysik studieren, wissen Sie. Die Rätsel des Universums erforschen, die Gesetze herausfinden, denen die wunderbare Harmonie gehorcht, von der wir umgeben sind …«

Morin und Gargiulo wechselten einen vielsagenden Blick. Sie wussten, dass ihr Vorgesetzter manchmal kein Ende fand, wenn er sich für etwas begeisterte.

»Entschuldigen Sie, Commissario, aber wir müssen in einer halben Stunde in die Villa zurück, um Zeugen zu vernehmen …«

Benussi nickte, etwas peinlich berührt.

»Natürlich, natürlich. Fahren Sie fort, Morin.«

»Also, das Opfer wurde von Don Renzo gefunden, dem Priester der Kirche von Gretta, etwa gegen zwei Uhr nachmittags. Dem Gerichtsmediziner zufolge muss der Tod etwa eine Stunde vorher eingetreten sein.«

»Keine Zeugen?«

»Wir versuchen noch, die regelmäßigen Besucher des Parks ausfindig zu machen, auch wenn die um die Uhrzeit wahrscheinlich alle zu Hause waren. Es war ziemlich kalt.«

»Mögliche Verdächtige?«, schnitt der Kommissar ihr das Wort ab.

»Gestern haben wir die Gäste der Pension vernommen. Sie waren zur Tatzeit alle außer Haus, sind also theoretisch alle verdächtig. Wir sind noch dabei, die Alibis zu überprüfen. Es sieht allerdings so aus, als sei das Opfer nicht sonderlich beliebt gewesen. Auf die eine oder andere Weise hat sie es geschafft, allen auf die Füße zu treten.«

»Der Hausherrin zufolge ist sie nur nach Triest gekommen, um erotische Abenteuer zu suchen«, verkündete Gargiulo amüsiert.

Benussi starrte ihn ungläubig an. »In ihrem Alter?«

»Der Inspektor gibt nur die Einschätzung von Signora Hutchinson wieder«, präzisierte Morin. »Ich persönlich glaube nicht, dass dies der Grund für das aufdringliche Verhalten des Opfers war.«

»Und der wäre Ihrer Meinung nach?«

»Das weiß ich noch nicht. Aber ich bin fest entschlossen, es herauszufinden.«

Gargiulo warf ihr einen eisigen Blick zu. Sie hätte »wir« sagen müssen. Sie war schließlich nicht allein mit der Ermittlung beauftragt.

»Habt ihr ein Foto?«, fragte Benussi neugierig.

»Tot oder lebendig?«, wollte Morin wissen, während sie die Fallmappe aufschlug.

»Als Kommissar sollte ich das Bild der Toten analysieren, aber angesichts meines prekären Gesundheitszustands bevorzuge ich das der Lebenden.«

Morin lächelte. Die Hypothese einer gealterten Nymphomanin reizte ihn anscheinend. Sie zeigte ihr die Fotokopie des Passfotos. Benussi betrachtete es enttäuscht. Eine rundliche Frau mit nichtssagendem Gesicht und Nickelbrille unter einer Unmenge roter Haare.

Alles andere als das Konterfei einer Verführerin.

»Und wie wollen Sie jetzt weiter vorgehen?«, fragte er erschöpft.

»Wenn Sie einverstanden sind, vernehmen wir erst einmal die Gäste der Villa Bruna weiter. In der Zwischenzeit wird Ispettore Gargiulo versuchen, die Personen zu identifizieren, die regelmäßig den Park besuchen. Die Spurensicherung hat ein paar interessante Fußabdrücke hinter einer Steineiche genommen. Sie suchen noch nach Marke und Größe der Schuhe.«

»Gut, haltet mich auf dem Laufenden.«

Es war höchste Zeit, ihn sich wieder ausruhen zu lassen.

8 Als Gaia Cortona erwachte, fühlte sich sich vollkommen zerschlagen, nur einen Schritt von einem Nervenzusammenbruch entfernt. Die kleine Asia hatte die ganze Nacht geweint. Nicht einmal Cory mit ihrer legendären Geduld hatte sie beruhigen können. Seufzend zog sie den Morgenmantel über. Wenn sie gewusst hätte, was sie erwartete, hätte sie ganz sicher nicht darauf bestanden, mit Giacomo noch ein Kind zu bekommen. Aber nun war es zu spät, sie konnten nicht mehr zurück, nicht nach allem, was sie durchgemacht hatten.

Der Himmel hinter dem Fenster war grau und bewölkt. Der Winter stand bereits vor der Tür. Um zehn würden die von der Polizei wiederkommen, um die Gäste zu vernehmen. Giacomo war schon fort, um das Kind in die Krippe zu bringen.

Sie musste sich beeilen.

Gestern Abend hatte eine gewisse Nervosität geherrscht. Es war nun einmal nicht angenehm, des Mordes verdächtigt zu werden. Am meisten hatten sich die beiden Spanier aufgeregt, die keinen Tag länger bleiben wollten. Auch Roberto Ferreira, der Brasilianer, hatte protestiert, dass er nicht vorhabe, sich vernehmen zu lassen. Am Ende war es der freundliche, diplomatische Richard gewesen, der sie besänftigt hatte. Dieser Junge hatte wahrlich magische Kräfte im Umgang mit Menschen.

Zum Glück hatte auch dieser Newman, der Journalist, die ganze Sache von der sportlichen Seite genommen. Er war ein entschieden gut aussehender Mann, dachte sie, während sie sich vor dem Spiegel die Haare bürstete. Sie musste ihn näher kennenlernen. Ein bisschen Abwechslung würde ihr guttun.

Wenn doch nur diese unerträgliche Frau nie gekommen wäre! Wie lächerlich ihr Versuch war, sich an den armen Newman heranzumachen. Ganz zu schweigen von der Beharrlichkeit, mit der sie David kennenlernen wollte und behauptete, mit ihm verwandt zu sein. Was für eine Verwandtschaft sollte das denn sein? Giacomo hatte ihr versichert, dass es keine Verwandtschaft in Amerika gab, schon gar nicht in San Diego. Sosehr sie sich bemühte, sie konnte einfach keine Trauer für diesen tragischen Todesfall aufbringen, sondern nur große Wut. Ausgerechnet jetzt musste das passieren, wo das Bed & Breakfast allmählich bekannter wurde!

Nein, darauf hätte sie wirklich verzichten können.

Sie hoffte nur von ganzem Herzen, dass der Mörder sich nicht unter den Gästen fand. Das wäre eine Tragödie fürs Geschäft!

»Sie wollen auch mit uns sprechen, die von der Polizei«, sagte Corazón zu ihrem Mann, während sie den Wasserkocher einschaltete.

Eliseo sagte nichts.

Seit einigen Tagen verhielt er sich wirklich komisch. Er war noch nie besonders redselig gewesen, nicht einmal als junger Mann, aber seit sie ihn von Manila nach Triest geholt hatte, war er noch verschlossener geworden. Vielleicht dachte er noch an die Frau, mit der er sie betrogen hatte, während sie sich in Italien den Buckel krumm schuftete, um ihn und ihre beiden Söhne zu unterstützen. Es waren die Kinder gewesen, die sie informiert hatten, weil sie es nicht ertrugen, ihn mit einer anderen zu sehen. So hatte Cory ihre Papiere zusammengesucht und war ihn holen gefahren. Die Kinder waren bei ihrer Schwester geblieben, die sie seit fünfzehn Jahren gegen einen festen monatlichen Betrag großzog. Ihr Mann war ihr brav gefolgt, ohne sich zu beschweren. Sie war das Familienoberhaupt, war es immer gewesen. Zum Glück hatten sie beide eine Stelle in der Villa gefunden. Er als Gärtner und Faktotum, sie als Haushaltshilfe und, seit die kleine Asia da war, manchmal auch als Kindermädchen.

Es war sehr viel Arbeit, aber Cory schreckte das nicht. Sie war es gewohnt, von früh bis spät zu arbeiten. Ihr blieb nichts anderes übrig, zu viele Leben hingen davon ab. Auch ihrer verwitweten alten Mutter schickte sie Geld. Eines Tages würde sie gern auch die Kinder kommen lassen, die sie nicht hatte aufwachsen sehen.

Manchmal, wenn sie Asia die Windeln wechselte, dachte sie, dass sie etwas Wichtiges verpasst hatte. Aber sie hätte es nicht anders machen können. Es gab in Manila keine Arbeit. Sie war gezwungen gewesen wegzugehen, wie viele ihrer Freundinnen und Bekannten. Sentimentalität war etwas für Reiche, ein Luxus, den sie sich nicht erlauben konnte.

»Geh die Wasserkisten aus dem Keller holen. Und dann bringst du den Müll raus«, ordnete sie an, verärgert, als sie ihn einfach sitzen und nichts tun sah.

Ohne etwas zu sagen, stand Eliseo auf und ging hinaus.

Seufzend goss Cory das kochende Wasser in die Teekanne und ging nach oben, um dem Professor das Frühstück zu bringen.

»Good morning, Sir!«, sagte sie, als sie eintrat. *»Your breakfast.«*

David Hutchinson war im Bad, und Richard ordnete Papiere auf dem Schreibtisch.

»Good Morning, Cory. Leave it there. I take care of it.«

Der Junge hatte ein strahlendes Lächeln.

Cory war froh darüber, dass der sympathische Student gekommen war, um dem Professor ein wenig Gesellschaft zu leisten. *Ma'am* Gaia konnte ihn nicht leiden, und *Sir* Giacomo kam nie herauf, um ihn zu besuchen. Es war ihr ein Rätsel, wie man sich einem alten Vater gegenüber so benehmen konnte, aber das ging sie nichts an.

Zu ihr war der Professor immer freundlich, fragte sie nach ihren Kindern und machte sich Sorgen, dass sie zu viel arbeitete. Ein echter Herr. Cory wusste, dass er ein wichtiger Mann war, er bekam immer so viele Briefe. Sein Arbeitszimmer war voller Bücher und Fotos mit berühmten Persönlichkeiten. Es gab sogar eins mit Präsident Kennedy, auch wenn es schon etwas verblichen war, und ein anderes mit dem polnischen Papst.

Oft bekam er Besuch von Journalisten oder anderen Professoren aus dem Ausland. Aber er machte sich nicht wichtig deswegen, war immer gut gelaunt, lebte ein bisschen in seiner eigenen Welt, sprach mit seiner Katze und hörte klassische Musik. Er schien nichts von den Spannungen und Streitereien ein Stockwerk tiefer mitzubekommen.

Manchmal bat er Cory, das Mädchen heraufzubringen, lachte und freute sich daran zu sehen, wie sie die kleinen Händchen nach der großen Voliere ausstreckte. Doch dann wurde er schnell müde. Immerhin war er ja schon mehr als achtzig Jahre alt, da war es nur verständlich, dass er seine Ruhe und seinen Frieden haben wollte.

»Do you need anything, Sir? A coffee?«

»No, thanks. Please call us when the police will arrive.«

»I'll do it, Sir«, sagte sie und ging hinaus.

Richard Noble nahm die Packung mit den Herztabletten und legte sie neben die Teetasse, während er wartete, dass Hutchinson aus dem Bad kam. Die Kopfschmerzen waren stechender geworden. Er biss die Zähne zusammen und massierte sich die Schläfen, in der Hoffnung, die Schmerzen ein wenig zu lindern. Aber er wusste, dass es nichts nützen würde. Er musste es aushalten. Gestern Abend hatte der Professor sich sehr aufgeregt bei der Vorstellung, mit der Polizei reden zu müssen. »Was habe ich damit zu tun? Ich kannte sie ja nicht einmal.«

Du Glücklicher, hatte Richard gedacht.

Es hätte ihn nur unnötig aufgeregt.

David Hutchinson kam aus dem Bad, auf seinen Stock gestützt, und wunderte sich, Richard zu sehen.

»Bist du schon hier?«

Der alte Professor trug eine ausgeblichene blaue Djellaba und verschlissene venezianische Samtpantoffeln. Ein langer, grau melierter Bart umrahmte ein lebendiges, intelligentes Gesicht, das von zwei vom grauen Star getrübten blauen Augen erleuchtet wurde.

»I brought your newspaper«, antwortete Richard und zeigte auf den *Corriere della Sera*.

»Ich habe dir die Zeitung gebracht! Sprich Italienisch! Bist du nicht nach Triest gekommen, um es zu lernen?«

»*Okay, sorry* … die Zeitung … *but* … wenn ich störe, *I'll come* … ich komme später wieder.«

»Nein, nein, bleib nur. Ich freue mich, dich zu sehen. Trink eine Tasse Tee mit mir.«

»*Thanks* … grazie«, korrigierte er sich, »ich hatte schon *coffee* … vorhin.«

»Dann leiste mir einfach nur Gesellschaft.«

David Hutchinson ließ sich schwer in den Sessel fallen. *»Si jeunesse savait, si vieillesse pouvait!«*, sagte er mit einem Seufzen.

Richard blickte ihn verständnislos an.

»Das war Französisch, mein lieber Junge. Als junger Mensch hat man keine Ahnung und als alter kann man nicht mehr, aber nicht so, wie du vielleicht denkst. Sex hat mich nie interessiert. Kaum mehr als ein tierischer Impuls, dem viel zu viel Bedeutung beigemessen wird. Die wahre Impotenz besteht darin, sich nicht mehr frei bewegen zu können. Gefangen in einem Körper zu sein, der einem nicht mehr gehorcht. Was hat mir denn diese entzückende Philippinin gebracht?«

Hutchinson hob das Tuch hoch, das Toast und Butter bedeckte. »Allerbestens … Ich weiß nicht, wie ihr Amerikaner das schafft, direkt nach dem Aufstehen schon *Bacon and Eggs* zu verschlingen.«

»Ihr … Amerikaner?«, fragte Richard lächelnd.

»Ich habe mich nie als Amerikaner gesehen, eher als Weltbürger. In Triest fühle ich mich wohl, weil es eine Stadt voller Verrückter und Exilanten ist, wie ich.«

Richard schenkte ihm Tee ein und setzte sich ihm gegenüber. Der Alte musterte ihn verblüfft. »Wie alt bist du?«

»*Twenty-nine* … *sorry,* neunundzwanzig.«

»Und du hast nichts Besseres zu tun, als mir die Zeitung vorzulesen?«

»Das mache ich gern …«

»Sähe man dir nicht an. Du machst ein seltsames Gesicht heute Morgen. Hast du schlecht geschlafen?«

»Nicht nur das … ein bisschen … Kopfschmerzen.«

Hutchinson lächelte. »Na ja, das deutet nur darauf hin, dass du einen hast, einen Kopf. Was man vom größten Teil der Menschheit nicht behaupten kann. War sie denn wirklich verrückt, diese Frau, die ermordet worden ist?«

Richard nickte. »*A little strange*, ja.«

»Was ich immer noch nicht verstehe, ist, was die von mir wollen!«

»Vielleicht nur ein Vorwand, um dich zu treffen? Berühmt wie du bist!«

»Genau, wie Greta Garbo!«, schnaufte Hutchinson sarkastisch. »Wirklich lästig, diese Berühmtheit. Ich schenke sie dir, wenn du willst. Sie hat mir nichts als Probleme eingebracht.«

»Probleme?«, fragte Richard verwundert.

»Werd bloß nie berühmt, mein Junge. Es ist eine höllische Falle, die einen nur daran hindert, man selbst zu sein.« Der Professor machte eine verärgerte Geste. »Und außerdem habe ich es noch nie leiden können, ausgefragt zu werden, schon in der Schule nicht. Mein Hirn ist mir stehen geblieben, ich bin auf der Stelle verblödet.«

Richard brach in Lachen aus.

»*The same with me* … Ich auch. Alle erwarteten Großes von mir, und ich, nichts! *Black hole,* hier im Kopf!«

Jemand klopfte an die Tür und steckte den Kopf herein. Es war Eliseo.

»*The police, Sir.*«

»Lasst sie nicht hier heraufkommen«, regte sich David Hutchinson auf und erhob die Stimme. »Sie dürfen nicht raufkommen! Ich komme runter!«

Der Filipino nickte und schloss die Tür wieder.

Hutchinson erhob sich mühevoll, auf seinen Stock gestützt.

»Gehen wir, mein Junge. Raus mit dem Zahn, raus mit dem Schmerz.«

»Schmerz? Hast du Zahnschmerzen?«

»Nein, nur so eine Redensart. Gib mir deinen Arm, die Treppen sind schon seit einiger Zeit mein Feind.«

9

San Diego, 29. August 1985

Endlich habe ich es geschafft.

Der Samen hat Wurzeln geschlagen, genau heute, am Tag meines achtunddreißigsten Geburtstags. Ein schöneres Geschenk hätte ich mir nicht wünschen können.

Ich werde ein Kind bekommen!

Und es wird nicht irgendein Kind sein: Es wird ein Genie zum Vater haben, vielleicht sogar einen Nobelpreisträger!

Was für ein Glück, dass ich Doktor Graham persönlich kennenlernen konnte, ich hatte solche Angst, eine zurückgebliebene Kreatur in die Welt zu setzen, vielleicht sogar mit genetischen Fehlern, wie es Susan passiert ist. Ihre Tochter, die Ärmste, ist taub und blind geboren worden. Wirklich schrecklich. Das konnte ich nicht riskieren. Nicht in meinem Alter.

Um ehrlich zu sein, hatte ich ja gehofft, einen Sohn von Carlos zu bekommen, aber er hat mich betrogen, wie alle anderen auch.

Also habe ich beschlossen, es allein zu machen. Wozu braucht man schon einen Vater?, dachte ich. Was zählt, ist die Liebe, und davon habe ich wirklich viel zu geben.

Professor Graham ist ein Wohltäter der Menschheit. Ich weiß nicht, warum so viele so schlecht über ihn reden. Ein Mann, der den Samen von Männern mit überdurchschnittlicher Intelligenz sammelt, um ihn Frauen wie mir gratis zur Verfügung zu stellen, die sich nichts sehnlicher wünschen, als gesunde Kinder zu bekommen, intelligente und begabte, kann kein Verrückter sein. Vielleicht ein Idealist, ein Träumer. Und die Welt braucht Idealisten und Träumer!

Als ich vor zwei Jahren zum ersten Mal bei der »Bank der verborgenen Nobelpreisträger« war – so wird sein »Repository for Germinal Choice« von allen genannt –, schlug mir das Herz bis zum Hals. Ich war so froh, dass mein Antrag angenommen worden war. Während ich auf das Gespräch mit Doktor Graham wartete, habe ich die Fotos der bereits geborenen Kinder betrachtet, die die Wände bedeckten. Sie waren wunderschön und hatten alle einen sehr intelligenten Blick. Auch mein Kind wird so werden.

Das Gespräch war dann kurz, aber herzlich. Er bedankte sich bei mir für meine Entscheidung, sein Projekt zu unterstützen, um das genetische Erbe der menschlichen Rasse zu verbessern, die, seiner Meinung nach, einen unerbittlichen Niedergang Richtung Barbarei und Massenverblödung erlebt. Er sagte mir, dass er das Aufwachsen meines Kindes Schritt für Schritt verfolgen würde und ich ihn als Wahlvater sehen müsse. Er betrachtet die Kinder seiner Spender alle auch ein bisschen als seine eigenen. Das machte mir Mut. Ich werde nicht allein sein bei diesem Abenteuer, das meinem Leben endlich einen Sinn geben wird. Leider waren die ersten beiden Versuche nicht erfolgreich, es ging mir schrecklich, ich dachte, dass ich es nie schaffen würde, und jetzt …

Wenn meine Mutter nicht die alte Hexe wäre, die sie nun einmal ist, würde ich sie anrufen, um ihr die freudige Nachricht mitzuteilen. Immerhin wird sie Großmutter. Aber mit Sicherheit würde sie nur irgendetwas Unangenehmes sagen, etwas, wie dass Kinder einen Vater bräuchten. Ich hasse ihren bürgerlichen Konformismus. Für sie ist in all den Jahren überhaupt nichts passiert. Sie lebt noch im 19. Jahrhundert. Wie oft hat sie mich angefleht, nach Boston zurückzukehren und »endlich wieder zur Besinnung« zu kommen, was in ihren Augen bedeutet, zu heiraten und Kinder zu bekommen, wie es die Sprösslinge ihrer Freundinnen alle fleißig getan haben. Ich wäre doch verrückt!

Wie sagte der Meister so treffend: Man müsste die Ehe vom Antlitz der Erde tilgen, denn mit ihr würden auch Scheidungen, Prostitution, Priester, Psychoanalyse und Psychiater verschwinden. Und was sollte jemand wie ich in Boston machen? Ich liebe Kalifornien, ich liebe dieses Haus am Meer, ich liebe es, meine Ethnokleider zu nähen und in Harmonie mit der Natur zu leben.

Zum Glück, dank des Erbes, muss ich mich nicht um Geld sorgen. Ich habe genug für mich und mein Kind. Das war das einzig wirklich Nette, was mein Vater je für mich getan hat.

Zu sterben.

Friede seiner Seele.

10

Elettra Morin kehrte erschöpft in ihre Einzimmerwohnung in der Via Tigor zurück. Es war ein mörderischer Tag gewesen, und sie sehnte sich jetzt nach nichts mehr als nach einer Dusche, sich auf dem Sofa auszustrecken und endlich den Stecker zu ziehen.

Perla kam ihr maunzend entgegen.

»Hast du Hunger?«, fragte sie sie. »Ist das Futter schon alle?«

Wie zur Antwort strich die Katze ihr um die Beine.

»Na gut, ich mache dir eine Dose auf.«

Elettra ignorierte das wiederholte Trillern, das neue WhatsApp-Nachrichten auf ihrem Handy ankündigte. Sie wusste, von wem sie stammten, hatte aber keine Kraft mehr, um sich auf einen Austausch pseudospiritueller Sprüche mit der Frau einzulassen, die sie zur Welt gebracht hatte.

Nach dem Duschen würde sie ihr eine Nachricht schreiben.

Sie wollte sie nicht verletzen, aber Laura musste verstehen, dass dieses Bombardement wirklich anstrengend war. Sie verhielt sich wie ein aufdringlicher Teenager.

Seit sie vor einigen Monaten herausgefunden hatte, wer ihre leibliche Mutter war, war Elettra zwischen lauter widersprüchlichen Gefühlen hin- und hergerissen. Nach der Freude des ersten Treffens war die Begeisterung allmählich abgeflaut.

Immerhin war Aurora – die Frau, die sie mit sechs Jahren adoptiert hatte und die sie angebetet hatte – nur wenig mehr als ein Jahr tot, und Elettra fühlte sich noch nicht bereit für eine neue Mutter. Es hatte nicht lange gedauert, bis ihr klar geworden war, dass die Beziehung zu Laura irgendwie auf dem Kopf stand. Laura verhielt sich wie eine Tochter, die sich danach sehnte, geliebt zu werden, nur dass sie in keiner Weise dazu bereit war, ihr gegenüber die Mutter zu geben.

Während sie unter dem warmen Strahl der Dusche entspannte, ertappte Elettra sich dabei, wie sie den Zeiten nachtrauerte, in denen sie ihrer Fantasie freien Lauf lassen und sich Geschichten über die Siebzehnjährige hatte ausdenken können, die sie nach der Geburt im Stich gelassen hatte. Alle Hypothesen waren möglich gewesen, und sie hatte sich der Illusion hingeben können, dass dieses Gefühl der Leere in ihrem Leben, das sie schon immer begleitete, sich wundersamerweise legen würde, sobald sie die Wahrheit entdeckte.

Was leider nicht geschehen war.

Noch im Bademantel streckte sie sich auf dem Sofa aus und schloss die Augen. Wenig später legte sich Perla auf ihren Bauch und begann zu schnurren. Unwillkürlich kamen ihr die Gesichter und Stimmen der Gäste der Villa Bruna wieder ins Gedächtnis. Das geschah häufig nach einem anstrengenden Tag. Es war, als würde in ihrem Kopf ein Band abgespielt, das sie zwang, alles, was sie gesehen, gesagt und gehört hatte, noch einmal durchzugehen, um sicherzugehen, dass ihr nicht doch etwas Wichtiges entgangen war.

Die Idee, alle Gäste in einem Raum zusammenzubringen, war ihre gewesen, ein Versuch, die Ermittlungen zu beschleunigen und mögliche Widersprüche aufzudecken. Es waren schon zweiunddreißig Stunden seit dem Auffinden der Leiche vergangen, und sie konnten es sich nicht erlauben, noch mehr Zeit zu verlieren. Am Abend der Tat hatte sie weder mit dem spanischen Ehepaar noch mit dem brasilianischen Vertreter sprechen können. Alle drei hatten ihr Handy ausgeschaltet gehabt.

Von den anderen – Giacomo Hutchinson, Richard Noble, Hugo Newman, Gaia Cortona und Eliseo Ruiz – hatte sie nur hastige, ungenaue Antworten zu möglichen Alibis erhalten.

Viel zu ungenau und viel zu unausgegoren.

Es bestand natürlich immer noch die Möglichkeit, dass der Mörder gar nicht unter den Gästen der Pension war, worauf Valerio nicht müde wurde hinzuweisen, aber ihr Bauchgefühl trieb sie dazu, genauer nachzuforschen. Und ihr Bauchgefühl täuschte sie normalerweise nicht.

Der Erste, den sie vernommen hatten, war der alte Professor gewesen. Nicht, weil er zu den Verdächtigen gezählt hatte – er verließ das Haus schon seit Jahren nicht mehr –, sondern um abzuklären, ob die Behauptung des Opfers, mit ihm verwandt zu sein, irgendeine Grundlage hatte.

Sie hatte sich als falsch erwiesen.

David Hutchinson hatte keine Verwandten in Amerika. Er war ein Einzelkind gewesen, und sein einziger Onkel, der Bruder seiner Mutter, war kinderlos geblieben. Folglich gab es keine möglichen Neffen oder Cousins oder Großneffen. Annabel Alexander hatte sich also als krankhafte Lügnerin entpuppt, wie Gaia Cortona es schon die ganze Zeit behauptet hatte.

Nachdem er seine Aussage gemacht hatte, hatte der berühmte Wissenschaftler Sohn und Schwiegertochter mit einem Zitat aus *King Lear* abserviert: *»Far from me, Goneril and Regan … How sharper than a serpent's tooth it is, to have a thankless child!«* Sodann war er, gestützt auf Richard Noble, davongegangen und hatte noch gesungen: *»See you later, alligator.«*

Die Gäste hatten amüsiert aufgelacht.

»Ich verstehe nicht, wozu wir überhaupt bei dieser lächerlichen Inszenierung dabei sein mussten«, hatte sich Gaia Cortona echauffiert, während sie ihrem greisen Schwiegervater nachsah. »Konnten Sie ihn nicht in seiner Wohnung vernehmen?«

»Bitte, Gaia, reiß dich zusammen«, war ihr Mann Giacomo dazwischengegangen. »Wir wollen hier keine Szene machen!«

»Die Szene habe ganz sicher nicht ich gemacht! Wenn ich nicht wäre, wäret ihr Hutchinsons sowieso …«

In dem Moment war Elettra aufgestanden und hatte sie mit einer Handbewegung zum Schweigen gebracht.

»Meine Herrschaften, ich bitte Sie. Wir sind nicht hier, um Ihnen in Familienstreitigkeiten beizustehen, sondern um einen Mord aufzuklären.«

Daraufhin war allgemeiner Protest ausgebrochen. Das spanische Ehepaar, Carmen und José Gonzales, hatte sich am meisten aufgeregt. Sie hatten bereits einen Flug verpasst, wurden sie nicht müde zu wiederholen, und wollten auf keinen Fall den zweiten am Abend ebenfalls verpassen. Es sei doch nicht möglich, dass niemand sie im Ristorante Nero di Seppia in der Via Cadorna hatte zu Mittag essen sehen! Mindestens noch sieben andere Gäste waren dort gewesen! Man bräuchte nur den Wirt zu fragen, sie hatten mit Kreditkarte bezahlt!

Auch der Brasilianer Roberto Ferreira hatte sich eher feindselig gezeigt und damit gedroht, »sehr wichtige« Persönlichkeiten anzurufen, um sich aus diesem, wie er es nannte, Kidnapping zu befreien. Freitag um ein Uhr hatte er sich im Illycaffè in der Via Flavia aufgehalten, zu einem geschäftlichen Gespräch. Dottor Andrea Illy persönlich könnte das bestätigen.

Innerhalb der nächsten halben Stunde waren nach einer Reihe von Telefongesprächen von Valerio die jeweiligen Alibis bestätigt worden, sodass die drei verärgerten Ausländer hatten abreisen können, empört über die Behandlung, die ihnen zuteilgeworden war.

Dann war Gaia Cortona an der Reihe gewesen. Voller Verachtung und Überheblichkeit hatte sie Elettra darüber informiert, dass sie an jenem Tag um vierzehn Uhr bei ihrer Kosmetikerin gewesen sei. Abgesehen davon habe sie das schon gleich am Abend nach der Tat ausgesagt, aber die jungen Polizisten seien offensichtlich überfordert gewesen, sonst hätten sie das ja längst überprüfen können. Elettra hatte gesehen, wie die Adern an Valerios Hals angeschwollen waren. Er vertrug es ganz schlecht, der Nachlässigkeit beschuldigt zu werden, und schon überhaupt nicht in einem solchen Ton.

»Ihre Kosmetikerin war gestern nicht erreichbar«, hatte er nur barsch gesagt. »Wir haben den ganzen Tag über versucht, Kontakt mit ihr aufzunehmen. Sie hat mich erst vor Kurzem zurückgerufen und mir gesagt, dass sie an einer Fortbildung in Treviso teilgenommen und daher das Telefon ausgeschaltet hatte.«

»Dann wird sie bestätigt haben, dass ich am Freitag bei ihr war.«

»Ja.«

»Konnten Sie mir das nicht gleich sagen?«

»Ich sage es Ihnen jetzt.«

»Ist Ihnen eigentlich klar, dass ich Ihretwegen den ganzen Vormittag verplempert habe? Ich erwarte Gäste aus Holland und habe noch eine Milliarde Sachen zu erledigen!«

»Ist Ihnen klar, dass eine Frau auf barbarische Weise ermordet wurde?«

»Aber doch nicht hier in meinem Haus! Sie missbrauchen Ihre Macht!«

An dem Punkt hatte Elettra sich entschieden einzugreifen, bevor die Gemüter sich noch mehr erhitzten. »Sie können sich jetzt um Ihre Gäste kümmern, Signora Hutchinson. Aber rühren Sie das Zimmer des Opfers nicht an, das ist noch unter Verschluss.«

Gaia hatte sie indigniert angeschaut.

»Immer noch? Und wie lange soll das noch gehen?«

»Wenn wir alle Zeugen vernommen haben, werden wir hinaufgehen, um weitere Spuren zu sichern.«

»Ich verstehe überhaupt nicht, was Sie da noch finden wollen. Sie haben es doch gestern schon durchsucht.«

»Heute Abend werden wir fertig sein, keine Sorge«, hatte Elettra das Gespräch versöhnlich beendet.

Gaia Cortona hatte es vorgezogen, nicht weiterzustreiten, und sich darauf beschränkt, in eisigem Ton darum zu bitten, auch ihre Philippinin freizugeben – offensichtlich betrachtete sie diese als ihr persönliches Eigentum. »Sie hat überhaupt nichts mit der ganzen Sache zu tun, und ich brauche sie dringend.«

Corazón zählte tatsächlich nicht zum Kreis der Verdächtigen. Sie war die Einzige, die ein unerschütterliches Alibi hatte: Seit zwölf Uhr an jenem Tag hatte sie sich nicht aus der Küche fortbewegt, weil sie das Mittagessen für die kleine Asia und dann für den Rest der Familie hatte vorbereiten müssen. Elettra hatte sie nur aus dem Grund dabehalten wollen, um ihre Reaktion während der Vernehmung ihres Mannes zu beobachten, doch da sich sowieso alles ziemlich lang hingezogen hatte, hatte es keinen Sinn mehr gehabt, die allgemeine Anspannung noch zu verstärken.

»Einverstanden. Corazón, Sie können auch gehen.«

Zusammen mit seiner Frau war auch Eliseo aufgestanden.

»Nein, Sie bleiben noch«, ordnete Valerio an und hielt ihn auf. Verwirrt und erschreckt hatte er seine Frau angesehen, die ihn mit einigen Worten in ihrer eigenen Sprache beruhigte.

Nachdem die beiden Frauen draußen waren, war es etwas schneller vorangegangen. Giacomo Hutchinson hatte bekräftigt, er habe wie jeden Morgen mit Asia das Haus verlassen. Sie seien an der Villa Cosulich vorbeigekommen, hätten den Park aber nicht betreten, weil es zu kalt gewesen sei. Gegen eins seien sie zurückgekehrt, was Corazón bestätigen könne. »Ich hatte das Kind bei mir, wie hätte ich da jemandem die Kehle aufschlitzen sollen? Und warum auch?«, lautete seine treuherzige Verteidigung.

In der Tat machte Giacomo Hutchinson den Eindruck eines harmlosen und eher charakterschwachen Mannes, der seine Tochter innig liebte und Opfer einer älteren Ehefrau war, die ihn an kurzer Leine hielt.

Freitag um die Mittagszeit war Richard Noble zu Fuß zum ITCP gegangen, um sich das berühmte Wissenschaftszentrum, an dem Professor Hutchinson geforscht hatte, anzusehen. Nein, er hatte mit niemandem gesprochen, sondern sich darauf beschränkt, ein wenig herumzulaufen. Danach war er nach Hause zurückgekehrt. »Sind Sie nicht irgendwo zum Essen gewesen?«, hatte Elettra nachgehakt. In stockendem Italienisch hatte der junge Mann erklärt, dass er um die Mittagszeit nichts zu sich nehme. Er habe Probleme mit dem Magen. Danach hatte er wiederholt, er kenne das Mordopfer nicht und habe es auch nie getroffen. Er habe keinerlei Motiv gehabt, um sie zu töten. Er sei ein einfacher Literaturstudent, der nach Triest gekommen war, um Italienisch zu lernen. Er träume davon, eines Tages herzuziehen, um Englisch zu unterrichten, wie es James Joyce getan hatte.

Was den Journalisten Hugo Newman betraf, war sein Alibi sogar noch brüchiger als das der anderen. Er behauptete, auf seinem Zimmer geblieben zu sein, um ein Interview mit Professor Hutchinson vorzubereiten. Leider hatte niemand ihn gesehen. Sein Zimmer lag etwas abseits der Villa, in einer umgebauten Remise, und verfügte über einen eigenen Eingang.

Ob er sich vielleicht irgendwann während dieser Zeit ins Internet eingeloggt habe, hatte Valerio gefragt. Nein, hatte er geantwortet. Das WLAN reichte nicht bis zu seinem Zimmer, Internet gab es nur im Salon. Gaia Cortona, so hatte Elettra eingeworfen, habe behauptet, das Opfer hätte sich in ihn verguckt, ja sogar versucht, sich an ihn heranzumachen. »Können Sie sich erklären, warum sie … sagen wir mal … Ihnen den Hof gemacht hat?«

Hugo Newman hatte kurz gezögert, als müsse er selbst erst überlegen, bevor er antwortete. Dann hatte er seufzend den Kopf geschüttelt. »Ich habe keine Ahnung. Vielleicht hat sie mich mal in irgendeiner Zeitung oder im Fernsehen gesehen. In den Staaten bin ich ziemlich bekannt.«

Eine plausible Erklärung, hatte Elettra gedacht, die aber nicht alle Zweifel ausräumte. Ihr Bauchgefühl sagte ihr, dass Hugo Newman und Mrs Alexander sich von früher kennen mussten. Blieb nur noch die Frage, warum der Journalist versuchte, das zu verbergen. Er war ein gut aussehender junger Mann, der das auch wusste, doch in seinem Blick lag etwas Beunruhigendes. Es könnte sich lohnen, ein wenig in seiner Vergangenheit nachzuforschen.

Der Letzte, der vernommen worden war, war der stille Eliseo Ruiz. Auch er hatte kein echtes Alibi. Er war nach draußen gegangen, um den Müll rauszubringen, wusste aber nicht mehr genau, wann, und vor allem nicht, wie lange er draußen geblieben war. Er schien am meisten Angst zu haben und machte auch den schuldigsten Eindruck von allen. Elettra hatte es jedoch vorgezogen, nicht weiter in ihn zu dringen. Sie hatte in seinem ausweichenden Blick und seinen stammelnden Sätzen das große Unbehagen erkannt, vor Menschen zu sprechen, die ihn wenig schätzten, ohne sich hinter dem schützenden Rücken seiner Frau verstecken zu können. Elettra hatte sich vorgenommen, noch ein paar Worte mit Corazón zu sprechen, um herauszubekommen, ob ihr Mann sich in der Vergangenheit jemals gewalttätig oder unberechenbar verhalten hatte.

Um halb eins, nach zweieinhalb Stunden Vernehmung, hatten Elettra und Valerio sich von den Zeugen verabschiedet mit dem üblichen Satz, dass sie sich weiterhin zur Verfügung halten sollten.

Dann waren sie zu einer letzten Inaugenscheinnahme ins Zimmer des Opfers hinaufgegangen. Die Kleidung, Schuhe, persönlichen Gegenstände und Bettwäsche waren bereits in der kriminaltechnischen Abteilung. Elettra wollte nur noch einmal nachsehen, ob ihr nichts entgangen war.

Irgendein Detail.

Sie wusste aus Erfahrung, dass irgendetwas immer übersehen wurde. Und häufig das Wichtigste.

Das Zimmer war nicht besonders groß, aber geschmackvoll eingerichtet. Pastelltöne an den Wänden, Parkettboden, ein Doppelbett mit einem provenzalischen Überwurf und zwei Schränke an der Wand. Vom einzigen Fenster aus sah man das Meer und hinter dem Meer die violetten Umrisse der Insel Grado.

Elettra und Valerio hatten sich die Mühe gemacht, alles noch einmal zu inspizieren. Sie hatten das Bett verrückt, unter der Matratze nachgesehen, Bilder und Spiegel abgehängt, Schubladen aufgezogen und Teppiche ausgeschüttelt, ohne irgendetwas zu finden.

Erst im Hinausgehen hatte eine Vase mit getrockneten Hortensien Elettras Aufmerksamkeit erregt. Ohne nachzudenken, hatte sie die Zweige herausgenommen und die Vase umgedreht. Nichts. Als sie die Blumen wieder an ihren Platz zurückstellen wollte, fiel ein USB-Stick aus der Blüte einer Hortensie.

Eigentlich hatte sie sofort Valerio rufen wollen, der bereits wieder im Flur war, dann hatte sie aber einfach den Ärmel ihres Pullovers über die Hand gezogen und den Stick ergriffen, ohne Fingerabdrücke zu hinterlassen. Sie hatte ihn in einen der Plastikbeutel fallen lassen, die sie stets bei sich trug.

Jetzt lag der Stick vor ihr und wartete darauf, untersucht zu werden. Sie wusste, dass sie ihn eigentlich in der Zentrale hätte abliefern und zu den Akten legen lassen müssen. Aber dieses eine Mal hatte sie sich nicht an die Verfahrensvorschriften gehalten. Ihn offiziell untersuchen zu lassen würde bedeuten, ihre Entdeckung mit anderen teilen zu müssen; ein einziges Mal nur wollte sie die Freude auskosten, die Erste zu sein.

11 Admiral a. D. Luigi Croff fühlte sich traurig an jenem Morgen. Er hatte keine Lust, nach Hause zurückzukehren, hatte keine Lust, sich den lächerlichen Anschuldigungen seiner Frau zu Julijas Verschwinden auszusetzen. Der verdrehten Logik Adeles zufolge, hatte er sie dazu getrieben, die Nacht auswärts zu verbringen, weil sie seinen Nachstellungen entgehen wollte.

Aber welchen Nachstellungen denn?

Dieses Mädchen war wie ein unverhoffter Sonnenstrahl gewesen, ein Grund, morgens aus dem Bett aufzustehen und sich einem neuen Tag zu stellen. Nach all den Jahren auf See, den Reisen, den Landgängen in den Häfen der Welt war die Rückkehr nach Triest wie eine Verurteilung zum Tod gewesen. Er fühlte sich wie ein Löwe im Käfig. Es gibt Menschen, die nicht zwischen vier Wänden leben und darauf hoffen können, glücklich zu sein. Und er war in diesem Haus alles andere als glücklich, mit dieser alt gewordenen, kranken Frau voller Groll, die überall Verrat witterte.

In Wirklichkeit wollte Adele ihn für die glücklichen Jahre bezahlen lassen, die er fern von ihr verbracht hatte. Jahre, in denen sich jeder Morgen anders als der vorherige darstellte, mit neuen Herausforderungen, neuen Fragen, die es zu beantworten, neuen Routen, die es zu durchpflügen galt, und vor allem neuen Frauen, die in den Häfen auf ihn warteten.

Die Ankunft dieses Mädchens, das stimmte, hatte sein sexuelles Verlangen wieder geweckt, das er für immer gebändigt geglaubt hatte. Ihre zuvorkommende Art, ihre Freundlichkeit und gleichzeitig ihre Melancholie hatten ihn erregt. Er hatte immer schon eine Schwäche für kleine Frauen gehabt, unterwürfige, die sich beinahe einschüchtern ließen von seiner sexuellen Kraft. Er träumte davon, in ihr Zimmer einzudringen, nachts, und diese kleinen, festen Brüste zu liebkosen, die ihn an eine junge Thailänderin erinnerten, die er bei seinen Aufenthalten in Bangkok regelmäßig zu besuchen pflegte. Er träumte davon, sie überall zu küssen, zu spüren, wie ihr zierlicher Körper unter seiner Zunge zu beben begann. Er träumte davon, mit den Fingern in ihr feuchtes Geschlecht einzudringen und sie vor Lust stöhnen zu hören, ihn zu bitten, weiterzumachen, nicht aufzuhören. Fantasien, das wusste er. Nur Fantasien, in denen er sich aber noch lebendig, noch wie ein Mann fühlte.

Was war denn so schlimm daran? Auch wenn er achtundsiebzig war, wäre er doch noch absolut in der Lage, eine junge Geliebte zu befriedigen.

Adele hatte seine etwas zu beharrlichen Blicke auf Julijas Körper aufgefangen und ihn ein altes Schwein genannt. Ah, wenn er nur den Mut gehabt hätte, einfach zu gehen, diese Megäre, die er vor fünfzig Jahren geheiratet hatte, zu verlassen und einfach zu gehen. Ein Schiff zu besteigen und bis ans Ende seiner Tage auf einer Insel im Malaiischen Archipel zu leben, am Meer, und flaschenweise Whisky zu trinken und alle Mädchen zu ficken, die er wollte.

Als er in die Wohnung kam, merkte er sofort, dass etwas nicht stimmte.

Das Tischchen am Eingang stand im Weg, Scherben einer Blumenvase lagen auf dem Boden verstreut, zusammen mit der Post, den Garagenschlüsseln und Adeles Wintermantel.

Einbrecher, dachte Croff sofort, während ihm das Herz bis zum Hals schlug.

»Adele! Adele, wo bist du?«

Keine Antwort.

Er lief ins Zimmer seiner Frau und fand sie am Boden liegend, offensichtlich verwirrt, die Hände auf dem Rücken gefesselt. Alle Schubladen waren aufgezogen, die Schränke ausgeleert.

»Adele!«, schrie Croff erschreckt und machte sich daran, das Seil aufzuknoten. »Was ist passiert?«

Die alte Frau starrte ihn zitternd mit tränenerfüllten Augen an. Ein Speichelfaden rann aus ihrem Mundwinkel.

»Beruhige dich, es wird alles gut«, sagte er und hievte sie mühsam hoch, um sie aufs Bett zu legen. »Möchtest du einen Schluck Wasser?«, fragte er sie, während er ihr Kinn mit dem Zipfel des Lakens abtrocknete.

Adele antwortete nicht, sie zitterte und weinte weiter, wobei sie sich den rechten Arm hielt.

»Warte. Ich komme gleich wieder, ich rufe nur schnell die Polizei.«

Während er aus dem Zimmer ging, hörte er es in Julijas Zimmer rumoren.

Die Einbrecher waren noch im Haus!

Er durfte nichts riskieren. Er schloss sich im Bad ein und zog das Handy aus der Tasche.

»Polizei?«, flüsterte er. »Hier spricht Croff. Schnell,

kommen Sie sofort her, es sind Einbrecher im Haus. Sie haben …«

Er konnte nicht weitersprechen, jemand riss ihm das Telefon aus der Hand und warf es auf den Boden. Croff sah sich einem ganz in Schwarz gekleideten Mann gegenüber, der eine Skimaske trug.

»Wo ist Mädchen?«, zischte er ihn an und hielt ihm dabei ein Messer an die Kehle.

Der Alte starrte ihn verschreckt an und stammelte: »Wel…ches … Mädchen?«

»Julija, wo ist?«

»Ich … ich weiß es nicht«, murmelte er, während er an die Wand zurückwich.

»Du Lügner«, sagte der Mann und bohrte ihm die Messerspitze in den Hals.

»Sie ist nicht zurückgekommen.«

Die Augen des Mannes blickten ihn eiskalt an. Wahrhaft furchterregend.

»Ich bitte Sie … ich weiß nichts …«

Der Mann bückte sich, um Croffs Handy aufzuheben.

»Das nehme ich.«

Dann stieß er ihn mit voller Wucht gegen die Duschkabine, lief hinaus und schloss die Tür ab.

Der Admiral spürte, wie das Glas hinter seinem Rücken zersplitterte, stürzte zu Boden und merkte noch, wie er sich den Kopf an etwas Hartem anschlug. Bevor er das Bewusstsein verlor, dachte er an seine Frau, die in ihrem Zimmer auf ihn wartete.

Und empfand Reue.

Als Elettra Morin und Valerio Gargiulo in der Wohnung der Croffs eintrafen, war schon nichts mehr zu machen.

Doktor Cerri, der wenig später zu ihnen trat, bestätigte die beiden Todesfälle. Der Admiral war im Badezimmer gestorben, er hatte sich den Kopf am Rand der Duschwanne gestoßen, und die Frau hatte auf dem Bett liegend einen tödlichen Herzinfarkt erlitten.

Das Zimmer, in dem Julija Rostowa gewohnt hatte, war auf den Kopf gestellt worden. Elettra Morin erkannte sofort, dass dies kein gewöhnlicher Einbruch war, sondern dass jemand gezielt die Sachen des Mädchens durchsucht hatte. Wonach auch immer gesucht worden war, es war nicht gefunden worden.

Sie sammelte die letzten Habseligkeiten in einer Plastiktüte, für den Fall, dass Julija noch am Leben war. Es war nicht viel. Etwas Unterwäsche, zwei Hosen, drei Blusen, ein dicker Pullover, eine Bibel in kyrillischer Schrift und eine Aluminiumbox mit ein paar Familienfotos.

Die Kollegen von der Spurensicherung hatten sich bereits an die Arbeit gemacht und versuchten, Fingerabdrücke im Bad und im Schlafzimmer der armen Signora zu sichern.

Im Flur sah Valerio Gargiulo mitgenommen dabei zu, wie die Leichen der beiden alten Leute auf Bahren gehoben wurden. Ein gemeinsam verbrachtes Leben, das am selben Tag zu Ende gegangen war. Im Grunde hatten sie, trotz ihres tragischen Endes, Glück gehabt. Er fragte sich, ob er jemals eine Frau finden würde, die bereit wäre, mit ihm bis ans Lebensende zusammen zu sein. Ein lächerlicher Gedanke, das wusste er, die Zeiten des »für immer und ewig« waren vorüber. Aber das änderte nichts daran, dass sein neapolitanisches Herz sich weiter nach einer Liebe sehnte, die die Zeit überdauern und sich Jahr um Jahr erneuern konnte. Etwas, das er mit Elettra ganz sicher so nie erleben würde.

»Na, bist du im Stehen eingeschlafen?«, fragte die Besagte, als sie ihn so reglos vor den Bahren stehen sah.

»Wir sind hier fertig«, sagte Agente Pierri von der Spurensicherung.

Valerio riss sich aus seinen unangebrachten Grübeleien. »Nur ein bisschen müde«, entschuldigte er sich mit einem Blick auf die Uhr.

»Hast du schlecht geschlafen?«

»Ich glaube nicht, dass dich das was angeht«, antwortete er verärgert, während er Pierri an der Wohnungstür einholte.

Elettra lief ihm nach und fasste ihn am Arm.

»Komm heute Abend zu mir«, flüsterte sie ihm ins Ohr, damit die anderen sie nicht hörten.

Valerio schüttelte den Kopf. »Ich habe zu tun.«

»Bitte. Ich habe etwas im Zimmer von Mrs Alexander gefunden. Ich möchte, dass du dir das auch ansiehst, bevor wir es der Staatsanwaltschaft übergeben.«

Valerio schaute sie misstrauisch an. »Schwöre, dass das keine Falle ist.«

»Bin ich denn der Typ, der Fallen stellt?«, fragte sie mit einem maliziösen Lächeln.

»Es ist nie zu spät ...«

»Gut, dann bleibt dir nichts anderes übrig, als es persönlich zu überprüfen.«

Bevor er zu den Croffs gerufen worden war, war Inspektor Gargiulo noch einmal an der Villa Cosulich gewesen, um mit einem möglichen Zeugen zu sprechen. In den vorangegangenen Tagen hatte er nicht viel Glück gehabt, die Nachricht von dem barbarischen Mord hatte die Stammgäste des Parks erst einmal ferngehalten. Ein paar von ihnen hatte er vor dem Eingang sprechen können, als sie ängstlich durch das große Tor spähend vorbeigingen, ohne dass es allerdings viel gebracht hätte. Alle hatten erklärt, nichts Ungewöhnliches bemerkt zu haben und bereits deutlich vor der Mittagszeit wieder zu Hause gewesen zu sein.

Aber einen gab es, der, Don Renzo zufolge, etwas gesehen haben könnte. Ein Obdachloser, der sich hochtrabend »Dottor Marius« nennen ließ und seine Tage auf einer Bank in der Nähe des Tatortes verbrachte. Er lebte praktisch seit Monaten dort und betrachtete den Park als sein Zuhause. Es handelte sich um einen Ekzentriker, der immer einen Einkaufswagen voller Bücher dabeihatte, der aber seit jenem Freitag verschwunden zu sein schien. Valerio war ein paarmal zurückgekehrt, um nach ihm zu suchen, hatte auch in den Einrichtungen von Don Vatta, der Caritas und Pater Florence nach ihm gefragt, aber niemand schien ihn gesehen zu haben.

Jetzt war er unerwarteterweise wieder aufgetaucht. Gargiulo hatte einen Anruf von Don Renzo bekommen.

Als er durch das Tor trat, fiel ihm auf, dass die Angst vor dem Mörder offenbar immer noch umging. Die Wege und Bänke waren leer, obwohl es ein schöner Tag war. Nur ein Mensch stand unter einer großen Eiche neben einer Bank.

Während er zu ihm ging, sah er ihn sich genauer an. Hochgewachsen, schlank, mit einer Fliegermütze auf dem Kopf in einem weiten beigen Wintermantel, der um den Bauch mit einem Ledergürtel zusammengehalten wurde. An den Füßen ein Paar löchrige Stiefel. Er stapelte Bücher in einem Einkaufswagen.

»Marius?«

Der Mann fuhr herum und sah ihn misstrauisch an.

»Dottor Marius, wenn Sie nichts dagegen haben. Ich habe Romanische Philologie studiert. Und wer sind Sie?«

Gargiulo hielt ihm seinen Dienstausweis hin. »Polizei. Darf ich Ihnen ein paar Fragen stellen?«

»Nein, dürfen Sie nicht. Sehen Sie nicht, dass ich arbeite?«

Gargiulo betrachtete den Einkaufswagen. Der Obdachlose war dabei, die Bücher nach Farbe und Größe zu ordnen.

»Ich werde Ihnen nicht viel von Ihrer Zeit rauben.«

»Zeit gibt es nicht. Das ist eine Konvention, der ich mich persönlich nicht anschließe.«

Gargiulo beschloss, unnötige Streitgespräche zu vermeiden.

»Darf ich fragen, wo Sie sich in den vergangenen drei Tagen aufgehalten haben?«

»Ich bin nicht verpflichtet, Ihnen das zu beantworten.«

»Nein, sofern Sie nichts dagegen haben, als Verdächtiger in einem Mordfall zu gelten.«

Dies schien Marius nicht sonderlich zu beeindrucken.

»Mir machen Sie keine Angst. Ich war es nicht.«

»Also wissen Sie, dass hier ganz in der Nähe eine Frau ermordet wurde?«

Der Mann warf ihm einen sarkastischen Blick zu. »Was glauben Sie denn, warum ich weggegangen bin! Ich habe keine Lust darauf, von einem Irren die Kehle durchgeschnitten zu bekommen. Ich hänge an meinem Leben.«

»Bedeutet das, Sie haben etwas gesehen?«

»Gesehen nichts. Gehört. Ich hatte geschlafen, die haben mich aufgeweckt.«

»Und das soll ich Ihnen glauben?«

»Sie sollen gar nichts. Aber ich sage die Wahrheit.«

»Was haben Sie denn gehört?«

»Schreie und dann einen dumpfen Aufprall.«

»Und Sie sind nicht aufgestanden, um nachzusehen, wer geschrien hat?«

»Bin ich denn verrückt? Ich war noch nie ein Held.«

»Sie haben also einfach weitergeschlafen?«

»Wie soll man denn bei so was weiterschlafen! Ich hab meinen Wagen geschnappt und bin weggegangen.«

»Ohne jemanden zu treffen?«

»Ich habe nur einen Mann gesehen, der wegrannte.«

In was für einem Irrenhaus bin ich hier?, dachte Gargiulo.

»Nur einen Mann, der wegrannte? Und da ist Ihnen nicht der Gedanke gekommen, dass das der Mörder sein könnte?«

»Natürlich ist mir der Gedanke gekommen!«

»Also wussten Sie, dass eine Frau ermordet wurde.«

»Nein, das wusste ich da nicht. Noch nicht. Aber ich habe es vermutet.«

»Weshalb?«

»Wegen der Schreie.«

»Aber Sie haben sie nicht gesehen, stimmt das?«

»Nein, ich habe sie nicht gesehen.«

Dottor Marius geriet allmählich in Schwierigkeiten.

»Und wieso haben Sie dann gesagt, Sie hätten den Mörder fliehen sehen?«

»Ich habe gesagt, dass ich einen Mann habe weglaufen sehen.«

»Und Sie dachten, er könnte ein Mörder sein. Woraus haben Sie das geschlossen, wenn Sie die Leiche nicht gesehen haben?«

Dottor Marius verlor die Geduld und versetzte dem Einkaufswagen einen zornigen Tritt. »Jetzt reicht's aber!«, brüllte er. »Versuchen Sie nicht, mir was anzuhängen. Ich habe nichts damit zu tun.«

»Wenn Sie nichts damit zu tun haben, haben Sie ja auch nichts zu befürchten. Darf ich Sie bitten, mir auf das Polizeipräsidium zu folgen.«

»Wollen Sie mich verhaften?«

»Ich möchte nur, dass Sie Ihre Version vor dem Staatsanwalt wiederholen.«

»Oh nein, mein Hübscher. Viel zu einfach! Ihr stochert im Nebel herum, also was macht ihr? Schnappt euch den ersten Landstreicher, der euch vor die Füße läuft, und steckt ihn in den Knast! Und währenddessen lacht sich der Mörder hinter eurem Rücken ins Fäustchen!«

Valerio Gargiulo verlor allmählich die Geduld. »Niemand wird sich ins Fäustchen lachen, das versichere ich Ihnen. Bitte kommen Sie jetzt mit.«

Mit einem Mal verlor Dottor Marius all seine Dreistigkeit. »Darf ich die Bücher mitnehmen?«

»Wir schicken jemanden her, der sie abholt.«

»Das sind die letzten Freunde, die mir noch geblieben sind.«

»Machen Sie sich keine Sorgen.«

»Sie legen mir doch keine Handschellen an?«

»Sollte ich das?«

»Nein, natürlich nicht. Ich bin ja unschuldig.«

Und so folgte Dottor Marius, die Fliegermütze tief in die Stirn gezogen, Inspektor Gargiulo zahm wie ein Lämmchen Richtung Ausgang.

Als sie die Nachricht erhielt, dass es einen weiteren Verdächtigen im Fall Annabel Alexander gab, kam Rosanna Guarnieri gerade aus einer Besprechung mit dem Polizeipräsidenten.

Sie hatte ihm von dem tragischen Raubüberfall im Hause Croff berichtet und ihn über ihre Entscheidung in

Kenntnis gesetzt, die Ermittlungen zur Flucht von Julija Rostowa wiederaufzunehmen.

Morin hatte recht. Zu viele Zufälle.

Zu viel Gewalt für einen einfachen Einbruch. Die Überwachungskameras vor dem Tor des Hauses hatten einen dicken Mann mit Lederjacke aufgezeichnet, der hastig das Haus verließ und dessen Aussehen zu der Beschreibung des Mannes passte, den der Busfahrer und ihre Bettnachbarin im Krankenhaus dabei beobachtet hatten, wie er Rostowa bedrängte.

Nachdem die Bilder vergrößert worden waren, war es gelungen, das Gesicht freizustellen. Es würde nicht schwierig sein, seine Identität zu ermitteln. Zumindest hoffte Guarnieri das.

»Wie geht es eigentlich Commissario Benussi?«, hatte der Präsident gefragt.

»Nun, er braucht einen Bypass.«

»Und warum hat er mich nicht schon früher über seine gesundheitlichen Probleme informiert?«

»Weil er nicht akzeptieren will, dass er krank ist. Er verfolgt die Ermittlungen seiner beiden Inspektoren von zu Hause aus. Es hilft ihm, nicht an seine Situation zu denken.«

»Aber wir können es uns doch nicht leisten, dass er ausfällt! Nicht mit zwei so komplexen und delikaten Fällen!«

»Glauben Sie mir, Ispettore Morin ist absolut in der Lage, die Ermittlungen zusammen mit Ispettore Gargiulo durchzuführen. Und außerdem bin ich ja auch noch da, um alles zu koordinieren.«

Das Telefon des Präsidenten klingelte.

»Entschuldigen Sie, Frau Staatsanwältin«, sagte er und verabschiedete sich von ihr. »Halten Sie mich auf dem Laufenden.«

Rosanna Guarnieri ging hinaus und nahm ihrerseits einen Anruf von Elettra Morin an. Gargiulo hatte im Park der Villa Cosulich einen Mann festgesetzt und brachte ihn ins Präsidium. Guarnieri erklärte ihr, dass sie bereits dort sei und sie erwarten werde, um den Mann zu vernehmen.

12

San Diego, 29. August 1995

Baby benimmt sich komisch seit einigen Tagen. Er will nicht mehr zur Schule gehen, weigert sich, Interviews zu geben, und übt nicht einmal mehr für das Konzert nächste Woche. Dabei hat er doch so gerne Geige gespielt. Was ist nur los mit ihm? Wie stehe ich jetzt vor denen vom Theater da? Es sind schon alle Karten verkauft. Ich muss zusehen, dass er mit seinem Agenten spricht. Das ist ein Mann, der wird ihn zur Vernunft bringen können.

Manchmal bekommt er aus heiterem Himmel Wutanfälle, wirft mit Sachen um sich und fängt an, herumzubrüllen wie ein Besessener. Wenn ich versuche, ihn zu beruhigen, schreit er mich an, es sei alles meine Schuld. Aber woran soll ich denn schuld sein, wenn nicht daran, ihn mit der ganzen Liebe, zu der eine Mutter fähig ist, großgezogen zu haben? Immer wieder fragt er mich nach seinem Vater, er glaubt mir nicht, dass ich nicht weiß, wer er ist. Das musst du herausfinden, ich will nicht der Sohn eines verfickten Genies sein, das ich nicht kenne, hat er geschrien. Wie redest du denn mit mir? Ich rede, wie's mir passt. Ich habe ihm erklärt, dass ich nicht an den Na-

men kommen kann, die Spender waren anonym, und was würde es auch ändern? Es würde ändern, dass ich ihm ins Gesicht spucken könnte! Er war so wütend, dass er mir Angst gemacht hat. Wirklich.

Das ist nicht mehr mein Baby.

Ich bin nicht mehr seine Mummy, die er vergöttert.

Heute werde ich achtundvierzig. Ich fühle mich schrecklich alt und habe Angst. Ist es denn möglich, dass das Wesen, das du in die Welt gesetzt hast, das du hast aufwachsen, die ersten Schritte machen sehen, das du hast lächeln sehen, wenn es deine Stimme hörte, mit einem Mal ein Unbekannter sein kann, beinahe schon ein Feind? Und er ist doch erst neun! Das kann noch nicht die Pubertät sein.

Aber was ist es dann?

Gestern Abend habe ich bis spät in die Nacht mit Rachel gesprochen, meiner Freundin, die Psychiaterin ist. Sie ist immer gegen die Frühförderung und Präsentation von Baby gewesen. Er hat ein Recht auf Kindheit, wie alle, hat sie mir immer wieder gesagt. Die Tatsache, dass er einen überdurchschnittlichen Intelligenzquotienten hat, bedeutet nicht, dass du ihn ausstellen darfst wie eine Jahrmarktsattraktion. Wie kann es sein, dass du nicht gemerkt hast, dass Dr. Graham dich nur benutzt hat, um seine verrückten Ideen zu beweisen? Er hat euch instrumentalisiert!

Aber ich habe doch nichts Schlimmes getan, habe ich versucht ihr zu erklären. Und dann hat Baby sich doch so gern gezeigt, er hat nie protestiert, bis jetzt. Alle Kinder sind Narzissten, hat sie gesagt, alle Kinder lieben es, im Zentrum der Aufmerksamkeit zu stehen, aber jetzt ist irgendetwas in ihm zerbrochen. Du darfst ihm keinen Druck machen. Sag das Konzert ab und alle Interviews, die du vereinbart hast. Lass ihn wieder zu einem norma-

len Kind werden. Aber er ist kein normales Kind, er ist ein Genie, habe ich sie mit Tränen in den Augen angeschrien. Du irrst dich, und selbst wenn er ein Genie ist, hat er vor allem das Recht, ein Kind zu sein wie alle anderen. Und du hast es ihm nie erlaubt, sich wie ein solches zu verhalten.

Als sie gegangen ist, bin ich noch im Dunkeln sitzen geblieben und habe nachgedacht.

Dann habe ich es mit einem Mal verstanden. Baby ist einfach müde, sehr müde. Er muss einen Nervenzusammenbruch haben. Das ist der Grund, warum er tagelang im Bett liegen bleiben will, im Dunkeln, ohne auf meine Fragen zu antworten. Mein armes, kleines Baby! Er hat zu viel gelernt in all den Jahren, wirklich zu viel. Jetzt hat er sich mal einen schönen Urlaub verdient. Ich werde mit ihm nach Disneyland fahren, damit er sich amüsieren kann und lachen, wie alle anderen Kinder in seinem Alter. Wenn er dann noch Lust hat, besuchen wir auch die Universal Studios. Das wird wunderschön, da bin ich mir sicher. Und dann wird er endlich wieder mein Baby sein und ich seine vergötterte Mutter.

13

Unentschlossen starrte Valerio auf die Gegensprechanlage an Elettras Haustür und überlegte, ob er klingeln oder weggehen sollte. Er hatte sich selbst versprochen, niemals mehr in dieses Einzimmerapartment zurückzukehren, und wenn die Welt zugrunde ginge, und nun stand er wieder hier, wenige Tage nach seinem feierlichen Beschluss.

Wäre sie keine Arbeitskollegin, wäre ihm das niemals passiert, sagte er sich. Aber das war ja gerade das Drama. Sie mussten sich jeden Tag begegnen und miteinander klarkommen. Ihre Einladung nicht anzunehmen hätte bedeutet, seine Pflichten als Polizist zu vernachlässigen. Wenn Elettra wirklich etwas Wichtiges gefunden hatte, worüber sie mit ihm sprechen wollte, dann durfte er sich dem ganz sicher nicht entziehen. Immerhin arbeiteten sie zu zweit an dem Fall, auch wenn Elettra sich innerlich bereits die Dienstmarke des Kommissars an die Brust geheftet hatte.

Mit gereinigtem Gewissen drückte er also den Klingelknopf, und das große Tor öffnete sich. Elettra empfing ihn lächelnd. Sie trug eine indische Tunika aus Seide und Baumwolle, die ihr ganz ausgezeichnet stand. Ihre Haare waren frisch gewaschen und noch nicht getrocknet, was sie in seinen Augen noch attraktiver machte. Er kämpfte den Impuls nieder, sie zur Begrüßung zu umarmen, und bemühte sich um einen professionellen Ton, als er sie begrüßte.

»Und, was wolltest du mir zeigen?«

»Lass uns erst was essen, ich habe dir Curryhuhn gemacht.«

Der Duft der Gewürze lag in der Luft und ließ ihm das Wasser im Mund zusammenlaufen.

»Um ehrlich zu sein, bin ich schon zum Essen verabredet«, sagte er ohne sonderliche Überzeugung.

Elettra nahm ihn lachend an der Hand. »Du warst noch nie ein guter Lügner. Na komm schon, lass uns erst was essen und arbeiten, danach reden wir über uns. Wir müssen die Karten auf den Tisch legen, findest du nicht auch?«

Was für eine unschöne Formulierung, dachte Valerio, als er ihr folgte. Aber so würde er zumindest die Gelegenheit bekommen, sich klar und deutlich auszusprechen, damit sie aufhören konnten, sich wie zwei unreife, kapriziöse Heranwachsende aufzuführen.

Er konnte es kaum erwarten.

Das Huhn war zart, der Reis duftend und das Curry genau im rechten Maß pikant. Der Cabernet Sauvignon rann die Kehle herunter, dass es eine wahre Freude war, löste die Spannung und weckte in beiden eine Lust auf Leichtigkeit und Nähe, die der Arbeit sehr gefährlich werden konnte, die sie nach dem Essen vor sich hatten. Vor dem Nachtisch – Dobostorte, die Elettra auf dem Heimweg in der Bomboniera an der Porta Gaetano mitgenommen hatte – waren sie schon im Bett, um die verlorene Zeit aufzuholen.

Es war anders als all die anderen Male. Viel intensiver und zugleich viel zärtlicher. Als wollten sie all das Unverständnis und die Verletzungen wiedergutmachen, die sie einander entfremdet hatten. Valerio legte eine Sicherheit an den Tag, die er vorher nie gewagt hatte. »Halt still«, sagte er, während er den Höhepunkt absichtlich hinauszögerte und sich nur langsam in ihr bewegte. Elettra ließ die Wellen der Lust an- und abbranden, ohne zu versuchen, sie zu beschleunigen. Es war so schön, sich nicht darum kümmern zu müssen, das Spiel zu leiten, einfach zu spüren, wie ihr Körper unter seinem vibrierte und ihr Atem immer schneller ging. Sie erreichten den Höhepunkt gemeinsam, und es war wie eine Explosion aus Licht, die ihre Herzen und ihre Hirne überflutete.

Hinterher lagen sie einander schweigend in den Armen.

Elettra hatte noch nie in ihrem Leben so starke Gefühle erlebt und fühlte sich mit einem Mal erschöpft und verletzlich. Sie klammerte sich an Valerio, als hätte sie Angst davor, dass dieses Gefühl tiefer Befriedigung verging.

Am Ende weckte Perla, die Katze, sie um sechs Uhr morgens, indem sie ihnen unter der Nase entlangstrich.

Eine halbe Stunde später, nachdem sie zusammen geduscht und sich unter dem warmen Wasserstrahl geküsst und geneckt hatten, saßen die Inspektoren Morin und Gargiulo vor dem Computer, ganz professionell und gefasst, um den Inhalt des USB-Sticks zu sichten, den Elettra im Zimmer von Mrs Alexander gefunden hatte. Auf dem Bildschirm erschien ein Ordner »BABY«, den Elettra öffnete, woraufhin eine automatische Bilderstrecke startete.

»Es sind vor allem Fotos von einem Wunderkind. Sie gehen von den Achtzigerjahren bis Anfang der Neunziger. Guck mal. Hier spielt er Geige, da kann er nicht älter als drei Jahre sein. Auf dem da sitzt er vor einer Tafel, auf der eine Gleichung steht. Es gibt auch Artikel über ihn. Und Interviews. *Baby Alexander, das kleine Genie.* Das muss ihr Sohn sein, oder?«

»Sieht nicht besonders fröhlich aus, das kleine Genie«, kommentierte Valerio. »Gibt es auch Filme?«

»Ja, einen. Darin sieht man ihn mit ungefähr einem Jahr, wie er mit Holzbuchstaben spielt und sie in eine Reihe legt, bis sie seinen Namen ergeben.«

»Sie muss ziemlich stolz auf ihn gewesen sein, wenn sie diese ganzen Erinnerungsstücke bei sich getragen hat.«

»Die Frage ist, warum die Bilder aufhören, nachdem das Kind ungefähr zehn Jahre alt war.«

»Vielleicht hatte das kleine Genie keine Lust mehr, sich fotografieren zu lassen …«

»Wahrscheinlich. Aber das ist noch nicht alles. Es gibt noch einen zweiten Ordner auf dem Stick. Der hier.«

Elettra fuhr mit dem Mauszeiger auf einen Ordner, der mit D.H. bezeichnet war, und öffnete ihn. Darin befand sich nur Material über David Hutchinson. Artikel, Interviews, Fotos, Diplome, Preise.

»Der alte Professor?«

»Genau der. Er mag nicht mit ihr verwandt gewesen sein, aber sie hat sehr viel Zeit darauf verwendet, dieses Material zusammenzutragen. Der größte Teil ist von Universitätsbibliotheken eingescannt und reicht bis in die Neunziger zurück, als Hutchinson für den Nobelpreis im Gespräch war. Aber warum hat sie sich die ganze Arbeit gemacht?«

»Unerwiderte Leidenschaft?«, riet Valerio.

»Kann schon sein. Vielleicht haben sie sich Ende der Achtziger auf einer Konferenz in Kalifornien kennengelernt, und *zack!* haben sie in einer Nacht voller Leidenschaft das kleine Genie gezeugt, und er hat hinterher nichts mehr davon wissen wollen.«

»Schon möglich. Die Frage ist nur, warum hat sie bis jetzt gewartet, um sich wieder bei Hutchinson zu melden? Vielleicht hatten sie die ganze Zeit eine heimliche Beziehung …«

Elettra schüttelte den Kopf.

»Das glaube ich nicht. Professor Hutchinson scheint mir nicht besonders interessiert an Frauen oder amourösen Abenteuern zu sein.«

»Und woher weißt du das?«

»Mein sechster Sinn!«

»Du und dein sechster Sinn! Wenn der wirklich so unfehlbar wäre, hätte der dir längst verraten, wer diese Unglückliche ermordet hat.«

»Ich weiß nur, wer sie nicht ermordet hat.«

»Und der wäre?«

»Der Hauptverdächtige, dein Obdachloser.«

»Dann erzähl das mal dem Polizeipräsidenten. Er hat für heute eine Pressekonferenz angesetzt, um mitzuteilen, dass der wahrscheinlich Schuldige gefasst ist. Die Leute in Gretta trauen sich kaum noch vor die Tür, und er will der Öffentlichkeit ein klares Zeichen geben.«

»Und da kommt ihm dein Stadtstreicher wie gerufen.«

»Wie kannst du denn so sicher sein, dass er es nicht war? Es gibt schwerwiegende Indizien, die ihn belasten.«

»Ist die Waffe gefunden worden? Nein. Passen seine Schuhabdrücke zu denen des Mannes, der hinter der Steineiche gewartet hat? Auch nicht. Das sind die beiden wichtigsten Argumente.«

»Er könnte sich ja inzwischen andere Schuhe angezogen haben.«

»Aber wieso denn, Valerio? Bist du es denn nicht gewesen, der mir gesagt hat, dass er einen ganz harmlosen Eindruck macht, ein bisschen verrückt vielleicht, und seine Tage damit verbringt, Philosophiebücher zu lesen?«

»Manchmal kann der erste Eindruck täuschen.«

»Ja, klar, sogar fast immer, aber in dem Fall glaube ich das nicht.«

»Erklär mir, warum.«

»Weil er nicht drei Tage später an den Tatort zurückgekehrt sein kann.«

»Mörder kehren oft an den Tatort zurück.«

»Indem sie von Weitem beobachten oder sich in der Menge verstecken, aber nicht, indem sie sich mit einem Einkaufswagen voller Bücher wieder auf derselben Parkbank einrichten, um ihr normales Leben wiederaufzunehmen.«

»Mir hat er gesagt, er habe Angst gehabt, ebenfalls umgebracht zu werden, und sei deshalb geflohen. Warum ist er dann zurückgekommen? Vielleicht gerade weil er weiß, dass es überhaupt keinen gefährlichen Mörder gibt, und weil er hofft davonzukommen, indem er sich ein bisschen verrückt gibt.«

»Willst du sagen, du glaubst wirklich, dass er es gewesen ist?«

»Ich weiß nicht … Aber der Polizeipräsident wird es mit Sicherheit glauben, wenn er meinen Bericht gelesen hat, und auch der Richter. Er ist der perfekte Schuldige.«

»Tja. Das würde alles lösen, stimmt's?«

Elettra stand gähnend auf.

»Ich koche mir noch einen Kaffee.«

Valerio ging ihr nach und umarmte sie von hinten.

»Mein sechster Sinn sagt, dass du auch dieses Mal Kontra geben wirst.«

Elettra nickte, während sie das Kaffeepulver festdrückte.

»Allzu einfache Lösungen haben mir noch nie gefallen.«

»Das habe ich schon gemerkt.«

Elettra drehte sich lächelnd um und strich ihm zärtlich über die Wange. »Jetzt reicht's, Ispettore. Machen wir uns wieder an die Arbeit.«

»Du hattest gesagt, wir würden noch über uns reden, nachdem …«

»Wir haben eine andere Form der Kommunikation benutzt, vor der Arbeit, findest du nicht?«

»Und folglich?«

»Folglich was?«

»Du und ich …«

Elettra trat näher an Valerio heran und gab ihm einen Kuss. »Folglich kannst du heute Abend deine Zahnbürste mitbringen.«

14

Benussi hatte in der Nacht Albträume gehabt und war erschöpft und atemlos aus dem Schlaf geschreckt. In seinem Traum hatte ihn jemand mit einer Machete verfolgt, um ihm ein Bein abzuschneiden: ein Mann in einem über und über blutbefleckten weißen Kittel. Als er floh, hatte sich plötzlich ein Abgrund vor ihm aufgetan. Weit unter ihm tobte ein von einem Sturm aufgewühltes Meer. Der Mann in dem Kittel hatte ihn schon am Arm gepackt und war kurz davor, ihn zu ermorden, als er sich mit einem Ruck seinem Griff entriss und kopfüber in den Abgrund stürzte. Während er fiel, erinnerte er sich daran, dass er fliegen konnte. So hatte er kurz vor dem tödlichen Aufprall den Rücken durchgestreckt, die Arme ausgebreitet und war steil nach oben gestiegen. Ein kräftiger Aufwind hatte ihn emporgetragen, in Sicherheit.

Leider fand sich Benussi, als er die Augen aufschlug, in seinem gewohnten Schlafzimmer wieder und nicht hoch oben in einem stürmischen Himmel. Wie jedes Mal, wenn er vom Fliegen träumte, fiel es ihm schwer zu akzeptieren, dass er es in Wirklichkeit nicht konnte. Das Gefühl, sich von der Erde zu lösen, war so präzise, so körperlich: Es reichte, die Arme auszubreiten, sich kurz mit den Füßen abzustoßen, und sein Körper wurde hinaufgezogen, um sich dann von den Aufwinden weiter nach oben tragen zu lassen. Ein wunderbares Gefühl!

Verstimmt darüber, in die Profanität seines wenig engelhaften Körpers zurückgekehrt zu sein, ging Benussi ins Bad. Ihm fiel ein, dass er in einer Stunde mit der Staatsanwältin und seinen Inspektoren verabredet war.

Carla hatte versucht, ihn davon abzubringen. Wenn es nach ihr ginge, sollte er sich der Krankheit ergeben und anfangen, sich auf die Operation vorzubereiten. Was hieß: jeden Tag spazieren gehen, mindestens fünf Kilo abnehmen und endlich ein bisschen an seine Gesundheit denken. Aber genau das hatte er nicht vor. Wenn er schon unterm Messer sterben musste, dann zog er es vor, dies als Gesunder zu tun, nicht als Kranker. Und ungewürztes Schnitzel, Salat nur mit einem Teelöffel Öl, dazu noch ohne Salz, das ließ ihn sich rettungslos krank fühlen. Genau wie das Spazierengehenmüssen.

Menschen, die sich kilometerlangen Märschen unterwarfen, um sich gut zu fühlen, hatte er noch nie leiden können. Er, der es so gut wie nie am eigenen Leib erfahren hatte, was es hieß, sich in Form zu fühlen, verweigerte es strikt, sich einer solchen sinnlosen Sklaverei zu unterwerfen. Diese Besessenheit der Triestiner, gesundheitsfördernde Spaziergänge zu unternehmen, konnte er nicht nachvollziehen. Und er sollte, dem Chirurgen zufolge, sogar zehntausend Schritte am Tag machen. Carla hatte ihm einen elektronischen Schrittzähler geschenkt, um ihn zu motivieren.

Ja, machten die sich denn überhaupt klar, wie viel zehntausend Schritte sind?

Acht Kilometer!

Der reine Irrsinn!

Im Traum nicht.

Eben.

»Der Präsident lässt Sie grüßen«, sagte Rosanna Guarnieri, setzte die Aktentasche ab und zog einige Hefter heraus. »Er möchte, dass Sie sich krankmelden.«

Benussi verdrehte die Augen zur Decke. »Was ist denn, habt ihr euch alle zusammengetan, um mich loszuwerden?«

Elettra Morin und Valerio Gargiulo wechselten einen belustigten Blick.

»Gestehen Sie, Morin, Sie waren es, die mich verraten hat. Sie können es wohl kaum abwarten, meinen Posten zu kriegen!«

»Inzwischen wissen es wirklich alle im Präsidium.«

»Was wissen sie?«

»Dass Sie einen Herzinfarkt hatten und operiert werden müssen.«

»Na und? Noch bin ich nicht tot. Ich kann wunderbar eine Ermittlung leiten. Na los, verlieren wir keine Zeit. Was haben Sie?«

Rosanna Guarnieri übernahm die Leitung, um Zeit zu sparen und den Kommissar nicht unnötig zu ermüden.

»Gestern ist ein Obdachloser an der Villa Cosulich festgenommen worden. Er hat sich zur Tatzeit im Park aufgehalten und konnte kein überzeugendes Alibi vorweisen.«

»Und ihr denkt, er könnte es gewesen sein?«

»Der Polizeipräsident ist überzeugt davon. Er will den Fall schon schließen«, informierte Guarnieri ihn, ohne ein Hehl aus ihrer Verblüffung darüber zu machen.

»Aus Angst vor einer kollektiven Hysterie, nur deshalb«, mischte sich Morin ein. »Aber es gibt noch einige Punkte zu klären. Erstens ist die Tatwaffe noch nicht gefunden worden. Zweitens wurden am Körper des Opfers keinerlei Fasern gefunden, die mit der Kleidung des Verdächtigen übereinstimmen. Um ihm so die Kehle durchzuschneiden, muss er das Opfer von hinten gepackt und an sich gepresst haben, und ich bezweifle, dass er dafür extra einen Regenmantel angezogen hat, wie wir es vom Mörder vermuten. Drittens ist Dottor Marius …«

»Was für ein Dottor?«, fragte der Kommissar.

Gargiulo lächelte. »So heißt der Obdachlose«, erklärte er. »Er möchte so angesprochen werden. Anscheinend hat er Romanische Philologie studiert.«

»Ein studierter Obdachloser!«, lachte Benussi. »Aber andererseits, wen wundert's, das ist es, was ein Studium in Italien wert ist!«

»… und drittens«, schloss Morin, »ist er einen Meter fünfundachtzig groß.«

»Und?«

»Das Opfer war sehr viel kleiner. Einen Meter sechzig. Der Winkel der Wunde passt nicht dazu. Nach dem Obduktionsbericht ist die Klinge von links nach rechts mit einer Neigung von etwa dreißig Grad nach oben geführt worden. Was bedeutet, dass der Mörder zwischen einem Meter siebzig und fünfundsiebzig gewesen sein muss. Die Stiefel des Verdächtigen sind zwei Nummern größer als die Abdrücke, die wir hinter der Steineiche am Tatort genommen haben.«

»Was uns dazu zwingt, die Ermittlungen fortzusetzen«, schloss Guarnieri, »mit Erlaubnis des Herrn Präsidenten.«

»Ist die Waffe schon präzisiert worden?«, fragte Benussi.

»Ein glattes Messer mit fest stehender Klinge. Vergleichbar mit einem Küchenmesser«, antwortete Gargiulo.

»Und natürlich habt ihr kontrolliert, ob in der Villa Bruna Messer fehlen …«

»Natürlich. Das Hausmädchen behauptet, dass nichts fehlt. Aber das hat sie schon gesagt, bevor wir sie überhaupt gefragt haben, was uns misstrauisch gemacht hat.«

»Sie könnte jemanden decken wollen«, meinte Gargiulo.

»Ihren Mann?«

»Nur eine Hypothese. Er ist ein unsicherer Typ, schweigsam, und scheint nicht besonders glücklich darüber zu sein, in der Villa zu arbeiten.«

»Habt ihr ihn vernommen?«

»Sicher, und er konnte nicht erklären, wo er sich zur Tatzeit aufgehalten hat. Er behauptet, er habe den Müll zu den Sammelcontainern gebracht, die in der Nähe der Villa Cosulich stehen.«

»Aber was könnte er für ein Motiv gehabt haben?«, fragte Benussi erstaunt.

»Ich schließe ein sexuelles Motiv aus«, sagte Morin. »Dann hätte er sie bewusstlos gemacht und ihr nicht die Kehle durchgeschnitten.«

»Raub?«

»Möglich. Wir ermitteln noch seine finanzielle Lage, auch wenn alles danach aussieht, als hätte er nicht einmal ein Girokonto.«

»Gut, behalten wir ihn im Auge. Und die anderen Gäste?«

»Auch sie haben nicht alle überprüfbare Alibis. Der Journalist Hugo Newman behauptet, er habe sich um die Mittagszeit in seinem Zimmer aufgehalten, das sich im Garten befindet, abseits der Villa. Aber es gibt dafür keinen Beleg, er hat sich nicht ins Internet eingeloggt oder Telefonanrufe bekommen. Wir könnten einen Antrag auf

Einsicht in die Verbindungsprotokolle stellen, aber ich glaube nicht, dass das so schnell bewilligt wird. Er hat einen amerikanischen Anbieter.«

»Was ist er für ein Typ?«

»Ungefähr dreißig. Gut aussehend, selbstsicher, ehrgeizig. Freiberuflicher Journalist. Er lebt in Venice, Kalifornien, und ist nach Triest gekommen, um für ein amerikanisches Wissenschaftsmagazin ein langes Interview mit Professor David Hutchinson zu machen, so hat er es uns gesagt. Aber es ist ihm noch nicht gelungen, mit ihm zu sprechen. Anscheinend hat Hutchinson es sich anders überlegt und keine Lust mehr, sich interviewen zu lassen.«

»Wie kommt's?«

»Das wissen wir nicht. Die Schwiegertochter meint, der Professor sei sehr launisch und kapriziös.«

»Welche Beziehung hatte dieser Journalist zu dem Opfer?«

»Gaia Cortona zufolge hat Alexander versucht, sich an ihn heranzumachen, und ihn auf Schritt und Tritt verfolgt.«

»Und er?«

»Er ist ihr aus dem Weg gegangen, wo er nur konnte. Er behauptet, dass er sie nicht kannte, aber Cortona hat sie im Garten streiten gesehen.«

Benussi sah Rosanna Guarnieri an.

»Was sagt die Staatsanwaltschaft dazu? Vielleicht sollte man diesen Amerikaner mal genauer unter die Lupe nehmen. Möglicherweise kannten sie sich. Das wäre doch interessant herauszufinden.«

»Einverstanden. Ich nehme Kontakt zur Staatsanwaltschaft in Venice auf und bitte sie, uns Informationen zukommen zu lassen.«

»Ich hab mir in der Zwischenzeit seine Aktivitäten in den sozialen Medien angeschaut«, sagte Gargiulo. »Hugo Newman hat eine Facebookseite, aber ohne Foto. Besser gesagt, er ist auf seinem Profilbild von hinten abgebildet, an einem Strand im Sonnenuntergang. In seinem Profil steht, er sei 1986 in Kalifornien geboren, ohne genaue Angabe, wo, er sei Freelancer, Journalist. Sonst nichts. Er ist weder verheiratet noch in einer Beziehung.«

»Und was schreibt er auf seiner Seite?«

»Nichts Persönliches. Er nutzt sie nur, um Artikel zu posten, die er interessant fand, oder um an Diskussionen teilzunehmen.«

»Was für Diskussionen?«

»Ach, als Letztes hat er viele Seiten abonniert, die Menschen miteinander verbinden, die durch anonyme Samenspenden gezeugt wurden und jetzt versuchen herauszufinden, wer ihre leiblichen Väter sind.«

»Das ist ein Phänomen, das sich derzeit in den USA stark verbreitet«, bestätigte die Staatsanwältin. »Ich habe einige Artikel darüber gelesen.«

»Einer der jüngsten und am häufigsten gepflegten Kontakte besteht zu einem gewissen David Plotz. Ich habe nachgesehen, wer er ist. Er hat 2005 ein Buch über eine gewisse Samenbank von Nobelpreisträgern geschrieben.«

»Was ist denn das?«

Valerio Gargiulo konsultierte die Notizen, die er sich bei seiner Recherche gemacht hatte. »Eine Samenbank, die anscheinend nur Spender angenommen hat, deren Intelligenz über dem Durchschnitt liegt, nach Möglichkeit Nobelpreisträger. Sie wurde 1980 von einem amerikanischen Millionär, Robert Graham, in Escondido, Kalifornien, gegründet, mit dem Ziel, ganz besondere Kinder in die Welt zu setzen, um so die Menschheit vor einer genetischen Katastrophe der Massenverblödung zu bewahren, wie er behauptete.«

»Hat wohl nicht funktioniert, wie's aussieht«, konstatierte Benussi trocken.

»Muss ein vollkommen Verrückter gewesen sein«, meinte Guarnieri. »Und sind viele außergewöhnliche Kinder geboren worden?«

»Etwa zweihundert.«

»Alle überdurchschnittlich begabt?«

»Wäre lustig, das herauszufinden«, meinte Gargiulo. »Plotz hat eine ganze Menge identifizieren können. Wir müssten das Buch lesen, um Genaueres zu erfahren. Ah, und wo ich gerade dabei war, habe ich auch einen Blick auf das Facebook-Profil von Richard Noble geworfen, den anderen Gast. Aber das ist seit fünf Jahren geschlossen.«

»Gehört er denn auch zu den Verdächtigen?«

»Na ja, er hat kein belastbares Alibi«, antwortete Elettra. »Er behauptet, zu Fuß in das Institut für Theoretische Physik gegangen zu sein, an dem Professor Hutchinson lange gearbeitet hat, aber er hat das Gebäude nicht betreten.«

»Und niemand hat ihn gesehen ...«

»Nein.«

Benussi schloss die Augen und legte sich die Hand an die Stirn. Ihm war schwindelig. Er hatte ein Loch im Magen und schaffte es nicht mehr, dem Gespräch zu folgen.

»Gut, Commissario, wir lassen Sie jetzt besser ausruhen«, sagte Guarnieri und erhob sich.

»Nein, nein. Machen wir nur weiter«, versuchte Benussi zu sagen. »Gab es da nicht noch einen anderen Fall? Die zwei Personen, die bei einem Raubüberfall getötet wurden?«

Morin und Gargiulo warfen sich einen Blick zu, als wollten sie sagen: Lassen wir ihn in Ruhe. Ein Blick, der von der Staatsanwältin aufgefangen wurde, die das Thema kurz zusammenfasste.

»Ja. Sie waren die Arbeitgeber von Julija Rostowa. Ispettore Morin hält das nicht für Zufall. Wahrscheinlich ist der Mörder auf der Suche nach ihr. Glücklicherweise hat die Überwachungskamera des Gebäudes die Flucht des Mannes aufgenommen. Auf einem Bild kann man sogar das Gesicht erkennen. Ich habe den Fall Rostowa wieder eröffnen lassen.«

Benussi nickte, schaffte es aber nicht zu antworten. Die Worte hallten in seinem Kopf wider, ohne dass er sie festhalten konnte. Er musste sich wirklich hinlegen und die Augen schließen.

Er hörte nicht einmal mehr, wie sie hinausgingen.

15

Als Violeta Amado aus dem Postbus stieg, wurde sie von einem eiskalten Windstoß empfangen. In der Nacht hatte es geschneit, und das kleine Bergdorf war mit einer feinen weißen Decke überzogen.

Es war erst kurz nach vier Uhr nachmittags, und der Himmel nahm bereits die ersten rosafarbenen Töne des Sonnenuntergangs an. Sie sah sich um, um noch einmal zu kontrollieren, dass ihr niemand gefolgt war, dann, als sie sicher war, schaute sie auf die Karte, die sie über Google Maps ausgedruckt hatte. Julija hatte sie dringend gebeten, nirgendwo Informationen einzuholen.

Sie durchquerte den kleinen Dorfkern, ohne eine Menschenseele zu treffen, und bog dann in die Straße hinter der Kirche ein, die bergauf führte. Sie war noch nie in den Bergen gewesen. Der Frieden und die Stille, die der Ort ausstrahlte, beeindruckten sie. Es kam ihr vor, als sei sie in eine andere Welt eingetreten, außerhalb der Zeit. Entfernt ragten die Berggipfel golden empor, während die Wälder an den Hängen bereits im Halbschatten des Abends lagen.

Es war gar nicht so einfach, das richtige Chalet zu finden.

An der ersten Gabelung nahm sie die falsche Straße und kam an einem Bach heraus. Sie kehrte um, ihr Herz schlug wild vor Schreck. Der Himmel verdunkelte sich schnell. Niemand wusste, dass sie hier war, sie hatte nicht einmal Pater Florence Bescheid gesagt, sondern nur behauptet, sie würde eine Freundin besuchen, die außerhalb der Stadt wohnte, und erst am nächsten Tag zurückkehren. Wenn ihr etwas zustieß, würde es bis zum Morgen niemand merken.

Sie schauderte, und nicht nur wegen der durchdringenden Kälte.

Während sie über den frischen Schnee ging, hörte sie plötzlich Schmatzgeräusche, dann ein bedrohliches Knistern, das Geräusch zerbrechender kleiner Äste, als würde ihr jemand folgen. Aber immer, wenn sie sich umdrehte, sah sie nichts außer Baumstämmen, Gestrüpp und hellen Schneeflecken. Ihre Lederschuhe waren inzwischen vollkommen durchweicht.

Endlich, nach einer halbstündigen Wanderung, entdeckte sie ein kleines Häuschen aus Holz und Stein. Es sah aus wie der Trickfilmserie Heidi entsprungen, genau wie Julija gesagt hatte. Sie klingelte an der Sprechanlage, und das Gittertor öffnete sich.

Bevor sie hineinging, schaute sich Violeta noch einmal um. Es herrschte absolute Stille, niemand war ihr gefolgt. Zum Glück hatte sie sich das alles nur eingebildet.

Julija erwartete sie in der Tür, eine Kerze in der Hand. Mager, blass, in eine Herrenstrickjacke gehüllt. Ein Bild der Verzweiflung, dachte Violeta, als sie sie umarmte.

»Wie geht es dir?«

Die junge Frau begann stumm zu weinen und drückte sich heftig an sie. Violeta schaute sich um, der Innenraum sah heimelig aus: vom Alter gedunkelte Holzwände, ein dunkelrotes Sofa mit zwei ebensolchen Sesseln, eine Eckbank hinter einem Tisch, auf dem ein Tischtuch aus grobem Leinen mit Blumenmuster lag, und daneben eine Treppe und ein Kachelofen mit einer umlaufenden Holzbank.

Doch trotz aller Gemütlichkeit erfüllte eine gewisse Traurigkeit den Raum. Julija hatte kein Licht gemacht, nur zwei Kerzen brannten, und sie hielt die Vorhänge geschlossen, um von draußen nicht gesehen werden zu können.

»Wem gehört das Haus?«, fragte Violeta.

»Einem Freund.«

»Und wo ist dieser Freund?«

»Er ist nicht hier.«

»Aber er hat dich hergebracht?«

Julija nickte.

»Kennst du ihn schon lange?«

»Drei Jahre.«

»Und wo hast du ihn kennengelernt?«

»In Kiew.«

»Ukrainer wie du?«

»Nein, er ist Italiener.«

Italiener? Dann war Julija also deshalb nach Triest gekommen. Das arme Mädchen, vielleicht war sie betrogen worden, wie so viele vor ihr.

»Hält er dich gefangen?«

Julija riss die Augen auf vor Verwunderung.

»Oh nein! Er ist sehr gut. Er liebt mich.«

»Und du?«

»Ich liebe ihn.«

»Wer ist dann der Mann, der dich zusammengeschlagen hat?«

»Mein Mann.«

»Ist er der Vater des Kindes, das du verloren hast? Nur dass er nicht tot ist?«

Julija schüttelte den Kopf und versuchte, die Tränen zurückzuhalten.

Violeta zog die Winterjacke dichter um sich und schauderte. Sie war durchgefroren. Bevor sie sich mit den Einzelheiten der Geschichte befasste, brauchte sie irgendetwas Warmes. Und vor allem trockene Strümpfe.

»Hast du Strümpfe und Pantoffeln? Meine Schuhe sind durchgeweicht ...«

Julija ging nach oben und kam kurz darauf mit einem Paar dicker Wollstrümpfe und Filzpantoffeln zurück.

»Es sind Männersachen. Vielleicht ein bisschen groß.«

»Macht nichts, gib sie mir ...«

Julija machte ein besorgtes Gesicht und sah immer wieder nach oben. »Die Zimmertür oben. Ich dachte, ich hätte sie zugemacht. Jetzt ist sie offen.«

»Du wirst die Klinke nicht richtig heruntergedrückt haben. Das passiert in alten Häusern, die Tür springt dann wieder auf. Hab keine Angst. Können wir uns einen Tee machen?«

Julija ging voraus in eine ebenfalls mit Holz getäfelte kleine Küche. Sie schaltete einen Wasserkocher ein und holte zwei Tassen aus dem Schrank, sah derweil aber immer wieder besorgt zur Decke.

Violeta beobachtete sie aufmerksam. Unruhe und Angst trübten den Blick ihrer klaren Augen, ihre Haut sah fahl aus, die Lippen aufgesprungen, genauso die Hände. Und dennoch war sie ein wunderschönes Mädchen. Sie konnte nicht älter als fünfundzwanzig sein, auch wenn sie heute zehn Jahre älter wirkte.

»Hast du Lust, mir die ganze Geschichte zu erzählen?«

Julija setzte sich ihr gegenüber und seufzte.

»Eine lange Geschichte ...«

»Wir haben die ganze Nacht.«

Da hörten sie plötzlich aus dem oberen Stockwerk einen lauten Schlag. Julija umklammerte entsetzt Violetas Hand.

»Das ist er! Er muss dir gefolgt sein!«, flüsterte sie.

»Aber nein, ganz ruhig. Ich habe aufgepasst. Hier ist niemand.«

»Das ist er! Das ist er!«, flüsterte sie panisch und zitterte dabei heftig.

Auf den dumpfen Schlag folgten unheimliche Knarrgeräusche. Dann schlurften Schritte über den Holzfußboden. Violeta gefror das Blut in den Adern.

Da oben war jemand, Julija hatte recht. Sie musste handeln, und zwar sofort.

»Gibt es hier ein Radio?«

Julija nickte und zeigte auf den Kühlschrank.

»Schalte es ein!«

Das Mädchen drückte auf den Knopf, und knisternde Stimmen erfüllten den Raum. Violeta bedeutete Julija, still zu sein, nahm sie bei der Hand und führte sie zur Hintertür.

Zum Glück ging sie nach innen auf. Einen Moment später waren sie draußen, in der stockfinsteren Nacht. Sie rannten los, so schnell sie konnten, während in der Ferne ein Hund im Dunkeln jaulte.

»Boris Rostow!«

Der Mörder des Ehepaars Croff hatte endlich nicht nur ein Gesicht, sondern auch einen Namen.

Durch einen Abgleich der Daten mit der Polizei in Kiew hatte Elettra entdeckt, dass Julija Rostowa verheiratet und ihr Mann ein gefährlicher Vorbestrafter war, der unter Auflagen in Freiheit war. Auflagen, denen sich Boris Rostow entzogen hatte, indem er aus Kiew verschwunden war, kurz nach der Abreise seiner Frau. Es war kein Problem gewesen, sich das erkennungsdienstliche Foto schicken zu lassen und es mit den Aufnahmen der Überwachungskamera abzugleichen.

Sie stimmten überein.

Also war es der Ehemann, der Julija überfallen und die Croffs ermordet hatte! Jetzt mussten sie ihn nur noch finden.

Das würde nicht einfach sein.

Wenn sie nur wüssten, wo Julija gelandet war.

Elettra Morin und Valerio Gargiulo saßen mit der Staatsanwältin in einer Besprechung, um über die nächsten Schritte zu entscheiden.

»Wir müssen das Foto im *Piccolo* veröffentlichen. Vielleicht hat ihn ja jemand gesehen«, schlug Gargiulo vor.

»Aber damit riskieren wir, ihn zu warnen«, wandte Rosanna Guarnieri ein. »Wir sollten das Foto an alle Einheiten geben und uns nur mit Vorsicht bewegen. Er ist gewalttätig und gefährlich. Nicht, dass er noch jemanden als Geisel nimmt.«

»Sie haben recht. Wir müssen die Täterbeschreibung auch an die slowenischen Kollegen weitergeben und an die von Opicina und Monfalcone, und natürlich alle Ukrainer in der Gegend kontrollieren. Gut möglich, dass ihn jemand aufgenommen hat.«

»Wir suchen auch nach dem Motorrad. Der Busfahrer hat ausgesagt, es sei schwarz und ohne Aufschrift gewesen.«

»Einverstanden. Und wir sollten bei Pater Florence vorbeischauen, um ihn zu warnen«, schlug Valerio vor. »Rostow könnte zurückkehren, um nach Julija zu suchen. Vergessen wir nicht, dass er sie direkt vor der Einrichtung zusammengeschlagen hat.«

»Gut. Aber Sie müssen sich aufteilen. Wir können den Fall der Amerikanerin nicht liegen lassen. Wer von euch möchte in die Villa Bruna zurück? Gaia Cortona sollte noch einmal vernommen werden. Ich habe den Eindruck, sie weiß mehr, als sie gesagt hat.«

»Ich würde lieber zu Pater Florence gehen«, sagte Valerio.

Elettra lächelte. »Einverstanden. Dann treffe ich mich mit der entzückenden Signora Hutchinson, ich kann es kaum erwarten. Und wenn ich schon da bin, werde ich auch ein Wörtchen mit dem Hausmädchen wechseln. Ich glaube ihrem Mann nicht, über den will ich noch mehr wissen.«

»Vielleicht sollte man die Villa durchsuchen lassen. Gargiulo, wenn Sie bei Pater Florence fertig sind, kommen Sie noch mal hier vorbei, dann gebe ich Ihnen das Mandat. Sie treffen sich dann mit Ispettore Morin in der Villa und nehmen noch zwei weitere Beamte mit.«

»Einverstanden.«

Die drei standen auf.

»Ich habe mit Carla Benussi gesprochen«, informierte Guarnieri sie, während sie sich verabschiedeten. »Die Operation ist für in zwei Wochen angesetzt. Sie würde es vorziehen, wenn wir ihn in Ruhe lassen.«

»Kein Problem«, stimmte Elettra ihr zu.

»Und wenn er uns zu sich ruft?«, fragte Valerio.

»Dann sagen wir ihm, dass wir daran arbeiten und ihn auf dem Laufenden halten.«

»Er wird uns vorwerfen, dass wir ihn hintergehen, in seine Fußstapfen treten und ihn ersetzen wollen.«

»Und wir werden ihm versichern, dass seine Fußstapfen für uns viel zu groß und er unersetzlich ist«, beendete Elettra die Überlegungen.

Giacomo Hutchinson hatte Asia auf die Napoleonica mitgenommen, um das schöne Wetter auszunutzen. Auch wenn bereits der fünfte November war, glänzte Triest in klarem, winterlichem Sonnenlicht. Die Kleine liebte diese Spaziergänge, bei denen sie auf den Schultern des Vaters reiten und die Beine baumeln lassen durfte. Unablässig klatschte sie in die Händchen und sang irgendwelche schrägen Kinderreime, die sie erfand.

Es brauchte so wenig, um sie zum Lachen zu bringen. Wenn nur Gaia ein bisschen mehr Geduld mit ihr hätte!

Es gab Frauen, die besaßen keinen Funken Mütterlichkeit, und seine Frau zählte leider dazu. Es stimmte, die Kleine weinte häufig, aber sie tat es fast immer nur, wenn sie allein im Bettchen zurückgelassen wurde, wie alle anderen Kinder auf der Welt auch. Bei Cory oder ihm auf dem Arm beruhigte sie sich meist sofort. Und das machte Gaia fuchsteufelswild.

»Ihr verwöhnt sie nur! Setz sie wieder nach unten. So lernt sie nie, unabhängig zu sein, wenn ihr sie immer auf den Arm nehmt!«, sagte sie immer wieder. Als könnte ein kleines Mädchen mit vierzehn Monaten unabhängig sein. Die Wahrheit war, dass Gaia keinerlei Geduld mit der Kleinen hatte, noch nie gehabt hatte.

Und dabei hatte sie Himmel und Hölle in Bewegung gesetzt, um sie zu bekommen!

Als sie zum ersten Mal darüber gesprochen hatten, hatte Giacomo noch gar nicht gewollt. Er spürte, dass Gaia ein Kind wollte, wie sie ihn und die Villa gewollt hatte. Nur aus Lust am Besitz. Sie war ein Raubtier, seine Gemahlin, eine Frau, die gewohnt war, alles zu bekommen, was sie wollte. Mit fast vierzig Jahren hatte sie sich in den Kopf gesetzt, noch schnell Mutter zu werden. Aber Giacomo war auch mit schuld daran. Er hätte nicht nachgeben dürfen. Aber es war unmöglich, sich ihr entgegenzustellen. Zumindest glaubte er, dass es nichts genützt hätte.

Als er sie kennengelernt hatte, hatte sein Leben in einer Sackgasse gesteckt und die Villa kurz vor der Versteigerung gestanden. Seine Mutter hatte einem Steuerberater vertraut, der sie übers Ohr gehauen und sich die Steuergelder selbst in die Tasche gesteckt hatte, statt sie zu zahlen. Mit dem Ergebnis, dass bei ihrem Tod die Schulden den Wert der Villa, den einzigen Besitz der Familie, bei Weitem überstiegen. Sie hätten ausziehen müssen, aber wohin? Sein Vater hatte ein wenig Geld beiseitegelegt, aber auch das wäre von den Schulden seiner Frau vollständig aufgefressen worden.

Und Gaia Cortona schien die perfekte Lösung darzustellen.

Seit Kurzem Witwe eines superreichen Industriemagnaten aus Florenz, wusste sie nicht, was sie mit ihrem Leben anfangen sollte – und vor allem mit ihren Millionen –, als sie vor fünf Jahren Giacomo an Bord eines Schiffs von Freunden vor Sardinien kennengelernt hatte. Sie waren sofort zusammengekommen. Trotz des Altersunterschieds – Gaia war fünfunddreißig, während er ein paar Tage später achtundzwanzig wurde – war Giacomo wie vom Blitz getroffen. Bis dahin hatte er nur eher ruhige Beziehungen gehabt, die schon an Langeweile grenzten, mit unsicheren und ein wenig depressiven Mädchen aus Triest. Gaias Temperament und Direktheit waren für ihn wie der Zünder an einer Bombe gewesen, von der er gar nicht wusste, dass er sie in sich trug. Von Anfang an hatten sie ein stürmisches Liebesleben, das sie keinesfalls mit dem Ende der Kreuzfahrt aufgeben wollten.

Gaia folgte ihm nach Triest, elektrisiert, den berühmten

David Hutchinson zu treffen, von dem sie allerdings nur den Ruf, keineswegs seine Werke kannte. Doch das reichte ihr. Sie war glücklich darüber, in Kontakt mit einer »Legende der Physik« zu treten, wie sie zu ihm sagte, als sie ihm zum ersten Mal die Hand drückte. Der alte Professor legte allerdings nicht die gleiche Begeisterung für die frohsinnige und direkte Florentinerin an den Tag wie sein Sohn, bemühte sich aber, höflich zu sein. Immerhin brachte sie frischen Wind in die Villa, die seit dem Tod seiner Frau Bruna, mit der er gut dreißig Jahre verheiratet gewesen war, immer stiller und abgeschiedener geworden war.

Gaia ergriff sofort die Initiative.

Sie studierte die Unterlagen, deckte den geschickt eingefädelten Betrug des Steuerberaters auf und zeigte ihn an, auch wenn sie damit das verlorene Geld nicht zurückbrachte, da der Treulose es ins Ausland transferiert hatte und in Italien quasi mittellos dastand. Sie gab dem *Piccolo* Interviews, in denen sie haarklein die Missetaten des Betrügers schilderte, der sich daraufhin gezwungen sah, Triest aus Scham für immer zu verlassen, und mit einem Mal nicht nur das Gesicht, sondern auch seine Familie verlor; sie weigerte sich, ihm zu folgen.

Zufrieden mit ihrer Rolle als Inquisitorin, beglich Gaia Cortona die Schulden und ließ sich im Gegenzug die Villa überschreiben, die sie dann in den nächsten zwei Jahren in eine Luxuspension verwandelte, weil sie, wie sie sagte, nicht wie auf einer Beerdigung leben wollte. Der Professor zog sich daraufhin in seine Wohnung im dritten Stock zurück und weigerte sich herunterzukommen, wenn Gäste im Haus waren, die ihn »so gerne einmal kennengelernt hätten«. Was Giacomo betraf, so war der sowieso immer draußen, um spazieren oder in die Berge zu gehen, als hätte er einen nicht abschaltbaren Dynamo in seinem Inneren, der ihn dazu zwang, in Bewegung zu bleiben.

Etwas, das sie, natürlich, verabscheute.

Nein, es war keine glückliche Ehe, die ihre, dachte Giacomo, während er von oben auf die Stadt hinabblickte, in der er aufgewachsen war und von der er einfach nicht loskam. Aber er saß sowieso in der Falle. Niemals würde er den Mut aufbringen, allem zu entfliehen.

Asia fing an zu weinen.

Giacomo nahm sie von den Schultern herunter und umarmte sie.

»Hast du Durst, Sweetie?«

Er zog das mit Wasser gefüllte Fläschchen aus der Tasche und hielt es der Kleinen hin, die es mit beiden Händen griff und gierig zu trinken begann. Wie konnte man ein so zartes Wesen nicht lieben? Er gab ihr einen Kuss auf die Wange und spürte, wie ihn ein Gefühl überkam, das er bis jetzt noch nie so empfunden hatte. War er seiner Aufgabe gewachsen? Würde er sie eines Tages auch enttäuschen?

Das Smartphone klingelte in der Tasche. Es war Gaia. Er war versucht, den Anruf nicht anzunehmen, aber dann gab er seufzend nach. Bestimmt wollte sie ihm sagen, er solle sofort nach Hause zurückkommen, wegen irgendeines Notfalls.

Und so war es auch.

»Du musst sofort zurückkommen«, hörte er sie zornig ausrufen. »Die Polizei nimmt hier alles auseinander! Beeil dich!«

16

Boston, 29. August 2005

Es fühlt sich seltsam an, durch diese stillen Zimmer zu gehen. Jeden Moment erwarte ich, meine Mutter auftauchen zu sehen, die mich wegen irgendetwas zurechtweist. Ich hatte gehofft, dass sie mich hier erwartet, dass wir meinen achtundfünfzigsten Geburtstag zusammen feiern würden. Stattdessen ist sie gestern Abend im Schlaf gestorben. Nicht, dass ich sie regelmäßig besuchen gefahren wäre, aber seit wir wieder Frieden miteinander geschlossen hatten, nach Babys Verschwinden, telefonierten wir regelmäßig miteinander.

Wir waren inzwischen beide alleinstehende ältere Frauen geworden.

Eines Nachmittags vor zwei Jahren sah ich sie, wie sie zu meinem Haus am Strand kam. Sie hatte von Baby erfahren. Und meinen Suchaufrufen. Sie hatte mich im Fernsehen gesehen und beschlossen, dass der Moment gekommen war, diesen lächerlichen Krieg zu beenden, den wir seit Jahrzehnten gegeneinander führten. Sie wollte versuchen, mir zu helfen. Auch sie hatte im Grunde ja vor langer Zeit eine Tochter verloren. Zumindest war dies das

Gefühl gewesen, das sie die ganzen Jahre unserer Entfremdung voneinander begleitet hatte.

Also hatte ich ihr alles erzählt. Von den schrecklichen Jahren der Adoleszenz, wenn Baby aus Phasen der Hyperaktivität in solche wechselte, in denen er sich in seinem Zimmer einschloss und wochenlang nicht mehr herauskam. Manchmal umarmte er mich und sagte, ich sei die beste Mutter der Welt, dann wieder griff er mich an und beschimpfte mich auf jede nur erdenkliche Weise. »Ich wusste wirklich nicht, wie ich mit ihm umgehen sollte, ich lebte in der Angst, etwas falsch zu machen«, gestand ich ihr.

Der erste Mensch, der mir etwas über Zyklothymie erzählte, war meine Freundin Rachel, die Psychiaterin. Ich wollte es zuerst nicht glauben, Baby konnte nicht krank sein. Er war ein so brillanter Junge, so bezaubernd. In der Schule war er in allen Fächern unter den Besten. Wie war das möglich? Zyklothymier, hatte sie mir gesagt, können sehr gut ein ganz normales Leben führen, es ist keine Krankheit, die alles unmöglich macht, ausgenommen die depressiven Phasen, in denen sie es nicht aus dem Bett schaffen.

Je länger ich sprach, desto mehr fiel mir auf, dass meine Mutter immer blasser und stiller wurde. Ich wusste nicht, warum. An einem gewissen Punkt stand sie auf und ging in ihr Zimmer. Sie kam erst am nächsten Morgen wieder heraus, ohne in der ganzen Zeit etwas gegessen zu haben. Sie war sehr aufgewühlt.

So habe ich erfahren, dass sie ebenfalls an Zyklothymie litt. Sie hatte die Krankheit mit Medikamenten im Zaum halten können, aber manchmal hatte auch sie es nicht geschafft, morgens aufzustehen. Dies war der Grund für ihre Stimmungsschwankungen, ihre wiederkehrenden De-

pressionen, die meine Kindheit und Jugend überschattet hatten. Und ich hatte das immer auf ihren despotischen und egozentrischen Charakter geschoben!

Ich habe mein ganzes Leben damit zugebracht, eine Frau zu verabscheuen, die ich nicht einmal kannte, die mir auch nie wirklich wichtig war. Sie war für mich immer nur ein Hindernis gewesen, ein kleingeistiger und angepasster Mensch, dessen einziges Ziel es war, mich zu einem Leben zu zwingen, das der blanke Horror für mich war. Genau, wie ich es mit Baby getan hatte – zumindest war es das, was er mir voller Hass während unserer letzten Streitereien entgegengebrüllt hatte.

»Es ist meine Schuld«, hatte meine Mutter mir an jenem Tag gesagt und mich voller Schmerz angeblickt. Nein, es ist nicht deine Schuld, hatte ich zu ihr gesagt und ihr die Hand gedrückt. Es ist niemandes Schuld. »Wenn ich es dir gesagt hätte, hättest du vielleicht nicht …« Ich hatte sie nicht ausreden lassen. Ich hätte Baby trotzdem bekommen. Nichts hätte mich davon abbringen können. »Aber jetzt hast du ihn verloren, genauso wie ich dich verloren hatte.« Aber du hast mich wiedergefunden, hatte ich geantwortet. Und ich werde ihn wiederfinden. Da bin ich sicher.

Das ist jetzt zwei Jahre her, und Baby ist nicht zurückgekommen. Meine Mutter ist allein gestorben, und ich bin hier in diesem Haus, das ich immer verabscheut habe und das jetzt meines geworden ist. Ich werde es verkaufen, ich werde alles verkaufen. Ich möchte frei sein, um in der ganzen Welt herumzureisen, um Baby zu suchen. Rachel sagt mir, ich müsse die Wahrheit annehmen. Baby sei tot, es gebe keine andere Erklärung. Aber ich spüre, dass es nicht so ist. Baby ist am Leben, irgendwo auf der Welt.

Und ich werde ihn wiederfinden.

17 Das Messer, mit dem Annabel Alexander ermordet worden war, wurde im Keller der Villa gefunden, versteckt in einem Wandzwischenraum hinter den Kisten mit dem Mineralwasser. Es waren noch Spuren vom Blut des Opfers daran, auch wenn die Klinge nachlässig gereinigt und die Fingerabdrücke weggewischt worden waren.

Alle Indizien wiesen auf Eliseo Ruiz hin, Corazóns Mann. Er war es, der für die Lebensmittelvorräte der Pension zuständig war und täglich in den Keller ging. Der Filipino konnte Inspektor Gargiulos Fragen nicht beantworten, der die Waffe gefunden hatte, und so wurde er bis auf Weiteres verhaftet.

Nach einer kurzen Vernehmung im Präsidium, bei der Eliseo Ruiz sich unverändert stumm gab, beschloss Staatsanwältin Guarnieri, den Ermittlungsrichter zu ersuchen, die Verhaftung wegen vorsätzlichen Mordes bis zum Prozess in Untersuchungshaft umzuwandeln und Dottor Marius' Freilassung vorzubereiten.

Der Polizeipräsident beeilte sich, den Chefredakteur des *Piccolo* anzurufen, um ihm die große Neuigkeit mitzuteilen. Kein irrer Mörder würde mehr die spielenden Kinder in den Triester Parks gefährden. Der Mörder, ein Ausländer, dem es nicht gelungen war, sich in Italien zu integrieren, und der wahrscheinlich nur versuchte, genug Geld zu verdienen, um auf die Philippinen zurückzukehren, war von der Justiz dingfest gemacht worden.

Der Fall war abgeschlossen.

Für alle außer Elettra Morin. Sie weigerte sich, an eine so einfache Lösung zu glauben. Nein, jemand musste versucht haben, dem Filipino die Schuld in die Schuhe zu schieben.

Da war sie sich mehr als sicher.

Sie hätte gern mit Benussi gesprochen, um zu hören, was er darüber dachte. Ihr fehlten die häufig hitzigen, aber immer konstruktiven Auseinandersetzungen mit ihm. Viele intuitive Ideen, die Elettra in den letzten Jahren gehabt hatte, hatten sich aus ihren Diskussionen ergeben. Aber Rosanna Guarnieri ließ sich nicht erweichen. Kommissar Benussi durfte nicht gestört werden.

Es war der Moment gekommen, in dem sie allein zurechtkommen musste. Wie ihr Vater Claudio gesagt hätte: »Du wolltest ein Fahrrad? Dann tritt in die Pedale!« Wobei sie das Fahrrad – in diesem Fall die Beförderung zum Kommissar – noch nicht in der Tasche hatte; obendrein riskierte sie, sich in ernsthafte Schwierigkeiten zu bringen, wenn sie unautorisiert weiterermittelte. Es war ein Glücksspiel, das sie sehr teuer zu stehen kommen könnte, dessen war sie sich nur allzu sehr bewusst.

Aber das Gefühl, etwas tun zu müssen, war stärker als sie.

Sie konnte nicht zulassen, dass ein Unschuldiger bezahlte, nur weil jemand anders mit seinem Leben hatte spielen wollen.

Zunächst einmal stand jedoch ein Notfall im Vordergrund. Violeta Amado war verschwunden. Inspektor Gargiulo war zu Pater Florence gefahren, um ihn vor Boris

Rostow zu warnen, und hatte erfahren, dass sie abends nicht zurückgekommen war. Seit Stunden ging sie nicht an ihr Telefon. Sie hatte gesagt, sie würde eine Freundin besuchen fahren, ohne genauer anzugeben, um wen es sich handelte. Pater Florence machte sich allmählich Sorgen. Es war noch nie vorgekommen, dass sie überhaupt nicht ans Telefon ging. Und außerdem schien es ihm, dass sie überhaupt keine Freunde außerhalb der Stadt hatte.

Kurz entschlossen hatte Gargiulo in der Zentrale angerufen, damit Amados Handy lokalisiert würde. Die Antwort war gerade eingetroffen. Die Funkzelle, in der es sich befand, lag in einem abgelegenen Bergdorf in den Karnischen Alpen.

Jetzt waren Elettra und Valerio auf dem Weg in das Dorf. Sie waren sich beinahe sicher, dass die Freundin, die Violeta Amado besuchen wollte, Julija Rostowa war. Aus den Protokollen gingen zwei Anrufe hervor, beide von einem Einmalhandy aus. Solche Geräte benutzte man nur, wenn man nicht gefunden werden wollte. Julija war offensichtlich aus dem Krankenhaus verschwunden, um ihre Spuren zu verwischen. Und wenn Violeta nicht antwortete, konnte das nur eins bedeuten: Etwas Schlimmes war passiert. Sie mussten sich beeilen.

Die Autostrada in die Berge war halb leer. Sie hatten bereits Udine hinter sich gelassen und näherten sich Gemona. Elettra schwieg, sie machte sich Sorgen. Zu viel ging ihr im Kopf herum. Sie versuchte, den Morgen in der Villa noch einmal zu rekonstruieren, bemühte sich, jedes Detail zu erinnern, hoffte auf die berühmte alles erklärende Eingebung.

Abgesehen von Gaia Cortona, die wie üblich mit Drohungen und Protesten eine Szene gemacht hatte, war der

Einzige, der wirklich besorgt gewirkt hatte, Richard Noble gewesen.

Er hatte geschlafen, als sie sein Zimmer durchsuchen wollten, und ihr Anliegen entsprechend schlecht aufgenommen. Niemand wird gern plötzlich geweckt. Er hatte versucht, sie daran zu hindern, wollte Zeit, um sich anzuziehen, aber Elettra hatte sie ihm nicht zugestanden.

Er hätte etwas verstecken können.

Also hatte er sich gefügt und in einen Sessel gesetzt, um der Durchsuchung beizuwohnen, und währenddessen seine Fingernägel fast bis aufs Blut heruntergekaut. Es war unübersehbar, dass er Angst hatte, sie könnten etwas finden. Dennoch hatten sie trotz minutiöser Suche nichts Kompromittierendes gefunden. Nur ein paar Bücher auf Italienisch, ein Wörterbuch Italienisch-Englisch und eine vergoldete Buddhastatuette. Seltsamerweise besaß er keinen Laptop, nicht einmal ein Mobiltelefon. Er sagte, er brauche so etwas nicht. Eine seltsame Antwort, dachte Elettra, aber sicher nicht ausreichend, um ihn zu beschuldigen.

Der Journalist, Hugo Newman, war ganz ruhig geblieben. Vielleicht zu ruhig. Er hatte ihnen geholfen, den Schrank auszuleeren, Schubladen aufzuziehen und unter dem Bett und im Bad nachzusehen. Die Informationen, die die Polizei in Venice an Guarnieri geschickt hatte, schlossen eine verwandtschaftliche Beziehung zwischen Newman und Alexander aus. Hugo Newman war in Kalifornien ein ziemlich bekannter Enthüllungsjournalist, wie sie herausgefunden hatten, eine erfolgreiche Titelstory jagte die nächste, ohne dass er sich allzu sehr mit Feinheiten aufhielt. Er hatte in der Tat das eine oder andere aufgedeckt und mehr als nur ein paar Leuten empfindlich auf die Zehen getreten bei seinen Recherchen, was ihm diverse Anzeigen eingetragen hatte. Aber er war nie angeklagt worden.

Vielleicht hatte Alexander ein Geheimnis gehütet, das Newman hatte lüften wollen? Oder war vielleicht das Gegenteil der Fall? War es die Frau gewesen, die etwas Kompromittierendes über diesen Typen herausgefunden hatte, und er hatte sie ermordet?

Aber warum? Und vor allem, wieso mit solcher Grausamkeit?

Nein, das ergab keinen Sinn.

Elettra fühlte sich entmutigt.

Den Informationen, die sie aus Übersee über das Opfer erhalten hatten, war nichts Erhellendes zu entnehmen gewesen. Annabel Alexander lebte von Zinseinkünften – ihre Herkunftsfamilie war sehr reich – in einem Haus am Strand in der Nähe von San Diego. Sie war nie verheiratet gewesen, hatte aber vor zwölf Jahren einen Sohn verloren.

Welches Geheimnis mochte sie hüten? Womit hätte sie Newman erpressen können?

Elettra tappte im Dunkeln.

Die Landschaft des Friaul verschwand, von der hereinbrechenden Dunkelheit verschluckt. Elettra legte die Stirn ans Fenster und sah nach draußen, während sie an Giacomo Hutchinsons Reaktion dachte. Er war gekommen, als sie bereits mit der Durchsuchung angefangen hatten, und hatte als Erstes die kleine Asia dem Hausmädchen übergeben, um sich dann darum zu kümmern, seine Frau zu beruhigen, die von einem Wutanfall in den nächsten fiel.

Er machte nicht den Eindruck, als beunruhige ihn das Ganze sonderlich. Im Gegenteil, er hatte sich sogar angeboten, sie in ihre Privaträume zu begleiten und auch ins

Kinderzimmer, wo sie allerdings nichts Nennenswertes gefunden hatten. Während der Durchsuchung hatte Giacomo versucht, das Verhalten seiner Frau zu rechtfertigen, und immer wieder gesagt, dass sie eine schwierige Phase durchmachte. Ein wahrer Gentleman, dachte Elettra. Es war nicht zu übersehen, dass er die Frau kaum noch ertrug, aber er hielt daran fest, den äußeren Schein zu wahren.

Nicht einmal in der Küche und im Zimmer der Ruiz hatten sie etwas gefunden, daher waren sie dann in den Garten gegangen. Elettra hatte die Garage erforscht und Valerio den Keller.

Und so war das Messer zum Vorschein gekommen.

»Was meinst du, wollen wir uns einen Kaffee gönnen?«, fragte Valerio mit einem Blick zu ihr. Er fuhr seit mehr als einer Stunde und merkte, wie er allmählich müde und schwindelig wurde. Es war ein ziemlich aufregender Tag gewesen.

»Was?«, fragte Elettra, aus ihren Gedanken gerissen.

»Ob wir einen Kaffee trinken wollen.«

»Nein danke.«

»Dann vielleicht einen Saft und ein Panino? Wir haben heute nichts zu Mittag gegessen ...«

Elettra sah ihn belustigt an.

»Denkst du auch noch mal an was anderes als ans Essen?«

»Du bist es, die zu wenig daran denkt. Deine Magensäfte haben wahrscheinlich schon ihre Aktivitäten eingestellt.«

»Dafür sind deine hyperaktiv!«

»Ich verbrenne halt schnell.«

»Einverstanden, ein Panino kann ja nicht schaden.«

Sie hielten an einer Raststätte kurz vor Tolmezzo.

Elettra nahm einen einfachen Schinkentoast und Apfelsaft, während Valerio zwei Brötchen mit Tiroler Speck und Briekäse verputzte, dazu ein Stück Kuchen und einen Fruchtshake.

»Gut, können wir jetzt weiterfahren?«, fragte Elettra, als sie sah, wie er sich den Mund mit der Papierserviette abputzte. »Wir müssen den Ort noch vor heute Abend lokalisieren.«

»Wir haben doch die Koordinaten. Das Signal kommt von einem Hof außerhalb des Dorfes.«

»Wissen wir inzwischen, wem er gehört?«

»Noch nicht.«

Als sie von der Autobahn abfuhren, um die Statale 52 in die Berge zu nehmen, war es bereits dunkel. Die Kälte ließ die Fenster beschlagen. Valerio stellte die Heizung hoch, und Elettra zog die Winterjacke über und setzte sich eine Wollmütze auf.

»Echt sexy«, witzelte Valerio.

»Inzwischen solltest du gelernt haben, dich nicht von Äußerlichkeiten lenken zu lassen.«

Valerio suchte vergeblich nach einer schlagfertigen Antwort, aber ihm fiel nichts ein. Er beschränkte sich darauf, ihre Hand zu drücken. Sie fuhren die schier endlosen Kurven bergauf, ohne eine Menschenseele zu treffen.

Gegen sieben Uhr abends kamen sie an. Das einzige Geschäft, das sie fanden, lag an der Hauptstraße. Es war zugleich die Bar und hatte noch offen. Elettra stieg aus und ging hinein, eine Aktenmappe in der Hand.

Drinnen saßen drei alte Männer an einem Tisch und spielten Karten, ein jüngerer Mann saß am Tresen, ein Glas Grappa vor sich.

Die Wirtin, eine kräftige Frau um die sechzig, war dabei, Gläser abzutrocknen. Sie warf hin und wieder einen zerstreuten Blick zum Fernseher, der über der Bar hing. Elettra ging auf sie zu und zeigte ihren Dienstausweis.

»Guten Abend, Ispettore Morin von der Kriminalpolizei Triest.«

Alle Blicke wandten sich ihr zu.

»Wir suchen nach einer Frau, vielleicht auch zwei Frauen. Hat jemand von Ihnen sie gesehen?«

Sie zog die Fotos von Julija Rostowa und Violeta Amado heraus. Einmütig schüttelten alle Gäste der Bar den Kopf.

»Nie gesehen.«

»Nein.«

»Hier waren sie jedenfalls nicht«, sagte die Wirtin.

Elettra hatte es schon geahnt. Julija hatte sich verstecken wollen und äußerste Vorsicht walten lassen. Bestimmt hatte sie Violeta gebeten, ebenfalls vorsichtig zu sein. Die Frage war nur: Wie war sie hierhergekommen? Wer hatte ihr geholfen? Wahrscheinlich hatte Admiral Croff recht gehabt: Julija kannte noch jemand in der Stadt. Wo war sie all die Abende nach der Arbeit hingegangen? Sie würden es noch herausfinden müssen.

Aber sie hatte noch eine andere Karte, die sie ausspielen konnte.

Sie zog das erkennungsdienstliche Foto von Boris Rostow aus der Aktenmappe und zeigte es herum.

»Und dieser Mann hier?«

Die Wirtin betrachtete es aufmerksam und schob es dann zu dem Mann am Tresen weiter.

»War das nicht der von gestern?«

»Nein, der war dicker ...«

»Aber guck doch mal, die Narbe auf der Wange ... Sieht genau aus wie bei dem.«

»Heißt das, er war hier?«

Die Frau nickte. »Gestern Nachmittag.«

»Was wollte er denn?«

»Nichts weiter. Hat nur auf den Grappa gezeigt, und ich habe ihm einen eingeschenkt.«

»Sonst nichts? Hat er keine Fragen gestellt?«

»Ich glaube, er sprach kein Italienisch.«

»Und wie lange ist er geblieben?«

»Vielleicht eine halbe Stunde. Als das Postauto aus Triest kam, ist er gegangen. Ich dachte, er wollte vielleicht mitfahren.«

Stattdessen hat er darauf gewartet, dachte Elettra.

»Wie war er gekleidet?«

»Schwarze Lederjacke, dunkle Wollmütze, ziemlich tief ins Gesicht gezogen, schwarze Lederstiefel mit silberfarbigen Nieten, so wie Cowboystiefel.«

»Hat er irgendwelche Telefonate geführt, während er hier war?«

»Nicht, dass ich wüsste. Er hat sich in die Ecke gesetzt, da am Fenster. Hat die ganze Zeit auf die Straße hinausgeschaut.«

»Er hatte eine Wanderkarte dabei«, warf einer der Kartenspieler ein. »Die hat er die ganze Zeit studiert.«

»Sie wissen aber nicht, wie er hierhergekommen ist? Hatte er ein Auto?«

»Ein Motorrad. Groß und schwarz.«

»Marke?«

»Keine. Sah aus wie umlackiert.«

Bingo, dachte Elettra.

In dem Augenblick kam Valerio herein. Er hatte mit den Betreibern des Albergo-Ristorante gesprochen, das ganz in der Nähe lag.

»Ich habe herausgefunden, wo das Haus ist. Fahren wir.«

»Was ist denn passiert?«, wollte die Wirtin wissen. »Müssen wir uns Sorgen machen?«

Statt einer Antwort gab Elettra ihr eine Visitenkarte.

»Das ist meine Nummer. Wenn Sie eine von diesen Personen sehen, rufen Sie mich bitte sofort an. Wir müssen jetzt los.«

Sie gingen zurück zum Auto. Der Unterschied zwischen der Wärme in der Bar und der Kälte draußen ließ sie frösteln.

»Und nun?«, fragte Elettra Valerio, als sie wieder im Auto saßen.

»Es gibt da nur ein einzelnes Chalet. Die anderen Gebäude sind Scheunen oder nur im Sommer bewohnte Höfe.«

»Und wem gehört es?«

»Ich habe mit einer jungen Frau gesprochen, die bediente. Sie wusste es nicht, sie ist nicht von hier. Und der Chef war nicht da.«

»Wir kümmern uns später darum. Jetzt sollten wir uns beeilen.«

18

Violeta Amado spürte ihre Hände und Füße nicht mehr. Julija schlief immer noch an sie geschmiegt. Hin und wieder rieb sie ihr die Arme und Beine, um sie vor dem Erfrieren zu bewahren, auch wenn es wenig nützte.

Sie würden hier sterben, hier in dieser Höhle, das spürte sie.

Als sie vor nunmehr sechsundzwanzig Stunden aus dem Chalet geflohen waren, waren sie einfach in die Dunkelheit gerannt, ohne zu wissen, wohin, in Panik, jederzeit darauf gefasst, Rostow hinter sich auftauchen zu sehen. Eine Zeit lang hatten sie Schritte hinter sich gehört, jemand rief hinter ihnen her, aber dann war alles still geworden. Es war nur noch das Grollen eines Motorrades zu hören gewesen, das sich entfernte. Rostows Motorrad, das hatte Julija bestätigt. Das er auch in Triest gehabt hatte.

Sie hatten sich nicht getraut zurückzukehren. Vielleicht war es eine Falle.

Nein, es war besser weiterzugehen, bis sie die Hauptstraße fanden und um Hilfe bitten konnten, denn sie hatten in der Eile auch ihre Handys im Haus liegen gelassen, neben den Schuhen und Handschuhen. Immer wieder waren sie im Dunklen über Wurzeln, Steine und Äste gestolpert, hatten sich die Hände aufgerissen und die Füße angestoßen, bis Violeta nach zwei Stunden mühsamen Vorantastens plötzlich merkte, wie sich Julijas Hand aus ihrer löste. Dann erklang ein verzweifelter Schrei.

Ihre Gefährtin war fehlgetreten und in einen Abgrund gestürzt.

Mehr als eine Stunde hatte Violeta gebraucht, um sie wiederzufinden in dieser tiefen, von den unheilvollen Tönen der Käuzchen und Julijas immer verzweifelter klingenden Rufen erfüllten Dunkelheit. Im Fallen hatte sie sich einen Ast in den Oberschenkel gerammt und sich schwer verletzt. Violeta war es gelungen, den Fremdkörper herauszuziehen und das Bein mit dem Schal fest zu verbinden, sodass die Blutung gestoppt wurde. Dann jedoch hatte sie nichts mehr tun können, als sie an sich zu drücken, ihr immer wieder auf Rücken und Hände zu klopfen in dem Versuch, sie warm zu halten – und sich selbst aufzuwärmen – und auf den Morgen zu warten, der sie wenige Stunden später im Schlaf überraschte, halb erfroren und durstig.

Im ersten Tageslicht hatte Violeta entschieden, Hilfe suchen zu gehen, auch wenn sie ihren von den Verletzungen und der Kälte gequälten Körper kaum noch spürte. Ihre strapazierte Muskulatur war steif und ließ jede kleinste Bewegung zur Qual werden.

Nur mit Mühe hatte sie sich von Julija gelöst, die nicht allein zurückbleiben wollte, und ihr versichert, dass sie bald mit Hilfe zurückkehren würde. Dann hatte sie sich mit wunden, blutigen Füßen in den zerrissenen und mit Schlamm vollgesogenen Pantoffeln auf den Weg in den Wald gemacht und versucht, den stechenden Schmerz zu ignorieren, den ihr die Steine und Wurzeln beim Gehen bereiteten.

Nach einer halben Stunde querfeldein und bergauf war

sie endlich auf eine kahle Hochebene gelangt, auf der in der Entfernung einige Gebäude zu sehen waren, und ihr war das Herz aufgegangen.

Endlich ein Weg!

Endlich Häuser!

Endlich die Berge!

In einer Senke hatte sie einen verlassenen Stall gefunden. Die Tür stand offen, und der Boden war noch mit einer Mischung aus Heu und getrocknetem Mist bedeckt. Ein idealer Zufluchtsort, wo sie Julija zurücklassen konnte, während sie Hilfe suchen ging. Beflügelt durch diese Vorstellung, war Violeta denselben Weg zurückgegangen, ohne auf die stechenden Schmerzen in ihren Füßen zu achten, um ihre Gefährtin in Sicherheit zu bringen. Sie hatte sie bewusstlos, zusammengerollt an einer Baumwurzel, gefunden. An den Baum gestützt, hatte Violeta versucht, sie hochzuziehen, indem sie ihren Oberkörper umschlang. Julijas Arm über ihre Schultern gelegt, schleppte sie sie mit sich. Es war kein leichtes Unterfangen gewesen. Mehrfach waren sie gestürzt, noch öfter hatte der Schmerz sie gezwungen, stehen zu bleiben und Atem zu schöpfen. Sie hatten mehr als zwei Stunden gebraucht, um zu dem Stall zurückzukehren.

Aber am Ende hatten sie es geschafft.

Ganz in der Nähe gab es einen schwarzen Schlauch, aus dem Wasser in einen Trog sprudelte. So hatten sie sich satt trinken können, mit klappernden Zähnen wegen des eiskalten Wassers, und doch war es das beste Wasser, das sie jemals in ihrem Leben getrunken hatten.

»Das hier muss es sein«, sagte Valerio, während er mit der Taschenlampe vorsichtig ein einzeln stehendes Chalet anleuchtete.

»Schschsch«, machte Elettra und spitzte die Ohren.

Die Läden waren geschlossen, es drang kein Licht durch die Tür nach draußen, und doch waren deutlich Stimmen aus dem Inneren zu hören.

Die beiden Inspektoren warfen sich einen Blick zu.

Da drin war jemand.

Sie mussten leise und vorsichtig sein.

Sie zogen die Pistolen und näherten sich mit äußerster Vorsicht dem Gebäude.

»Reifenspuren«, flüsterte Elettra und zeigte mit dem Lichtstrahl der Taschenlampe auf den durchweichten Boden. Sie stammten mit Sicherheit von einem Motorrad.

»Rostow«, flüsterte Valerio.

Elettra richtete den Strahl nach oben zum Balkon des ersten Stocks.

»Da oben!«

Ein Fensterflügel hing aus den Angeln.

»Er muss sie überrascht haben …«

Elettra schauderte. Sie hoffte, dass sie nicht zu spät kamen. Es war keine Zeit zu verlieren.

»Aufmachen! Polizei!«, rief Valerio und hämmerte an die Tür.

Keine Reaktion.

Mit einem gezielten Tritt brachte Elettra die Tür zum Aufspringen. Die beiden Inspektoren betraten mit ausgestreckten Armen und gezogenen Waffen das Gebäude und leuchteten schnell um sich.

Die Stimmen kamen aus dem anderen Zimmer.

»Julija! Violeta!«, rief Elettra.

Nichts.

Das Zimmer war verlassen und kalt. Auf dem Sofa lag unordentlich eine Decke, und neben einer Bank standen

Damenschuhe. Der Ofen war aus, ebenso die Heizung. Es war eiskalt.

»Du gehst nach oben, ich kümmere mich um das Erdgeschoss«, flüsterte Elettra Valerio zu, während ihr Herz vor Angst immer schneller schlug.

Die Stimmen aus dem anderen Zimmer klangen immer aufgeregter, als würde jemand streiten. Stimmen einer Frau und eines Mannes.

Während sie weiter in die Dunkelheit eindrang, stolperte Elettra über irgendetwas und verlor das Gleichgewicht. Erschrocken leuchtete sie nach unten. Eine rote Ledertasche. Sie erkannte sie sofort: Violetas Tasche. Als sie sie aufmachte, fand sie das Handy darin, das Portemonnaie war geleert. An der Garderobe hing eine beige Daunenjacke. Sie musste Julija gehören. Das bedeutete, sie mussten noch im Haus sein.

Das Schlimmste befürchtend, öffnete Elettra vorsichtig die Tür zur Küche. Im selben Augenblick erklang die Melodie einer Waschmittelwerbung.

Von wegen Stimmen, da lief ein Radio!

Sie schaltete das Licht ein, um den verdammten Apparat zu finden. Er stand auf einer antiken Anrichte. Wütend schaltete sie ihn aus. Dann schaute sie sich um.

Auf dem Tisch zwei Tassen und eine Teekanne.

Sie trat an den Tisch.

Die Tassen waren noch voll, aber der Tee längst kalt. Offensichtlich hatten sie es nicht mehr geschafft, ihn zu trinken.

Die Hintertür stand offen. Elettra blickte hinaus und sah nichts als Bäume und Dunkelheit.

»Rostow muss oben eingestiegen sein«, sagte Valerio, der aus dem Flur trat. »Im Schlafzimmer habe ich Stiefelabdrücke gesehen.«

»Sie müssen in aller Eile geflohen sein. Violeta hat sogar ihre Schuhe hiergelassen, und an der Garderobe hängt eine Jacke, die muss Julija gehören.«

»Bei diesen Temperaturen können sie nicht lange durchhalten.«

»Verständige die örtliche Polizei und die Försterei. Vielleicht brauchen wir auch einen Suchhund. Nimm Violetas Tasche und Julijas Jacke mit, die könnten dabei helfen, sie zu finden.«

Während Valerio telefonierte, trat Elettra mit angstvoll schlagendem Herzen an die Tür, die zum Wald hinausging.

Die Dunkelheit verschluckte alles.

Wo, zum Teufel, mochten sie stecken?

Alle Indizien wiesen darauf hin, dass sie vor vierundzwanzig Stunden geflohen sein mussten, kurz nachdem Violeta mit dem Postauto angekommen war. Rostow musste ihr bis zum Haus gefolgt und dann über den Balkon ins Haus gelangt sein. Offensichtlich hatte er dabei ein Geräusch gemacht und die beiden aufgeschreckt, die daraufhin in den Wald geflohen waren.

Vierundzwanzig Stunden.

Eine lange Zeit für zwei Frauen, die nichts gegen die eiskalten Nächte in den Bergen bei sich hatten. Und Julija erholte sich noch von der Operation.

Es musste noch etwas passiert sein, das spürte sie.

Rostow konnte sie gefangen genommen haben.

Aber wo hielt er sie versteckt?

Ängstlich holte Elettra Luft. Die Nachtluft war schneidend kalt.

Es hatte zu schneien begonnen.

Bevor sie die Tür wieder schloss, hoffte sie inständig, dass die beiden sich hatten retten können.

Aber wo sollten sie sie suchen?

Es waren inzwischen dreißig Stunden seit ihrer Flucht vergangen, und Violeta fing allmählich an zu verzweifeln. Sie saßen in dieser Höhle in den Bergen fest, ohne zu wissen, wohin sie gehen oder was sie tun sollten.

Sie betete zu Gott, mit dem bisschen Glauben, das sie hatte, aber sie spürte, dass auch Gott nicht viel für sie würde tun können. Sie war sich sicher, dass Pater Florence die Polizei benachrichtigt hatte, nachdem sie nicht nach Hause zurückgekehrt war. Aber selbst wenn, wie sollten sie sie finden, hier oben in diesem undurchdringlichen Wald, in dem sie sich nur immer wieder verlaufen hatten?

Noch dazu schneite es seit Stunden.

Sie ging in Gedanken die dramatischen Ereignisse des vergangenen Tages durch, die sie am Ende in dieses Gefängnis hier gebracht hatten, wo sie verdursten würden. Am Morgen, nachdem sie es endlich mit Julija bis zum Stall geschafft hatte, war sie sich sicher gewesen, dass sie das Schlimmste hinter sich hatten und bald jemanden finden würden, der ihnen half.

Überall auf der Hochebene standen kleine Hütten, an die man klopfen könnte, und vor allem wurde sie von einer Forststraße durchquert, die mit Sicherheit ins Dorf führte. Schlimmstenfalls würde sie ihr folgen und auf diese Weise sich retten können.

Aber vorher wollte Violeta angesichts ihres geschwächten Zustands die leichteste und am wenigsten anstrengende Alternative ausprobieren. Also hatte sie sich zur nächstgelegenen Hütte aufgemacht, auf einen Stock gestützt, den sie im Wald aufgehoben hatte, um zu versuchen, die stechenden Schmerzen in den Füßen zu lindern. Doch als sie dort ankam, musste sie zu ihrer großen Enttäuschung feststellen, dass sie verrammelt war, genauso wie die nächste und die übernächste.

Bei der vierten hatte sie es dann verstanden.

Es waren gar keine richtigen Häuser, sondern einfache Schutzhütten, die in früheren Jahrzehnten für die Hirten errichtet worden waren, die die Kühe auf die Weide trieben. Im Winter waren sie nicht bewohnt. Es gab nicht einmal elektrisches Licht. Mit Tränen in den Augen hatte sie sich auf eine verwitterte Bank fallen lassen, während ihr das Herz eng wurde vor Verzweiflung.

Die weite Ebene um sie herum war verlassen und still, der Kette aus Berggipfeln in der Ferne war ihr Schicksal vollkommen gleichgültig. Wie die Natur gleichzeitig so schön und schrecklich sein konnte, dachte sie. Wie wenig ein Leben wog angesichts der majestätischen Eleganz dieser jahrtausendealten Landschaft, die nichts vom Schmerz und Kummer der Menschen wahrnahm. Plötzlich sah sie ganz in der Nähe ein Reh. Es sprang schnell über die mit Schnee gesprenkelten Weiden, mit einer Anmut und Leichtigkeit, die für einen Augenblick den Klammergriff lockerte, der um ihr Herz lag.

Bevor sie sich wieder auf den Weg machte, warf sie einen Blick durch das Fenster hinter ihr. Es war nicht mit Läden verschlossen. Sie legte die Stirn an das Glas und sah, dass im Inneren Kleidung an der Wand hing. Ohne nachzudenken, schlug sie die Scheibe mit einem Ellbogen ein, drehte den Griff innen und öffnete das Fenster so weit, bis sie sich mit halbem Oberkörper hineinlehnen und die beiden Jacken greifen konnte. Als sie dann die Bergstiefel und den Rucksack, die auf dem Boden standen, bemerkte, konnte sie nicht widerstehen; sie ließ sich auf den Holzboden fallen und versuchte, dabei nicht vor Schmerzen zu schreien. In aller Eile befreite sie sich von ihrer durchnässten Jacke, schlüpfte in die staubige Männerjacke, steckte die zweite in den Rucksack und packte noch ein paar Stiefel für Julija dazu. Das erste Paar war für sie. Allerdings fehlten noch Strümpfe und vielleicht auch Hemden, Pullover, Handschuhe und trockene Hosen. Nachdem sie den Deckel einer Sitzbank hochgehoben hatte, fand sie auch diese. Es war alles viel zu groß für sie beide, aber immer noch besser als gar nichts. Hastig zog sie sich um und fühlte, wie Kräfte und Mut zurückkehrten, als sie endlich etwas Trockenes und Warmes anhatte.

Bevor sie hinausging, schaute sie sich vergeblich nach einem Stückchen Papier und einem Stift um. Als sie nichts fand, sagte sie sich, dass sie alles zurückgeben würde, sobald sie das Dorf erreicht hätten.

Dann, plötzlich und unerwartet, während sie sich gerade den zweiten Stiefel anzog, ein Grollen.

Sie trat vorsichtig ans Fenster.

Es bestand kein Zweifel. Das war das Geräusch eines Motorrads, dasselbe, das sie in der vorigen Nacht gehört hatte, als sie aus dem Chalet geflohen waren!

Mit bis zum Halse schlagendem Herzen kletterte sie aus dem Fenster, die Tür war ja abgeschlossen, und hoffte nur, Julija rechtzeitig zu erreichen. Wenn sie das Motorrad gehört hatte, war sie wahrscheinlich zu Tode erschrocken und womöglich in Panik weggelaufen, um nicht entdeckt zu werden.

Das durfte sie nicht zulassen.

Sie versuchte zu rennen, aber trotz der Stiefel und der dicken Strümpfe zwangen die Blasen an ihren Füßen sie, langsam zu gehen. Sie hatte nicht einmal die Hälfte des Weges geschafft, als sie das dunkle Motorrad erblickte, wie es die letzte Kurve nahm, die auf die Hochebene führte, und dem Stall und ihr gefährlich nahe kam. Violeta ging hinter einem großen Felsbrocken in Deckung. Wenn der

Mann am Chalet gewesen war, musste er ihr gefolgt sein und ihr Gesicht kennen.

Sie durfte kein Risiko eingehen.

Plötzlich hörte das Motorgrollen auf. Was war passiert?

Vorsichtig lugte sie hinter dem Felsbrocken hervor und sah einen schwarz gekleideten Mann, der die Hochebene mit einem Fernglas absuchte. Der Stall lag in seinem Rücken, versteckt in einer leichten Senke. Schnell duckte sie sich wieder hinter den Felsen und betete dabei zu Gott, dass Julija keine Dummheiten machte und an Ort und Stelle blieb.

Zum Glück fuhr das Motorrad kurz darauf weiter und an ihr vorbei. Es hielt auf die verlassenen kleinen Gehöfte zu.

Aber es war nur eine Frage der Zeit, bis er sie finden würde. Bis dahin mussten sie unter allen Umständen von hier weg sein. Und so war sie auf den Fersen hüpfend zurückgekehrt – der einzige Teil ihrer Füße, der noch ohne Blasen war – und hatte Julija gezwungen aufzustehen, sich umzuziehen und sich wieder auf den Weg zu machen. Wie befürchtet, hatte sie sie vor Angst zitternd vorgefunden. Es hatte ein bisschen gedauert, sie auszuziehen und dazu zu bringen, die neuen Kleidungsstücke, die Strümpfe und Schuhe anzuziehen. Sie hatten den Bund der schweren Arbeitshosen mehrfach umschlagen und Hemd und Pullover hineinstecken müssen, damit sie nicht herunterrutschten, aber am Ende hatten sie es geschafft.

Wie zwei ungeschickte Clowns in viel zu großen Klamotten und Schuhen hatten sie sich so zur Forststraße aufgemacht, in der Hoffnung, jemanden zu finden, der sie mitnahm. Aber offensichtlich hatte das Glück an diesem Tag beschlossen, ihnen nicht hold zu sein, denn schon nach einer Viertelstunde schmerzerfüllten Wanderns war hinter ihnen von Neuem das Dröhnen des Motorrads erklungen. Es näherte sich mit hoher Geschwindigkeit und zwang sie, auf einen jäh abfallenden Weg in denselben furchterregenden, unwegsamen Wald einzubiegen, den sie eigentlich gehofft hatten für immer hinter sich gelassen zu haben.

Müde und verzweifelt wie sie waren, hatten sie nach wenigen Metern das Gleichgewicht verloren, waren eine über die andere gerollt und hatten versucht, sich an Ästen und Wurzeln festzuhalten, die auf ihre Körper einpeitschten. Erst viele Meter weiter unten waren sie von einem massiven Felsblock aufgehalten worden.

Und hier hatte Julija aufgegeben.

Sie wollte nichts mehr hören. Lieber wollte sie sterben, als noch einen Schritt weiter zu machen, hatte sie unter Tränen gestammelt. Violeta hatte den Blick zum Himmel gehoben. Der Schnee fiel jetzt dichter, sie konnten auf keinen Fall hierbleiben. Also war sie auf die Suche nach einem Unterschlupf gegangen und hatte unweit des Felsens diese kleine Höhle gefunden. Unter großen Mühen hatte sie Julija bis dorthin geschleift und sich dann erschöpft, zerschlagen und am Ende ihrer Kräfte einfach fallen lassen. Sie war sofort eingeschlafen.

Als sie die Augen wieder aufgeschlagen hatte, war es bereits Nacht gewesen, der Schnee verdeckte beinahe den gesamten Eingang zur Höhle. Neben ihr lag Julija und delirierte im Fieber. Ihr Bein war unförmig angeschwollen. Also hatte sie sie in die Arme genommen und versucht, ihr die Angst zu nehmen, die jede Faser ihres von Wunden übersäten Körpers erfüllte.

Vor einer Stunde war Julija eingeschlafen, und Violeta gelang es nicht mehr, sie wach zu bekommen. Sie schüttelte sie, aber sie reagierte nicht. Sie beugte sich über sie und hörte, dass sie noch atmete. Sie zog ihre Jacke aus und deckte sie damit zu, um eine Unterkühlung zu verhindern, und rieb ihren Körper mit den Händen. Dann umfasste sie ihre Schultern und wiegte sie wie ein kleines Kind in den Armen, während sie spürte, wie ihr Herz sich mit Reue füllte. Sie hätten in dem Haus bleiben, die Polizei rufen und sich Julijas Mann stellen sollen. Alles in allem war auch er nur ein Mensch. Sie hätte mit ihm reden und ihn zur Vernunft bringen können. Bisher war ihr das immer gelungen, selbst mit den schwierigsten Menschen.

Stattdessen hatte sie Julija auf diese sinnlose Flucht geschleift.

Jetzt würden sie hier in dieser Höhle sterben, verdurstet, weit weg von allen und allem. Wahrscheinlich würde man sie erst im Frühjahr wiederfinden, steif gefroren.

Das alles war ihre Schuld.

19

Am Vormittag des sechsten November hatte ein Tischler aus der Gegend den Diebstahl seines grauen Toyota Hilux, Baujahr 1998, gemeldet. Er war vor seinem Sägewerk gestohlen worden.

Am Morgen des folgenden Tages um sieben Uhr wurde das Motorrad von Boris Rostow in einem Graben in der Nähe des Sägewerks gefunden, halb im Schnee vergraben. Auch dieses stellte sich als gestohlen heraus.

Das konnte kein Zufall sein.

Um acht Uhr am Morgen dieses siebten November befanden sich Elettra Morin und Valerio Gargiulo bereits im Kommissariat der Polizei Tarvisio in einer Besprechung mit ihren Kollegen. Sie waren müde und angespannt. Sie hatten die Nacht in einem Jeep der Försterei verbracht und zusammen mit einem Wachmann und einem Bergführer im dichten Schneetreiben unbefestigte Straßen und verlassene Höfe abgesucht.

Die Entdeckung eines eingeschlagenen Fensters an einer verlassenen Schutzhütte hatte sie vorübergehend neue Hoffnung schöpfen lassen, da sie dort eine rote Winterjacke gefunden hatten, von der Elettra meinte, sie schon einmal an Violeta gesehen zu haben. Nachdem sie ihre Suche sogar auf verlassene Scheunen ausgedehnt hatten,

hatten sie jedoch aufgeben müssen: von den beiden Frauen keine Spur. Und selbst wenn es Spuren gegeben hätte, hätte der Schnee inzwischen jeden Hinweis mit seiner weichen Decke zugedeckt.

Sie standen vor einer an der Wand aufgehängten Landkarte der Gegend und waren dabei, den aktuellen Stand der Ermittlungen zusammenzufassen.

Der beigeordnete Vizepolizeichef von Tarvisio, Ugo Bencic, ein dürrer, kahler Mann um die fünfzig, informierte die Inspektoren aus Triest über die verschiedenen Möglichkeiten. Er schien leicht verärgert zu sein.

»Hinter dem Chalet liegt ein dichter Tannenwald. Am Anfang gibt es einen unbefestigten, aber befahrbaren Weg, der dann allerdings in einem Steinbruch endet. Von da gehen einige ziemlich anspruchsvolle Bergwanderwege ab. Ich kenne mich da aus, weil meine Tante dort ein Haus hat und ich als Junge da alles erkundet habe. Ich halte es für überaus unwahrscheinlich, dass zwei Frauen im Dunklen und, wie Sie sagen, ohne passendes Schuhwerk, sich da nach oben gewagt haben.«

»Also gehen Sie davon aus, dass sie umgekehrt sind«, sagte Elettra.

»Das ist die wahrscheinlichste Hypothese, wenn nicht die einzige. Es ist praktisch unmöglich, sich nachts in einem Wald wie diesem zu orientieren. Das müssen die beiden ziemlich bald gemerkt haben.«

»Gibt es noch eine andere Straße außer der Forststraße, die aus dem Dorf kommt?«

»Nein. Offensichtlich ist es diesem Rostow gelungen, die beiden Frauen zu finden und sie irgendwo zu verstecken. Dann hat er den Toyota gestohlen, um sie von hier fortzubringen. Wir haben das Kennzeichen bereits an alle

Streifen der Region weitergegeben. Es wird schwer für ihn werden, sich davonzumachen.«

Elettra schüttelte den Kopf. Für ihren Geschmack machte er es sich viel zu leicht. »Ich weiß nicht. Es ist vielleicht so gelaufen, aber ich würde die Suche nicht abbrechen. Sie könnten auch einen Unfall gehabt haben.«

»Ja, aber warum hätte Rostow sonst den Geländewagen stehlen sollen?« Bencic fühlte sich sichtlich gereizt durch Elettras Bemerkung. Alles in allem war sie nur eine einfache Inspektorin, und dazu noch eine Frau. Er hatte noch nie etwas von Frauen bei der Polizei gehalten, da war er ein bisschen altmodisch. Frauen sollten zu Hause bleiben und Kinder und Kuchen produzieren.

»Vielleicht hatte er einfach die Nase voll davon, sich auf dem Motorrad den Hintern abzufrieren?«, meinte Valerio flapsig, was ihm einen misstrauischen Blick des Vizepolizeichefs eintrug.

Bencic machte eine entnervte Handbewegung. »Wollen Sie mir etwa sagen, wie ich meinen Job zu machen habe, Ispettore?«

Elettra war zu müde für irgendwelche Machtspielchen und beschloss, das Ganze sofort zu beenden. »Auch wenn er vielleicht nicht den richtigen Ton gewählt hat, so hat mein Kollege doch einfach nur darauf hingewiesen, dass es noch eine andere Erklärung geben könnte. Das ist alles.«

»Nun werden Sie mal nicht unverschämt, Ispettore … Ich habe Ihren Namen vergessen …«

»Morin.«

»Ispettore Morin. Sie kommen aus der Stadt hierher und tun so, als würden Sie die Ermittlungen leiten und wir wären nur unfähige Gebirgler!«

»Es würde mir nicht im Traum einfallen, Ihre Kompetenz infrage zu stellen, Vizepolizeichef Bencic«, antwortete Elettra eisig. »Zwei Frauen sind spurlos vom Erdboden verschwunden, wahrscheinlich entführt von einem gefährlichen Kriminellen, wie Sie behaupten. Meinen Sie nicht auch, dass es da unsere Aufgabe ist, alle Hypothesen zu berücksichtigen? Also, wenn Sie nichts dagegen haben, würde ich Sie bitten, ein paar Beamte mit einem Suchhund loszuschicken, um das Gelände rund um das Chalet abzusuchen. Wir haben hier Kleidungsstücke der verschwundenen Frauen …«

Elettra zog Violetas Tasche und Julijas Jacke aus einer Plastiktüte.

»Wir haben hier keine Hundestaffel in Tarvisio. Wir müssten sie aus Udine kommen lassen«, antwortete Bencic.

Mit einem Seufzer ließ sich Elettra auf einen Stuhl fallen. Die nächtelange, fruchtlose Suche hatte sie erschöpft. Musste das denn alles so schwierig sein? Beinahe flüsternd versuchte sie, Bencic zur Vernunft zu bringen. »Es sind inzwischen mehr als sechsunddreißig Stunden vergangen, Herr Vizepolizeichef; die letzten zwölf haben wir im Auto verbracht und die Gegend abgesucht. Wir sind erschöpft und haben nicht mehr viel Zeit. Sind Sie sich ganz sicher, dass Sie niemanden von der Bergrettung kennen, der einen Hund hat und uns helfen könnte?«

»Ist alles in Ordnung? Möchtest du einen Kaffee?«, fragte Valerio besorgt, als er sah, wie sie blass wurde und sich die Hand an die Stirn hielt.

»Vielleicht, ja.«

Sie war am Ende ihrer Kräfte, und Bencic beschloss, seine Feindseligkeit fürs Erste aufzugeben.

»Einverstanden, Ispettore Morin, ich kenne den richtigen Mann. Sein Hund hat schon mehrere Menschen gerettet. Er lebt allerdings weit vom Dorf entfernt. Wenn diese Frauen noch im Berg sind, dann werden wir sie finden. Lebendig oder tot. Das verspreche ich Ihnen.«

Mit einem müden Lächeln erhob sich Elettra.

»Ich danke Ihnen.«

»Fahren Sie nur ganz beruhigt nach Triest zurück. Wir kümmern uns darum. Wahrscheinlich wird Rostow versuchen, in die Stadt zurückzukehren, und es ist besser, ihn von zwei Seiten einzukreisen. Wir halten Sie auf dem Laufenden.«

»Herr Bencic hat recht«, sagte Valerio. »Gehen wir einen Kaffee trinken und fahren zurück. Hier oben können wir nichts mehr ausrichten.«

Elettra nickte. Sie hätte sowieso nicht geschafft, noch hierzubleiben. Sie war entsetzlich müde. Die beiden Inspektoren verabschiedeten sich mit einem Händedruck von Bencic.

»Hoffen wir also, dass es nicht zu spät ist«, flüsterte Elettra im Hinausgehen.

»Vertrauen Sie uns, Ispettore, wir machen das nicht zum ersten Mal.«

Diese letzte Stichelei hätte er sich gut sparen können, dachte Valerio, während er die Tür hinter ihnen zuzog.

20

Wo konnte seine Ljubuschka nur sein?

Er war um elf Uhr abends am Chalet angekommen, alarmiert, weil sie nicht auf seine Anrufe reagierte, und hatte das Haus leer vorgefunden.

Wohin konnte sie gegangen sein?

Hatte sie vielleicht einen Spaziergang machen wollen und sich verlaufen? Als es dann anfing zu schneien, hatte sie nicht mehr zurückgefunden. Ja, so musste es sein, es gab keine andere Erklärung. Da oben war nicht viel freies Feld, das musste der Grund sein, warum ihr Handy nicht erreichbar war. Und er hatte ihr so eindringlich geraten, das Haus nicht zu verlassen, mit niemandem zu sprechen, kein Licht anzumachen. Es konnte nicht sein, dass ihr Mann sie hier gefunden hatte, sie waren so vorsichtig gewesen.

Und doch war sie nicht hier.

Das Chalet war ihm als das sicherste Versteck erschienen, als sie ihn vollkommen verängstigt aus dem Krankenhaus angerufen hatte. Rostow war am Nachmittag dort gewesen, hatte sie ihm unter Tränen erzählt, und hatte ihr gedroht und noch mehr Geld verlangt, es reichte ihm nicht, was er ihr sowieso schon geraubt hatte. Er würde sie umbringen, wenn sie es ihm nicht gab, dessen war sie sich sicher. Er hatte sie unter allen Umständen in Sicherheit bringen müssen.

Das Haus war sein geheimer Zufluchtsort, an dem er sich versteckte, wenn er ein bisschen Frieden finden wollte. Also hatte er sie noch am selben Abend abgeholt und nach hier oben gebracht, in Sicherheit. Er hatte nicht bei ihr bleiben können an dem Abend, zu Hause warteten sie auf ihn, aber er hatte ihr ein Einmalhandy dagelassen, wie er auch eines für sich gekauft hatte. Sie hatten ausgemacht, nur darüber zu kommunizieren, zu festgelegten Zeiten. Als sie bei den letzten Malen nicht mehr geantwortet hatte, hatte er sich Sorgen gemacht.

Deshalb war er gekommen.

Nun wanderte er schon seit Stunden zunehmend verzweifelt herum, leuchtete mit dem starken Schein seiner Taschenlampe in jede Kluft, jeden Abgrund, jede natürliche Höhle.

Als er auf die Hochebene kam, war es bereits tiefe Nacht, und er sank bis zu den Waden im Neuschnee ein. Vielleicht hatte sie sich in der alten Scheune versteckt, um das Ende des Schneefalls abzuwarten. Er kannte sie gut, diese Scheune, weil er selbst mehrfach darin Zuflucht gefunden hatte, wenn er auf einer seiner einsamen Wanderungen von einem Wolkenbruch überrascht worden war.

Mit der Schulter drückte er die vom Schnee blockierte Tür auf, rief nach ihr, aber auch hier war sie nicht. Also ließ er sich in das klamme Heu fallen, um ein wenig auszuruhen. Er versuchte, sich nicht von der Enttäuschung überwältigen zu lassen. Sosehr er den Schnee liebte, hier wurde er zu einem tödlichen Gegner. Gerade jetzt durfte er nicht aufgeben. Er musste unter allen Umständen wach und aufmerksam bleiben. Wenn Ljubuschka irgendwo da draußen war, würde er sie finden. So konnte es nicht enden. Nicht nach allem, was sie auf sich genommen hatte, um zu ihm zurückzukommen.

Während er den Schein der Taschenlampe in der Dunkelheit umherwandern ließ, sah er plötzlich etwas in einem Haufen getrocknetem Mist glitzern. Auf allen vieren kroch er darauf zu und zog sich die Handschuhe aus. Es war Ljubuschkas Armband aus gefärbten Steinen! Er hatte es ihr damals in Kiew geschenkt. Sie war hier gewesen! Er lag richtig, sie hatte sich verlaufen.

Also konnte sie nicht weit sein.

Von neuer Hoffnung überflutet, stand er auf.

Er versuchte zu überlegen, was sie gemacht haben könnte, nachdem sie die Scheune verlassen hatte. Aber sicher! Sie musste die Forststraße genommen haben, die zum Dorf zurückführte. Es gab keine andere Möglichkeit.

Ungeduldig begann er zu laufen, während der Schnee unerbittlich weiterfiel. Als er die Forststraße erreichte, blieb ihm fast das Herz stehen. Jemand war hier hochgekommen, es gab frische Reifenspuren. Aber wer? Und warum? Hatte das Ungeheuer sie finden können? Wie hatte er das angestellt? Er hatte ständig in den Rückspiegel gesehen, als er sie hergebracht hatte. Niemand war ihm gefolgt, da war er sich ganz sicher.

Vielleicht war sie deshalb geflohen, weil sie ein Auto gehört hatte. Sie hatte sich erschreckt. Er musste sie unbedingt finden. Er folgte den Spuren des Geländewagens etwa einen Kilometer bergab, ohne auf den Schnee zu achten, der ihm in die Augen und ins Gesicht peitschte.

Mit einem Mal erblickte er etwas mitten auf der Straße. Es sah aus wie ein verletztes Tier.

Übervorsichtig leuchtete er es mit der Taschenlampe an.

Es war kein Tier, es war eine Frau, die im Schnee kniete. Sie winkte ihm.

»Hilfe! Zu Hilfe!«

Er rannte zu ihr, versuchte zu sehen, ob sie verletzt war. Sie hatte dunkle Locken, die unter einem Wollhut hervorschauten. Die Frau ließ ihn nicht zu Wort kommen, sondern zeigte mit dem Arm in einen Weg zu ihrer Rechten.

»Da … in der Höhle! Sie stirbt … Beeilen Sie sich!«

Sofort hastete er durch den Schnee auf die Schafhöhle zu, eine natürliche Kluft, die im Sommer häufig besucht wurde. Er fand sie ohne Schwierigkeiten, weil er schon oft an sehr heißen Tagen hier Mittagspause gemacht hatte.

Und dort fand er sie. Sie war es tatsächlich, seine Liebe, zusammengekrümmt lag sie da, unbeweglich, zugedeckt mit einer Männerjacke.

»Ljubuschka, ich bin's!«, rief er, während er sich neben ihr auf die Knie warf und versuchte, sie aufzuwecken.

»Ljubuschka, antworte mir! Ich flehe dich an!«

Dann nahm er sie in die Arme, hob sie halb hoch und küsste ihre bereits blauen Lippen.

Sie waren eiskalt.

Rosanna Guarnieri hatte aus Kiew gerade interessante Informationen über Julija Rostowa erhalten und versuchte, Ispettore Morin zu erreichen, um sie ihr mitzuteilen, doch deren Telefon war nicht erreichbar. Sie wusste, dass sie aus Tarvisio zurückgekehrt war und einen Tag Urlaub genommen hatte. Sie hatten vereinbart, sich am nächsten Tag zu einer operativen Besprechung zu treffen. Sie würde sie ein paar Stunden ausruhen lassen, es war ja nichts Dringendes. Sie schlug die Akte auf, die ihr die Übersetzerin gegeben hatte, und studierte sie noch einmal genauer.

Der Bericht der Polizei Kiew besagte, dass Julija Rostowa vor zwei Jahren für ein italienisches Paar ein Baby ausgetragen hatte. Die Mutter des Mädchens hatte alles unter Tränen ukrainischen Beamten berichtet, die Informationen über ihre Tochter einholen gekommen waren. Sie seien in großer Geldnot gewesen, hatte sie ihnen erklärt, um die Kosten der Behandlung für Julijas kleinen Bruder aufzubringen, der an Leukämie erkrankt war. Ein förmlicher Vertrag, wie er vom Gesetz vorgeschrieben war, hatte ihnen zehntausend Euro eingebracht. Es war ein kleines Mädchen zur Welt gekommen, das das italienische Paar in Kiew angenommen hatte, bevor sie wieder nach Italien zurückgekehrt waren.

Als Julijas Mann zwei Monate später aus dem Gefängnis entlassen wurde und herausfand, was sie getan hatte, war er zornig geworden, hatte sie geschlagen und einen Teil des Geldes verlangt. Julija hatte sich jedoch geweigert, das Geld war schließlich für Jenka gedacht. Also hatte Rostow sie im Haus eingeschlossen und gezwungen, es noch einmal zu tun. Dieses Mal jedoch unter der Hand. Aber Julija wollte das nicht noch einmal durchmachen, zu schmerzlich war es gewesen, sich von dem Mädchen zu trennen, das sie neun Monate lang in ihrem Bauch getragen hatte. Doch ihr Mann wollte nichts davon hören, er brauchte das Geld, folglich sollte sie tun, was er sagte. Er hatte sie vergewaltigt, sie geschwängert und dann mit einem windigen Zwischenhändler vereinbart, das Kind für zwanzigtausend Euro zu verkaufen. Mithilfe eines Onkels gelang es Julija eines Nachts, zu fliehen und sich bei Verwandten in Odessa zu verstecken. Dort hatte sie das Kind zur Welt gebracht, das jedoch nach zwei Tagen gestorben war. Deshalb hatte sie sich entschlossen, nach Triest zu gehen. Von Rostow wollte sie nichts mehr wissen. Wenn er von ihrer »Affäre« erfahren hätte, wäre er durchgedreht und hätte sie erneut vergewaltigt. Noch einmal konnte sie diesen Schmerz nicht ertragen.

Das Telefon klingelte, während die Staatsanwältin die letzten Zeilen des Berichts las. Es war Inspektor Morin, sie war ganz euphorisch. Sie hatte gerade einen Anruf von Bencic bekommen.

Julija Rostowa und Violeta Amado waren in einer Höhle wenige Kilometer von dem Chalet entfernt gefunden worden. Inzwischen waren sie im Krankenhaus von Udine aufgenommen worden, mit schweren Unterkühlungen. Die Prognose war verhalten, aber zumindest waren sie am Leben.

Kommissar Benussi schauderte. Er wusste überhaupt nichts mehr von seinen beiden Inspektoren und den ihnen übertragenen Fällen. Dieses Rentnerleben – sosehr er sich während seiner Dienstjahre darauf gefreut hatte – war überhaupt nichts für ihn. Er hatte keine Lust mehr, Bücher zu lesen oder Filme anzuschauen, und noch weniger, den aktuellen Dramen im Fernsehen zu folgen. Die Festplatte seines Gehirns war sowieso schon voll, da war kein Platz für zusätzliche Stimuli, Empörungen oder Ablenkungen. Auch die Kreuzworträtsel, die ihm Carla gekauft hatte, »damit du dir ein bisschen die Zeit vertreiben kannst«, hatte er zu Boden geworfen. Zum Teufel mit der Zeit, den Herzkranzgefäßen und dieser verdammten, verfluchten Operation!

Er fühlte sich wie ein Löwe in einem Käfig, jawohl, genau so. Ein Löwe mit einem Löwenhunger. Die vier Kilo, die er am Anfang der Kur verloren hatte, trösteten ihn überhaupt nicht, vor allem weil er sie nur abgenommen hatte, um besser in den Operationssaal zu gelangen, aus dem er, da war er sich sicher, nur mit den Füßen voraus wieder herauskommen würde. »Du Angsthase!«, verspottete ihn Livia. »Es ist noch niemand an einem Bypass gestorben!«

»Ausnahmen bestätigen die Regel. Ich werde unterm Messer verrecken, das spüre ich!«

Doch wenn dies tatsächlich seine letzten Tage auf Erden sein sollten, dann hatte er alles Recht der Welt, sie voll und ganz zu leben, und vor allem als Polizist. Und so nutzte Ettore Benussi die überraschende Abwesenheit von Frau und Tochter, warf die lächerliche Decke beiseite, die auf seinen Knien lag, und beschloss, auszugehen und einen Überraschungsbesuch in der Zentrale zu machen. Allerdings nicht, ohne vorher bei SaluMare vorbeizuschauen und sich einen kleinen Imbiss zu gönnen.

Beschwingt begab er sich beinahe im Laufschritt den steilen Abhang hinunter, der von seinem Haus nach unten auf die Via Belpoggio führen und ihn dann über den Largo Papa Giovanni XXIII und die Piazza Hortis in die Via di Cavana bringen würde.

Er fühlte sich großartig.

Er hob den Blick zum Himmel und füllte seine Lunge mit der prickelnden kalten Novemberluft. Wahrscheinlich würde das Tief, das bereits dem Friaul reichlich Schnee gebracht hatte, sich in einigen Stunden nach Triest verlagern und ein Unwetter verursachen. Aber derzeit war die Bedrohung erst am Horizont zu sehen, und die großen Wolkenmassen lauerten noch auf der anderen Seite des Golfes, über Grado und den Foce dell'Isonzo.

Piero und Giovanna, die Eigentümer des SaluMare, waren mehr als glücklich darüber, einen ihrer besten Gäste wieder auftauchen zu sehen, und boten ihm gleich von den prachtvollen Kanapees mit Butter und Sardellen an, mit Hering und grünem Apfel, zusätzlich zu *ca va sans dire,* seiner Lieblingsdroge: dem legendären, herrlichen, himmlischen Lachstatar. Hirn und Bauch sendeten Signale von Glückseligkeit, während die Köstlichkeiten nach unten glitten, um ihm das Herz zu erwärmen. Und wie hätte er die fünfte Runde köstlichen Friulanos zurückweisen können, von dem ihm Piero immer wieder großzügig in seinen Kelch nachschenkte?

Benussi schaute sich um. Seine Mitbürger hasteten mürrisch und unzufrieden an ihm vorbei. Am liebsten hätte er sie alle angehalten, sie eingeladen, mit ihm auf seine Gesundheit zu trinken, sie zu einem Lächeln aufgefordert und dazu, das Leben ein bisschen mehr zu genießen, so wie er es gerade tat. Denn: *di doman non c'è certezza,* das Morgen ist ungewiss, wie es Lorenzo de' Medici vor gut fünfhundert Jahren so treffend formuliert hatte. Aber ihm drehte sich der Kopf zu sehr.

»Möchten Sie noch einen?«, fragte Piero, die Flasche in der Hand. Ja, hätte Benussi am liebsten geantwortet. Und nicht nur einen, sondern die ganze Flasche, doch er bremste sich: »Nein danke. Ich habe gleich noch eine Besprechung in der Zentrale. Wie viel schulde ich Ihnen?«

»Kleine Aufmerksamkeit des Hauses.«

Damit hatte er gerechnet, aber er versuchte trotzdem, das Portemonnaie herauszuziehen. »Kommt nicht infrage.«

»Bestehen Sie nur nicht zu sehr darauf, sonst nehme ich Sie am Ende noch ernst …«, scherzte Piero.

»Dann herzlichen Dank. Bis zum nächsten Mal!«

Und während er leichten Schrittes zur Zentrale spazierte, trällerte er fröhlich eines der alten Trinklieder des großen Lelio Luttazzi vor sich hin.

Nur vor einem Krug Wein
lässt dieser Hundesohn es so richtig krachen
weil er ein Hund aus Triest ist
weil er ein Hund aus Triest ist …

Im Konferenzraum hatte Staatsanwältin Guarnieri gerade den Inspektoren Morin und Gargiulo von den Informationen der Polizei aus Kiew berichtet.

»Und weiß man, wer diese Eltern sind?«, fragte Morin.

»Leider nein. Die ukrainische Klinik scheint nicht bereit zu sein, diese Informationen herauszugeben. Sie behaupten, es würde die Persönlichkeitsrechte ihrer Klienten verletzen.«

»Und man kann das nicht zurückverfolgen, indem man nachsieht, wer vor zwei Jahren beim italienischen Konsulat Papiere für ein kleines Mädchen hat ausstellen lassen?«

»So einfach ist das nicht. Ich hatte Kontakt zu einer Vertreterin des Centro Studi Italo-Ucraino, das sich mit den logistischen Problemen derjenigen beschäftigt, die für so etwas in die Ukraine reisen. Ihr zufolge machen sich zwischen sechzig und hundert Paare im Jahr auf diese, wie sie es nannte, ›Reise der Hoffnung‹.«

»Aber da muss es doch irgendeine Art von Register geben. Wenn, wie Sie sagen, es sich um einen legalen Vorgang handelt, dann muss es irgendwo auch offizielle Verträge dazu geben.«

»Im italienischen Konsulat tauchen allerdings nur zwei bis drei pro Jahr auf. Das hat einen einfachen Grund. In Italien ist die Leihmutterschaft per Gesetz verboten, wie Sie wissen. Die Konsulate dürfen Kinder, die durch solche Praktiken zur Welt kommen, nicht anerkennen. Schon beim ersten Verdachtsmoment müssten sie die Justiz verständigen. Für unsere Gesetzgebung reicht es nicht, die Ehefrau des Vaters zu sein, um die Mutter des Kindes zu werden, sondern man muss ein spezielles Adoptionsverfahren durchlaufen. Und das kann sich ewig hinziehen. Aus Angst, in Italien Probleme zu bekommen, tun viele Paare so, als würden sie das Kind in der Ukraine zur Welt bringen, und kommen mit einem Dokument der Klinik zurück, das belegt, dass die Leihmutter auch die leibliche Mutter ist.«

In diesem Augenblick platzte Benussi herein, immer noch ein fröhliches Lied auf den Lippen.

»Hab ich euch erwischt! Ihr dachtet wohl schon, ihr wärt mich los, was? Aber Pustekuchen, hier bin ich, lebendiger und kampfeslustiger denn je!«

Morin und Gargiulo sprangen auf und gingen ihm überrascht entgegen.

»Commissario!«

»Gut sehen Sie aus«, log Rosanna Guarnieri, als sie ihm die Hand drückte. In Wirklichkeit sah er schrecklich aus, er schwankte leicht, und seine Augen glänzten.

»Was ich von Ihnen nicht behaupten kann. Sie sehen müde und blass aus wie eine Medusa …«, witzelte Benussi. »Ich wette, diese beiden Frischlinge hier machen Ihnen ordentlich zu schaffen.«

Die drei wechselten einen vielsagenden Blick. Offensichtlich war ihm der Wein zu Kopf gestiegen, in diesem Zustand reizte man ihn lieber nicht.

»In der Tat. In letzter Zeit habe ich ziemlich viel gearbeitet und bin kaum dazu gekommen, Sport zu treiben«, zog sich Guarnieri elegant aus der Affäre.

Mit Mühe ein Rülpsen unterdrückend, ließ sich der Kommissar schwer in einen kleinen Sessel fallen. »Also, was haben Sie mir zu erzählen? Wie läuft's mit den Ermittlungen? Ich wette, ohne euren Chef habt ihr euch längst in die Bredouille geritten.«

Inspektor Morin ignorierte die alkoholbedingte Missgunst ihres Vorgesetzten, beschloss, dass eine kurze Zusammenfassung allen guttun würde, und ergriff das Wort. »Ganz im Gegenteil, Commissario, wir haben tatsächlich etwas entdeckt. Wir wissen, wer die junge Ukrainerin überfallen hat und dass er auch für den Tod des Ehepaars Croff verantwortlich ist.«

Sie zog das erkennungsdienstliche Bild von Boris Rostow aus der Tasche und zeigte es ihm.

»Der Ehemann von Julija Rostowa. Ein Vorbestrafter, der aus der Bewährung in Kiew entflohen ist.«

»Und habt ihr ihn?«

»Noch nicht.«

»Ihr habt ihn euch durch die Lappen gehen lassen, was?«

Rosanna Guarnieri straffte den Rücken und sah ihm ernst in die Augen. »Commissario Benussi, ich verstehe ja, dass Sie eine schwierige Zeit durchmachen und dass es Ihnen schwerfällt, Ihre derzeitige Lage zu akzeptieren, aber Sie sollten doch ein bisschen mehr Respekt für die Arbeit Ihrer beiden Inspektoren aufbringen. Sie haben Erfrierungen riskiert, als sie eine ganze Nacht in den Bergen verbracht haben auf der Suche nach Julija Rostowa und Violeta Amado …«

»Violeta Amado? Meinen Sie meine Violeta?«

»Ja, genau, *Ihre* Violeta.«

»Und was hat die da oben gemacht?«

»Julija Rostowa hatte sie aus ihrem Versteck in den Bergen angerufen und um Hilfe gebeten. Und Boris Rostow, wir wissen noch nicht, wie, hat es geschafft, ihr zu folgen.«

»Und was hat er ihr angetan?«

»Nichts, ganz ruhig. Wahrscheinlich haben sie ihn gehört und sind in der Nacht in den Wald geflohen.«

»Wie geht es ihr? Habt ihr sie gefunden?«

Immer in der Einzahl, dachte Elettra Morin. Für Julija scheint er sich nicht sonderlich zu interessieren.

»Ja, sie sind beide im Zustand schwerer Unterkühlung gefunden worden und befinden sich derzeit im Krankenhaus in Udine«, fuhr die Staatsanwältin fort. »Und das nur dank der Geistesgegenwart und Professionalität von Ispettore Morin und Gargiulo. Ohne sie wären sie wahrscheinlich tot.«

Benussi warf einen wohlgefälligen Blick auf Elettra und Valerio. »Nun, das wundert mich nicht. Ich hab sie schließlich herangezogen, meine beiden.«

Elettra lag schon eine passende Erwiderung auf der Zunge, als Valerios Blick sie aufhielt. Also fuhr Guarnieri mit dem Bericht fort: »In Karnien haben wir entdeckt, dass Boris Rostow sich seines Motorrads entledigt und einen Geländewagen gestohlen hat, der in Slowenien aufgefunden wurde. Wir vermuten, dass ihn jemand über die Grenze gebracht hat. Er muss hier in Triest Freunde haben, wir ermitteln im Umfeld der Ukrainer. Wenn er noch in Italien ist, wird er uns nicht entkommen.«

»Und warum hat dieser Typ seine Frau dermaßen auf dem Kieker?«

»Zunächst einmal, weil er ein Verbrecher ist«, antwortete Elettra. »Wie so viele Männer betrachtet er seine Frau als sein persönliches Eigentum und hat ihre Flucht nach Italien nicht akzeptieren können.«

»Verratene Liebe?«

»Nicht nur das«, sagte Guarnieri. »Während er noch im Gefängnis saß, hat Julija Rostowa ein Kind bekommen …«

»Ah, klar! Die übliche Geschichte …«

»Nicht ganz. Julija hatte ihren Bauch an ein Paar aus Italien vermietet, um ihren kranken kleinen Bruder zu unterstützen. Als der Mann aus dem Gefängnis entlassen wurde und erfuhr, dass sie zehntausend Euro dafür bekommen hatte, hat er seinen Anteil an dem Geld verlangt.«

»Aber sie wird es ihm nicht gegeben haben …«

»Nein, sie brauchte das Geld, um die Knochenmarktransplantation ihres Bruders zu bezahlen, wie ich sagte.«

»Und dann?«

»Dann hat er sie vergewaltigt und geschwängert und das Kind für zwanzigtausend Euro einem Händler angeboten.«

»Und sie hat sich gewehrt …«

»Ja, es gelang ihr, nach Odessa zu einem Onkel zu fliehen, wo sie das Kind zur Welt brachte, das allerdings kurz darauf gestorben ist.«

»Was das Geschäft zunichtemachte.«

»Ganz genau. Aber der Mann weiß das noch nicht. Als er sie aufspürte, war sie bereits in Italien. Wahrscheinlich ist er davon überzeugt, dass seine Frau das Kind versteckt, um es ihm nicht geben zu müssen.«

Benussi sah aufgewühlt zum Fenster hinaus.

»Hässliche Geschichte. Das arme Mädchen …«

»Ja, wirklich eine schreckliche Geschichte«, stimmte Elettra ihm zu.

»Überwachen wir das Krankenhaus?«

»Ja, sicher, rund um die Uhr.«

»Gut.«

Der Kommissar erhob sich mühevoll. Er hatte genug davon, den abgebrühten Polizisten zu spielen. Er wollte wieder nach Hause und sich hinlegen. »Entschuldigen Sie meine Unhöflichkeit, wie immer. Ihr fehlt mir, es ist nicht leicht, zu Hause zu sitzen und auf den Tod zu warten …«

Der plötzliche Stimmungsumschwung verblüffte seine Gesprächspartner, die sofort die Waffen streckten.

»Sagen Sie doch so was nicht!«, rief Valerio und drückte ihm den Arm.

»Vor Angst ist noch keiner gestorben«, stichelte Elettra. »Sie werden sehen, hinterher sind Sie nur noch tüchtiger als zuvor.«

»Sie fehlen uns auch, Benussi«, schloss Guarnieri und stand auf, um ihn hinauszubegleiten. »Wir können es kaum erwarten, Sie wieder bei uns zu haben.«

Benussi lächelte. »Heuchelei ist manchmal süßer als die Wahrheit.«

»Nein, ich meine es ernst, wir freuen uns darauf, wenn Sie wieder zurück sind!«

»Soll ich Sie nach Hause begleiten?«, fragte Valerio, als er sah, wie Benussi schwankte.

»Ist vielleicht besser. Ich glaube nicht, dass ich in diesem Zustand dem Anstieg zu meinem Haus gewachsen bin. Und meiner Frau schon gar nicht …«

21

Corazón Ruiz hatte keine Tränen mehr. Eliseos Verhaftung hatte sie hart getroffen. Sie hatte noch nicht den Mut gefunden, es den Kindern in Manila zu sagen. Das Schlimmste jedoch war nicht die Verhaftung, sondern der Zweifel. Ihr Mann hatte nicht auf ihre Fragen antworten wollen, sondern nur schweigend mit den Schultern gezuckt. Nicht einmal als die Polizei ihn fortgebracht hatte, hatte er ihr in die Augen gesehen.

Warum verhielt er sich so?

War es tatsächlich möglich, dass er diese Frau ermordet hatte?

Das konnte sie nicht glauben. Eliseo war ein guter Mann, vielleicht etwas zu nachgiebig, aber keinesfalls zu Gewalt fähig. Zumindest hatte sie das immer gedacht. Ja, es stimmte, seit sie ihn nach Italien gebracht hatte, hatte er sich immer mehr in sich selbst zurückgezogen. Sie wusste, dass er unglücklich war, vielleicht dachte er noch an die Frau, die er auf den Philippinen zurückgelassen hatte. Es lief nicht gut zwischen ihnen, im Bett hatte er sich nie wie ein Ehemann verhalten, aber dem hatte sie nie sonderlich viel Bedeutung beigemessen. Sie hatte gedacht, mit der Zeit würde er schon darüber hinwegkommen und seine Sehnsucht sich legen. Immerhin waren sie schon seit mehr als zwanzig Jahren verheiratet. Auf den Philippinen nahm man eine Ehe noch ernst, nicht wie hier in Europa, wo man zusammenkam und sich beim ersten Unwohlsein gleich wieder trennte. Außerdem benötigten sie das Geld, die Kinder waren inzwischen groß und brauchten immer mehr. Es war seine Pflicht als Vater, zu ihrem Unterhalt beizutragen.

Nein, sie konnte es nicht glauben, mit einem Mörder verheiratet zu sein. Die Schande für ihre Familie wäre einfach zu groß. Und warum sollte er diese Frau auch ermordet haben? Eine alte Frau, und noch dazu wenig einnehmend. Vielleicht wegen der Statue? *Ma'am* Annabel behauptete, jemand habe aus ihrem Zimmer eine goldene Statuette gestohlen, und hatte, wer weiß aus welchem Grund, Eliseo beschuldigt.

War es möglich, dass er sie deswegen getötet hatte?

In ihrem Zimmer hatte sie keine Statuette gefunden. Und außerdem hätte sich Eliseo niemals getraut, ohne sie ein fremdes Zimmer zu betreten. Dazu war er viel zu ängstlich.

Aber warum weigerte er sich dann, mit ihr zu sprechen?

Was war ihm widerfahren?

Auch in der Villa hatte sich die Lage seit dem Tod dieser Frau verschärft. *Ma'am* Gaia und *Sir* Giacomo stritten immer öfter. Er schlief sowieso schon nicht mehr im Haus und kam nur, um die kleine Asia abzuholen und mit ihr spazieren zu gehen. *Ma'am* Gaia hingegen suchte abends häufig das Gartenzimmer auf, das derzeit dieser Newman bewohnte, ohne jede Scham.

Sir David weigerte sich weiterhin standhaft, mit dem amerikanischen Journalisten zu sprechen, er wollte nur Richard um sich haben. Die beiden waren unzertrennlich geworden. Der Junge kaufte für ihn die Zeitung und brachte sie ihm jeden Morgen. Für sie war das eine Erleichterung. Jetzt, wo Eliseo nicht mehr da war, war die Arbeit noch mehr und mit ihr auch die Müdigkeit größer geworden. Immerhin trug Richard dem Professor auch dreimal am Tag das Tablett nach oben und sorgte dafür, dass er aß. Ein Goldschatz, der Junge.

Als genügte das alles noch nicht, hatten viele Touristen aufgrund des Verbrechens ihre Buchungen storniert, und *Ma'am* Gaia schrie von morgens bis abends im Haus herum. Vor allem die kleine Asia ging ihr auf die Nerven, weil sie angeblich zu viel weinte.

Jetzt war das Kind bei ihr, saß im Hochstuhl und spielte zufrieden mit ihren kleinen Spielfiguren. Bei ihr war sie ruhig, schrie so gut wie nie, aber sie machte immer ein so trauriges Gesicht, beinahe verängstigt. Arme Kleine, dachte Corazón, während sie sich die Tränen trocknete und sie in den Arm nahm. Obwohl du in ein Haus von reichen Leuten hineingeboren wurdest, wirst du mit einer Mutter wie deiner kein leichtes Leben haben.

Valerio Gargiulo hatte das Angebot angenommen und klingelte um neun Uhr abends in der Via Tigor, eine Flasche Wein unterm Arm, zwei Pizzen in der Hand und die Zahnbürste in der Jackentasche.

Als sie ihm die Tür aufmachte, brach Elettra in Lachen aus. Sie trug einen Bademantel und trocknete sich gerade die Haare mit einem Handtuch ab.

»Du hast die Zahnpasta vergessen …«

»Ich habe gehofft, ich könnte deine nehmen. Oder ist das zu kompromittierend?«

»Ich hab nur diese homöopathische.«

»Damit werde ich schon zurechtkommen.«

Wie immer war Valerio ausgehungert und ging mit seiner Last direkt in die Küche. Er hoffte, gleich die Beine unter den Tisch strecken und in seine Pizza beißen zu können.

»Hast du solchen Hunger?«, hielt ihn Elettra auf, indem sie die Arme von hinten um ihn schlang.

»Du etwa nicht?«

Die Wärme ihres Körpers an seinem Rücken weckte andere Gefühle in ihm.

»Ich hatte schon einen Happen, während ich auf dich gewartet habe«, murmelte Elettra und zog ihn an sich.

»Was denn?«

»Brot, Käse, Schinken … was ich so gefunden habe.«

»Und damit konntest du nicht auf mich warten?«

»Wie ich dich kenne, hast du auf dem Weg hierher schon irgendwo gegessen. Es ist schon neun.«

»Aber du hast mir doch gesagt …«

»Weil ich noch Zeit zum Duschen haben wollte.«

Valerio lächelte und drehte sich um. »Das hab ich auch schon. Zitronengras, gefällt's dir?«

»Ehrlich gesagt mag ich Kernseife lieber, aber für eine Nacht mag's gehen …«

Mehr Worte brauchte es nicht. Valerio stellte – ein klein wenig wehmütig – die Pizzen auf den Küchentisch und folgte ihr ins Schlafzimmer.

Es war noch einmal anders als beim letzten Mal. Gewaltsamer und zärtlicher zugleich. Als hätten sie die letzten Verschämtheiten fallen gelassen und begännen, ihre Körper kennenzulernen, indem sie neue Grenzen der Lust ausloteten. Elettra hatte sich noch mit keinem Mann so gehen lassen, und das erfüllte sie mit Begeisterung und Angst gleichermaßen. Aber für dieses eine Mal überwog die Begeisterung.

Zwei Stunden später, nachdem er sich versichert hatte, dass Elettra tief und fest schlief, befreite sich Valerio aus ihrer Umarmung, deckte sie mit der Daunendecke zu und ging in die Küche, um sich endlich über die ersehnte Pizza herzumachen. Er hatte sich gerade in Unterhose und T-Shirt an den Resopaltisch gesetzt, so leise wie möglich den Wein entkorkt, als Elettra in die Daunendecke gehüllt in der Tür erschien.

»Du denkst doch wohl nicht, dass du beide für dich allein kriegst!«

Genau das hatte er gehofft, aber er zog es vor zu lügen. »Niemals, was denkst du denn? Wollen wir sie warm machen?«

Elettra lachte laut auf.

»Das war ein Witz! Ich wollte nur mal dein Gesicht sehen. Iss nur, so viel du willst. Ich hab keinen Hunger. Mir reicht ein Glas Wein.«

Valerio schenkte ihr Wein ein und nahm die erste Pizza in Angriff, nachdem er sie in große Stücke geschnitten hatte. Die ersten vier Stücke waren innerhalb von Augenblicken verschwunden. Es machte ihm nichts aus, dass sie kalt waren, so groß war die Befriedigung, endlich zu spüren, wie der Magen sich füllte, sich die Hände zu beschmieren und die Tomatensoße übers Kinn rinnen zu fühlen.

Elettra beobachtete ihn amüsiert, während sie ihren Wein trank.

»Du musst einen Bandwurm haben. Ich hab noch nie jemanden so gierig essen sehen.«

»Du … vergisst … den … Commissario«, antwortete Valerio mit vollem Mund.

»Stimmt. Zum Glück habt ihr nicht den gleichen Stoffwechsel.«

Perla sprang mit hochgerecktem Schwanz auf den Tisch und schnupperte an der Pizza. »Runter! Das ist nicht für dich«, sagte Valerio und setzte sie wieder auf den Boden, bevor er sich über die zweite Pizza hermachte.

Neben ihm hielt Elettra das ausgetrunkene Weinglas an die Wange und blickte ins Leere. In Gedanken schien sie meilenweit weg zu sein.

»A penny for your thoughts«, murmelte Valerio ihr ins Ohr.

Sie schrak auf.

»Was?«

»Einen Penny für deine Gedanken … Hat deine Mutter das nicht gesagt?«

»Nicht wirklich.«

»Meine immer. Aber ich war nicht käuflich. Meine Gedanken waren so gut wie nie für die Öffentlichkeit geeignet.«

»Mach dich mal nicht so wichtig, Gargiulo«, lachte Elettra. »Du bist so durchschaubar wie eine Glasscheibe.«

»Was soll das heißen?«

»Du schaffst es nie zu verbergen, was du denkst, nicht mal, wenn du dir Mühe gibst. Es steht dir immer direkt ins Gesicht geschrieben.«

»Willst du etwa behaupten, du könntest mir sagen, was ich jetzt gerade denke?«, forderte er sie heraus, während er den letzten Bissen Pizza herunterschluckte.

Elettra schaute ihn mit gespieltem Ernst an und nickte dann.

»Also lass mal hören …«

»Ich könnte jetzt wirklich gut einen Bitter brauchen, um diese Eisbrocken zu verdauen.«

Valerio brach in Lachen aus und schüttelte den Kopf.

»Kalt.«

»Nachtisch?«

»Wärmer …«

»Ich hab's. Ein Zitronensorbet!«

»Ganz genau!«

»Siehst du, ganz einfach bei dir.«

»Willst du sagen, ich bin vorhersehbar?«

Elettra schenkte sich Wein nach und hob ihm das Glas entgegen. »Lieber vorhersehbar als ein Arschloch.«

Valerio tat entsetzt.

»Wie reden Sie denn, Ispettore Morin!«

Aber Elettra war jetzt ernst und sah auf die Uhr.

»Wie groß ist der Zeitunterschied zwischen hier und Kiew?«

»Wieso? Woran denkst du?«

»Ich wollte Julijas Mutter anrufen. Vielleicht weiß sie, wer das Kind genommen hat.«

»Sprichst du auf einmal auch Russisch?«

»Wenn überhaupt, Ukrainisch, du Ignorant! Die Pförtnerin von nebenan stammt aus der Ukraine und ist sehr nett. Sie hebt mir immer Einschreiben und Pakete auf.«

Valerio entfuhr ein Rülpser.

»Entschuldige. Muss wohl doch ein bisschen zu schnell gegessen haben.«

Elettra ging zum Kühlschrank, zog die Tür auf und nahm einen Becher Zitronensorbet heraus.

»Wunder erfüllt, Aladin!«

Valerio gingen die Augen über.

»Wie hast du das denn …«

»Ich bin eine gute Polizistin. Ich sehe alles.«

Sie nahm einen Löffel aus der Schublade und legte ihn neben das Sorbet auf den Tisch, dann ging sie gähnend zur Tür.

»Ich leg mich noch mal hin.«

»Und lässt mich hier allein?«

Mit einem verführerischen Lächeln drehte sie sich um. »Wenn du Gesellschaft brauchst, weißt du ja, wo du mich findest.«

22

Washington, 29. August 2015

Gibt es etwas Grausameres für eine Mutter, als an ihrem achtundsechzigsten Geburtstag in einem Feld voller weißer Kreuze nach dem Namen ihres Sohnes zu suchen?

Als mich die Nachricht von seinem Tod im Irak erreichte, hatte ich es nicht glauben wollen. Das konnte nicht sein! Mein Baby hasste den Krieg, er war Pazifist, niemals hätte er sich verpflichtet. Und dann hätten sie ihn auch gar nicht genommen, er war doch krank.

Das konnte nicht er sein.

Und das hatte ich den beiden Soldaten ins Gesicht geschrien, die gekommen waren, um mir die Nachricht zu überbringen. Doch dann, als ich seinen Namen auf dem kleinen Schildchen las, hatte ich es zugeben müssen.

Das war der Grund für sein Schweigen.

Ich konnte nicht einmal seinen Körper zurückbekommen. Er ist da unten geblieben, in diesem Land der Teufel, zerfetzt von einer Bombe. Mir wurde gesagt, auf dem Nationalfriedhof in Arlington gebe es ein Kreuz für ihn. Ich war zur Trauerfeier eingeladen. Aber ich habe abgelehnt.

Was hätte ich da gesollt?

Heute aber habe ich mir einen Ruck gegeben. Ich habe nicht mehr lange zu leben, die Metastasen haben bereits die Lunge erreicht. Schon bald werde ich bei ihm sein, aber vorher wollte ich ihm sagen, dass ich endlich seinen Vater gefunden habe. Es hat Monate gedauert, aber am Ende habe ich es geschafft. Es ist mir gelungen, Grahams Sekretärin aufzuspüren, in einem abgelegenen Häuschen außerhalb von Escondido, und ihr von Babys Tod zu erzählen. Sie hat geweint. Sie hatte Baby immer sehr gern gehabt, sie erinnerte sich noch, dass er sie immer Tante Grace genannt hatte, wenn wir den Professor besucht haben. Sie zeigte mir ein Album, in dem sie Fotos von allen seinen Erfolgen als Kind aufbewahrte, so stolz war sie auf ihn. Er war also doch sehr berühmt, mein Nobelpreis-Baby.

So nannten ihn alle.

Erst als ich ihr erzählte, dass ich bald sterben würde, konnte sie sich dazu durchringen, eine CD zu holen, auf der sie das Verzeichnis der Spender und der Frauen, die den Samen erhalten hatten, gespeichert hatte. All die Jahre hatte sie sie sorgsam in einem Safe aufbewahrt.

Und so habe ich es erfahren.

Heute Morgen, als ich endlich das Kreuz mit seinem Namen gefunden habe, bin ich auf die Knie gegangen und habe es gestreichelt. Dein Vater ist ein berühmter Physiker, habe ich ihm zugeflüstert, er heißt David Hutchinson, er war mehrfach für den Nobelpreis nominiert. Aber er war nicht verantwortlich für deine Krankheit, mein Schatz. Er hat nichts damit zu tun. Du kannst deinen Frieden mit ihm machen. Inzwischen ist er sehr alt und lebt in Triest. Ich werde hinfahren und ihm von dir erzählen. Ich werde ihm deine Kinderfotos zeigen und ihm dafür danken, mir das größte Geschenk meines Lebens gemacht zu haben.

Dich, mein innig geliebtes Baby.

Ruhe in Frieden.

23

»Sir Giacomo! Professor is not feeling well! Please come!«

Corazón erwartete ihn im Garten, blass und aufgeregt. Giacomo stieg aus dem Auto, zeigte auf Asia, die schlafend in ihrem Kindersitz saß, und lief die Treppe zum Haupteingang der Villa hinauf.

»Wo warst du denn? Nimmst du jetzt unsere Tochter schon mit zu den Huren?«, lautete die freundliche Begrüßung, mit der Gaia ihn empfing.

»Hau ab«, antwortete er barsch. »Meinem Vater geht es nicht gut!«

»Und das macht dir Sorgen? Das freut dich nicht? Wenn er abkratzt, kannst du endlich von hier weg. Dann hält dich nichts mehr in diesem Haus!«

Eine Ohrfeige ließ Gaias Sonnenbrille durch die Luft fliegen, die ihn daraufhin anschrie: »Du bist ein Versager, ein erbärmlicher Versager! Nach allem, was ich für dich getan habe!«

Giacomo ließ sich zu keiner Antwort herab, sondern rannte im Laufschritt nach oben.

»Papa, wie geht es dir?«, rief er, als er ins Zimmer kam.

Der alte Professor atmete angestrengt, er schien keine

Luft zu bekommen. Richard war neben ihm und hielt ihm die Hand.

»What happened?«, fragte Giacomo den jungen Amerikaner.

»I don't know. I came a few minutes ago with his breakfast and found him like this …«

Richards Augen glänzten feucht. Giacomo spürte einen Stich der Eifersucht.

»Did anyone call a doctor?«

»Cory. She called for an ambulance.«

Im selben Augenblick erklang ein Martinshorn, das rasch näher kam und vor der Villa verstummte. Giacomo drückte die freie Hand seines Vaters. Das Röcheln aus seinem Mund machte ihm Angst. *»Daddy … can you hear me? Daddy, it's me, Giacomo …«*

Aber David Hutchinson schaffte es nicht, ihm zu antworten. Seine Augen zeigten immer wieder zu Richard, als wollte er Giacomo mit seinen Blicken etwas sagen.

»Weißt du, was er sagen will?«, fragte er den jungen Amerikaner, der wie versteinert neben dem Bett kniete und dem alten Mann die Hand hielt.

»I have no idea …«

Der Professor sah sie beide an, öffnete den Mund, ohne ein Wort herauszubringen, dann verdrehte er mit einem tiefen Seufzer die Augen und hörte auf zu atmen.

Als die Rettungssanitäter hereinkamen, konnten sie nichts mehr tun, als den Tod festzustellen.

»Papa! Papa!«, rief Giacomo und brach in Tränen aus.

Während Corazón und Gaia hereinkamen, schlüpfte Richard lautlos hinaus. Auf der Treppe stieß er auf Hugo Newman, der ihm entgegenkam.

»What's up?«

Doch Richard antwortete ihm nicht.

Inspektor Gargiulo war früh zur Arbeit gekommen und saß vor dem Computer, um letzte Recherchen zu den beiden amerikanischen Gästen der Villa Bruna zu machen. Wie Elettra war auch er nicht wirklich überzeugt von Eliseo Ruiz' Schuld. Zu viel passte nicht zusammen. Wenn es wirklich Ruiz gewesen war, warum dann das Messer ausgerechnet im Keller verstecken, zu dem nur er regelmäßig Zugang hatte? Das ergab keinen Sinn. Es war sehr viel wahrscheinlicher, dass ihm jemand etwas anhängen wollte. Die Frage war nur, wer und warum.

Elettra war bei der ukrainischen Pförtnerin, um sie zu bitten, Übersetzerin zu spielen. Julija Rostowa war nicht in der Lage, Fragen zu beantworten, und zu Boris Rostow gab es noch nichts Neues.

Folglich hatte er ein bisschen Zeit, sich den beiden Ausländern zu widmen. Er begann mit Richard Noble.

Er suchte dessen Facebookseite, ohne sie zu finden. Oder besser gesagt, er fand viele Seiten unter diesem Namen, aber keine passte zu dem Foto und dem Alter des Gastes der Pension.

Also tippte er den Namen in seine Suchmaschine, und es erschienen wieder diverse Richard Nobles. Der erste war ein schottischer Unternehmer mit siebzig Jahren, der von 1983 bis 1997 den *Land Speed Record* gehalten hatte. Das konnte er nicht sein. Der zweite lehrte Chemie und Biotechnik an der Universität Colorado und war neunundsechzig Jahre alt, was auch ihn ausschloss. Der dritte war Captain bei der CIA und arbeitete im Projekt »Greta«, was immer das sein mochte. Er war schwarz.

Er scrollte durch die anderen Richard Nobles, ohne etwas Interessantes zu finden.

Als er schon aufgeben wollte, fiel sein Blick auf das Foto eines Soldaten in Artillerieuniform. Das Alter passte.

In seinem Lebenslauf hieß es, er sei in Tennessee geboren und 2010 in einem Hinterhalt im Irak zu Tode gekommen. Das konnte er auch nicht sein, aber irgendetwas erregte Valerios Aufmerksamkeit. Ihm fiel ein, dass der Amerikaner ihm gesagt hatte, ebenfalls im Irak bei der Artillerie gewesen zu sein.

Er glich die Fotokopien der Ausweise der Gäste der Villa Bruna, die Gaia Cortona ihnen gegeben hatte, mit dem Bild ab und war verblüfft. Datum und Geburtsort stimmten überein. Beide waren am 7. September 1986 in Memphis geboren.

Das konnte kein Zufall sein.

Wer, zum Teufel, war Richard Noble wirklich? Und warum hatte er die Identität eines verstorbenen Kameraden angenommen?

Als das Telefon klingelte, zuckte er vor Schreck zusammen.

»Ispettore Gargiulo«, meldete er sich. »Wie bitte? Sind Sie sicher? Fassen Sie nichts an! Wir kommen sofort.«

Er stand auf und zog die Jacke an. Bevor er sich auf den Weg machte, musste er noch zwei Anrufe erledigen.

»Frau Staatsanwältin? Gargiulo hier. Ich habe gerade einen Anruf von Giacomo Hutchinson bekommen. Sein Vater, Professor Hutchinson, ist gestorben, der Sohn ist überzeugt davon, dass er vergiftet wurde. Ich mache mich sofort auf den Weg.«

»Elettra? Der alte Hutchinson ist tot, und wie es scheint, war es kein natürlicher Tod. Wir sehen uns in der Villa Bruna.«

Julija Rostowa schlug die Augen auf und sah Violetas gezeichnetes, aber lächelndes Gesicht neben sich. Ihre Hände waren verbunden, wie die ihren, aber es schien ihr gut zu gehen.

»Wo sind wir?«

»Im Krankenhaus.«

»Was ist passiert?«

»Weißt du das nicht mehr?«

Die junge Frau schüttelte den Kopf.

»Wir sind in die Berge geflohen und haben uns verirrt …«

»Ja … so viel Schnee … und Kälte.«

»Genau. Es hatte angefangen zu schneien, und es war unglaublich kalt. Aber jetzt sind wir in Sicherheit.«

»Wer hat uns gerettet?«

»Ein Mann …«

»Wer?«

»Ich weiß es nicht. Ich habe das Bewusstsein verloren, kaum dass ich ihn sah, und bin hier im Krankenhaus wieder zu mir gekommen.«

»Ich habe seine Stimme gehört …«

»Wessen Stimme?«

»Ljubuschka … hat er gesagt. Nur er nennt mich so …«

»Wer?«

»Meine Liebe.«

»Der dich in die Berge gebracht hat?«

»Ja, er.«

Jetzt war alles klar. Ihr Retter war der mysteriöse Mann, mit dem Julija eine Beziehung hatte. Er musste zum Chalet gekommen sein und Julija gesucht haben, weil sie nicht ans Telefon ging und … Aber wie hatte er sie gefunden, in all dem Schnee und dazu noch bei Dunkelheit? Die Macht der Liebe war unglaublich.

»Das bedeutet, dass er dich sehr liebt! Wir waren kurz davor zu erfrieren.«

Julija schaute sich verblüfft um. »Ist er nicht hier?«

»Nein. Die Polizei lässt niemanden herein. Dein Mann ist noch auf freiem Fuß. Sie müssen dich beschützen.«

Julijas Augen füllten sich mit Tränen.

»Hab keine Angst. Sie kriegen ihn. Er wird dir nichts mehr tun können.«

»Er hat mir schon … so viel getan …«

»Ich weiß. Jetzt versuch, dich auszuruhen. Ich bin hier.«

Bevor sie zur Villa aufbrach, trank Elettra noch den Kaffee aus, den ihr die ukrainische Pförtnerin angeboten hatte. Erst danach stand sie auf, nachdem sie sich mit ihr für den Nachmittag erneut verabredet hatte. Es war ihr tatsächlich gelungen, Namen und Telefonnummer von Julijas Mutter herauszubekommen, sodass sie sie später zusammen anrufen konnten. Sie konnte es kaum erwarten, von ihr mehr über die Identität des Paares zu erfahren, das das Mädchen »bestellt« hatte.

Bevor sie das Haus verlassen hatte, hatte sie im Internet nach »Leihmutter Ukraine« gesucht und viele Seiten gefunden, die sich mit dieser in verschiedenen europäischen Ländern und den USA legalen Praktik beschäftigten. Neben den zahlreichen schmerzlichen Geschichten von Paaren, die vor Gericht ziehen mussten, um ihr Elternrecht nach ihrer Rückkehr nach Italien nicht wieder zu verlieren, beeindruckte sie vor allem die Werbung einer supermodernen Klinik, die versprach, Fruchtbarkeitsprobleme aller Arten zu lösen, ohne jegliche Altersbegrenzung. Es reichte zu bezahlen. Vor Kurzem hatte in dieser Klinik eine 63-Jährige ein Mädchen zur Welt gebracht, worauf der Arzt in seinem weißen Kittel ganz besonders stolz zu sein schien.

Sie fragte sich, wie sie sich gefühlt hätte, wenn sie erfahren hätte, dass ihre leibliche Mutter sie nicht nur in einem Heim zurückgelassen hätte, wie es geschehen war, sondern ihren Uterus gegen Geld vermietet hatte. Dabei war Julija ja nicht einmal die leibliche Mutter. Sie hatte sich an die ukrainischen Gesetze gehalten, nach denen das Ei von einer anonymen Spenderin stammen musste, während das Sperma vom Vater sein durfte, sofern dieser nicht steril war. Folglich hatte Julija Rostowa ein Kind aufgenommen und in ihrem Leib heranwachsen lassen, mit dem sie in keiner Weise verwandt war. Wer weiß, was sie in diesen neun Monaten der Symbiose empfunden hatte. Obwohl sie die junge Frau kaum kannte, war sie sich mehr als sicher, dass die Trennung nicht schmerzlos gewesen war.

Dieser Gedanke trieb sie dazu, ihre Mutter Laura anzurufen, der sie seit mehr als zwei Wochen aus dem Weg ging. Was konnte sie dafür, dass sie war, wie sie war? Gar nichts.

»Ciao, Laura«, sagte sie. Es gelang ihr noch nicht, sie Mamma zu nennen, und womöglich würde ihr das auch nie gelingen. »Mamma« war einzig Aurora, die bewundernswerte Frau, die sie in dem weißen Häuschen in Monfalcone gezähmt und großgezogen hatte.

»Mein Schatz! Wie schön, dass du anrufst! Wie geht es dir?« Ihre Stimme war immer ein wenig zu hoch. Nervig.

»Gut. Und dir?«

»Besser, jetzt, wo ich dich höre … Ach, wie schön!«

Elettra reichte es bereits, gleichzeitig machte sie sich Vorwürfe wegen ihrer dummen Schuldgefühle. »Entschuldige, ich habe wenig Zeit. Wollen wir uns Sonntag treffen?«

Ein kurzes Schweigen, gefolgt von einer unsicheren Frage: »Ausgerechnet Sonntag?«

Was sollte das denn heißen? Wusste sie nicht, dass das ihr freier Tag war? »Da hab ich frei«, sagte sie gereizt. »Aber wenn du schon was anderes vorhast …«

»Nein, nein, nein! Ich freue mich, wenn ich mit dir zusammen sein kann, es ist nur …«

»Was denn?«

»Es ist … Ich habe Claudio versprochen …«

Claudio hieß ihr Vater. Ihr Adoptivvater. Sie hoffte inständig, dass es nicht er war, den sie meinte. »Hast du einen Mann kennengelernt, der Claudio heißt?«

»Aber du hast ihn mir doch selbst vorgestellt!«, lachte sie etwas verschämt. »Er ist ein wunderbarer Mensch, wir freunden uns gerade an, weißt du … Der Ärmste, er fühlt sich so allein, nachdem seine Frau gestorben ist …«

Das war wirklich zu viel. Mit rasendem Herzen legte sie auf.

Das durfte doch nicht wahr sein! So etwas hätte ihr Vater ihr niemals antun dürfen, nicht mit dieser Frau!

Sie knallte die Autotür zu, legte den Gang ein und raste los wie eine Rakete, ohne sich umzusehen, ob jemand von hinten kam. Quietschende Bremsen, gefolgt von lang anhaltendem, lautem Hupen machten ihr klar, dass sie jemanden übersehen hatte. Mit einer Handbewegung entschuldigte sie sich und trat das Gaspedal erneut durch. Sie war so wütend, dass sie beinahe eine alte Frau auf einem Zebrastreifen überfahren hätte, sie konnte gerade noch rechtzeitig bremsen. Dann merkte sie, wie sich ihre Augen mit Tränen füllten.

Als hinter ihr wieder eine Hupe ertönte, schaltete sie den Scheibenwischer ein und fuhr los. Doch die Straße vor ihr blieb undeutlich und verschleiert.

Dottor Tullio Cerri, von Rosanna Guarnieri benachrichtigt, war schon bei der Arbeit im Zimmer des Verstorbenen, als Inspektor Morin bleich und still hinter der Staatsanwältin hereinkam.

Eben hatte sie Gargiulo getroffen, der damit beschäftigt war, die beiden Amerikaner und Gaia Cortona zu vernehmen, genau wie wenige Tage zuvor. Ein Déjà-vu, das sie umso trauriger stimmte. Zwei Tote innerhalb weniger Tage im selben Haus, als läge ein Fluch über dieser Villa.

Der Gerichtsmediziner stand über den Leichnam gebeugt und untersuchte die braunen Flecken auf seiner Haut.

»Und?«, fragte Giacomo hinter ihm.

Der Mediziner erhob sich seufzend und steckte seine Instrumente zurück in die Tasche. »Warten wir die Obduktion ab. Ich will nicht voreilig sein, und das muss sorgfältig untersucht werden.«

»Aber bis gestern Abend ging es ihm wunderbar!«

Mit einem traurigen Lächeln klopfte ihm Cerri auf die Schultern. »Der Tod passiert auch den Gesunden, wissen Sie. Selten, aber das gibt es. Lassen Sie mich erst einmal meine Arbeit machen. Starke Gefühle und Medizin vertragen sich nicht gut.«

»*Buongiorno, dottore*«, sagte Elettra.

»Ihnen auch einen guten Tag, Ispettore Morin. Was ist Ihnen denn begegnet? Sie sind ja weiß wie eine Wand. Vielleicht sollten Sie mal Nahrungsergänzungsmittel nehmen. Ich sage es Ihnen schon die ganze Zeit, Sie arbeiten zu viel und essen zu wenig.«

Elettra lächelte halbherzig. »Mir geht es gut, nur ein bisschen Kreislauf. Also, was können Sie uns sagen?«

Rosanna Guarnieri bedeutete ihr, aus dem Zimmer zu

gehen, weil sie nicht wollte, dass Giacomo Hutchinson mithörte. Er war schon aufgewühlt genug.

Sie gingen die Treppen hinunter und trafen sich am Eingang.

»Der Tod ist mit Sicherheit durch Ersticken eingetreten«, erklärte Dottor Cerri. »Auf der Haut sind braune Flecken zu sehen, die an eine mögliche Vergiftung denken lassen, aber wie ich dem Sohn bereits gesagt habe, muss ich mir das auf dem Sektionstisch erst noch genauer ansehen.«

»Wer hätte denn den Tod des armen Professors wollen können? Er hat doch niemandem etwas zuleide getan«, fragte Guarnieri.

»Aber er war auch nicht sonderlich beliebt«, stellte Elettra klar. »Erinnern Sie sich noch an die Vernehmung vor ein paar Tagen? Da hat er seinen Sohn und seine Schwiegertochter quasi als Verräter bezeichnet.«

»Tja, die schlimmsten Verbrechen werden innerhalb von Familien begangen.«

»Ich muss los«, verabschiedete Cerri sich.

»Ich erwarte Ihren Bericht«, sagte Guarnieri, während sie ihm die Hand schüttelte.

»Ispettore Gargiulo vernimmt die anderen, wir sollten ihm wohl lieber beistehen.«

»In einer halben Stunde habe ich eine Anhörung vor Gericht, Ispettore, deshalb kann ich nicht länger bleiben. Ich vertraue den Fall Ihnen an, wir besprechen uns dann heute Nachmittag.«

»Einverstanden.«

Bevor sie die Tür aufmachte, blickte die Staatsanwältin sie besorgt an. »Sie sind wirklich sehr blass. Der Dottore hat recht, Sie müssen Vitamine nehmen.«

»Das ist nur der Kreislauf«, antwortete Elettra und versuchte dabei zu lächeln.

»Ich verstehe nicht, warum wir dieses lächerliche Schauspiel jetzt noch einmal aufführen müssen«, protestierte Gaia Cortona. »Mein Schwiegervater ist gestorben, Friede seiner Seele. Er war alt. Aber das gibt Ihnen doch nicht das Recht, uns immer wieder wie Verbrecher zu behandeln! Wissen Sie, wie viele Absagen ich nach dem ganzen Theater mit der toten Amerikanerin hatte?«

Elettra kam mitten in ihrem Wutausbruch herein. »Ich bitte Sie, Signora Hutchinson …«

»Cortona! Gaia Cortona! Ich hasse diese Gewohnheit, Frauen immer mit dem Nachnamen ihres Mannes anzusprechen, als wären wir Postpakete!«

»Einverstanden, Signora Cortona. Wir machen hier nur unsere Arbeit. Und wir müssen Ihnen ein paar Fragen stellen, es wird nicht lange dauern.«

Sie bedeutete Valerio fortzufahren.

»Bis jetzt wird niemand verdächtigt, schuld an Professor Hutchinsons Tod zu sein, wie ich bereits sagte. Wir möchten nur wissen, ob jemand von Ihnen heute Morgen in seinem Zimmer war, abgesehen von der Haushälterin.«

»Fragen Sie doch ihn!«, rief Gaia Cortona wutentbrannt und zeigte auf Richard Noble. »Wenn ihn jemand vergiftet hat, dann war's mit Sicherheit er da, er ist der Einzige, den der Alte noch sehen wollte. Hat ja praktisch bei ihm im Zimmer gelebt!«

Der junge Amerikaner saß wie erstarrt auf einem Sofa, den Kopf in den Nacken gelegt, und reagierte nicht.

»Bisher spricht noch niemand von einer Vergiftung«, stellte Elettra klar.

»Ach nein? Das war doch das Erste, was diesem Hurenbock von meinem Ehemann eingefallen ist, als er mich sah. Ob ich dem Alten Gift in den Tee getan hätte, hat er mich gefragt! Das habt ihr alle gehört!«

Valerio und Elettra wechselten einen Blick. Sie regte sich wirklich zu sehr auf. »Wir müssen erst die Ergebnisse der Obduktion abwarten«, präzisierte Elettra, »bis dahin ist alles offen.«

»Na, dann kommen Sie bitte zurück, wenn Sie etwas wissen. Keinen Augenblick länger bleibe ich hier, nur damit ihr Polizei spielen könnt!«

Mit diesen Worten rauschte sie hinaus, gefolgt von Hugo Newman. Valerio setzte dazu an, sie aufzuhalten, aber Elettra hielt ihn zurück.

»Wir können sie nicht festhalten. Sorg nur dafür, dass sie Triest nicht verlassen, bis wir den Obduktionsbericht haben.«

Während Valerio den beiden hinterhereilte, setzte sich Elettra neben Richard Noble auf das Sofa.

»Wie fühlen Sie sich?«

Keine Reaktion.

»Corazón hat mir gesagt, dass Sie dem Professor sehr zugetan waren.«

Schweigen.

»Sie hätten ihm die Zeitung vorgelesen und ihm seine Mahlzeiten gebracht.«

Immer noch keine Reaktion.

»Es muss ein Schock für Sie gewesen sein, ihn sterben zu sehen …«

Elettra musterte ihn neugierig. Er schien der Einzige in der Villa zu sein, den dieser Todesfall tatsächlich mitgenommen hatte.

»Na gut, ich lasse Sie in Ruhe. Allerdings muss ich Sie bitten, sich zur Verfügung zu halten«, sagte sie und erhob sich. Als sie immer noch keine Antwort bekam, wiederholte sie es auf Englisch, um sicherzugehen, dass er sie verstand: *»Don't leave the town, please.«*

Richard Nobles Augen blieben geschlossen.

24

Das Unwetter, das sich über Monfalcone und Duino entladen hatte, hatte Triest wundersamerweise verschont und der Stadt einen milden Sonnentag geschenkt. Der Garten der Villa Cosulich war wie gewohnt mit Rentnern und kleinen Kindern im Vorschulalter bevölkert. Als er aus der Villa Bruna kam, entschloss sich Inspektor Gargiulo zu einer weiteren Ortsbesichtigung, in der Hoffnung, etwas zu entdecken, das ihnen entgangen war, oder vielleicht jemanden zu finden, der in den Tagen vor dem Mord an Annabel Alexander etwas gesehen hatte.

Der Stachel des Zweifels an Eliseo Ruiz' Schuld plagte ihn immer noch. Vor allem nachdem er noch einmal lange mit seiner Ehefrau gesprochen hatte. Die einzige echte Schuld des Mannes schien darin zu bestehen, in Italien nicht glücklich zu sein. Er hatte sich nie wirklich eingelebt, und sein Herz war auf den Philippinen geblieben. Dass er in den Park gekommen war, um einen grausamen Mord zu begehen – Gargiulo war sich sicher, dass der Täter den Mord geplant hatte, sonst hätte er sich nicht hinter dem Baum versteckt und dort auf sein Opfer gewartet –, erschien seiner Frau und auch ihm so gut wie unvorstellbar. Sicher, die Mauer des Schweigens, die er um sich herum errichtet hatte, half dem Verdächtigen nicht, aber in dessen ausweichendem Blick lag eher etwas, das ihn möglicherweise an Rache an seiner Frau denken ließ, die ihn gezwungen hatte, ihr ins Ausland zu folgen, als an einen spontanen Wutausbruch.

Er sah eine Frau mittleren Alters, die lesend auf einer der Bänke saß, und beschloss, sie anzusprechen.

»Guten Tag. Darf ich mich setzen?«

Die Frau hob lächelnd den Kopf.

»Sicher! Ihnen auch einen guten Tag!« Sie hatte einen klugen und herzlichen Blick. Eine pensionierte Lehrerin, vermutete Valerio, bevor er sich neben sie auf die Bank fallen ließ.

»Was lesen Sie denn da Schönes?«

Die Frau zeigte ihm den Umschlag. »Das Leben von Madame Curie, aufgeschrieben von ihrer Tochter. Ein wirklich begeisterndes Buch. Ich habe es gerade bei Dottor Marius gekauft.«

»Heißt das, er ist wieder an seinen Platz zurückgekehrt?«, fragte er neugierig und erhob sich, um nachzusehen.

In der Tat, da war er, auf seiner gewohnten Bank. Nachher würde er zu ihm hinübergehen.

»Kommen Sie oft her?«

»Sie sind Polizist, nicht wahr?«, fragte die Frau mit einem maliziösen Lächeln.

»Wieso, sieht man das so deutlich?«

»Da ich nicht mehr in dem Alter bin, in dem man noch von jungen Männern angebaggert wird, und Sie nicht aussehen wie ein Irrer, gibt es keine andere Erklärung.«

Valerio lächelte und zog seinen Dienstausweis hervor. »Sie haben recht. Ispettore Gargiulo, Kriminalpolizei Triest.«

»Neapolitaner, nicht wahr?« Offensichtlich hatte sie seinen Akzent herausgehört.

»Ja.«

»Und fehlt es Ihnen nicht, Neapel?«

»Ein bisschen.«

»Ich liebe die neapolitanischen Lieder! Haben Sie eine schöne Stimme?«

»Nicht wie Murolo, aber ich schlage mich ganz gut.«

»Wären Sie wohl so freundlich und würden mir *Signorinella pallida* singen?«

Die Frau war wirklich lustig, aber Valerio war nicht hergekommen, um sie zu unterhalten. »Vielleicht ein andermal. Ich wollte Sie fragen …«

»Wenn es um diese schreckliche Geschichte mit dem Mord an dieser amerikanischen Frau geht, dann kann ich Ihnen nichts sagen. Ich war zu der Zeit bei meiner Enkelin in Venedig. Scheußliche Geschichte, nicht wahr?«

»Haben Sie zufällig mit jemandem gesprochen, der an dem Tag hier war?«

»Es tut mir leid … Wenn ich hierherkomme, dann, um ein bisschen Ruhe zu suchen. Mein Mann raubt mir noch den letzten Nerv. Sogar auf meine Bücher ist er eifersüchtig. Wenn es nach ihm ginge, müsste ich den ganzen Tag zu Hause vor dem Fernseher sitzen und verblöden.« Sie hielt inne und nahm die Brille ab, um ihn genauer anzusehen: »Aber hatten Sie nicht den Schuldigen bereits verhaftet? Mir ist, als hätte ich gelesen, dass es ein Filipino war …«

»Wahrscheinlich ja, aber …«

»Wollen Sie mir etwa sagen, der wahre Mörder könnte noch auf freiem Fuß sein?«, fragte die Frau und schaute sich aufgeregt um.

»Das habe ich nicht gesagt«, antwortete Valerio in dem

Versuch, sie zu beruhigen. »Er ist mit Sicherheit der Schuldige, ich war nur auf der Suche nach Aussagen, die das erhärten können.« Er hatte wohl nicht sonderlich überzeugend geklungen, denn die Frau sprang von der Bank auf und steckte das Buch in die Tasche.

»Ich muss gehen, Ispettore. Meine freie Stunde ist vorüber. Ich grüße Sie!«

»Es tut mir leid, wenn ich Sie erschreckt habe …«, sagte Valerio, als sie hastig Richtung Ausgang eilte, aber er bekam keine Antwort. Seufzend stand er auf und ging zu Dottor Marius, der sich gerade mit einem Schweizermesser einen Apfel schälte.

»Sie schon wieder?« Er schien nicht besonders glücklich darüber, ihn zu erblicken, was kaum anders zu erwarten war.

»Buongiorno, Dottor Marius.«

»Was wollen Sie denn noch?«

»Nichts, ich war gerade spazieren …«

»Dann gehen Sie woanders spazieren.«

»Es tut mir leid, dass Sie ein paar Tage im Gefängnis verbringen mussten.«

»Das ist ja wohl das Mindeste. Nun, im Grunde haben Sie mir einen Gefallen getan. So konnte ich mal im Warmen schlafen und mich richtig satt essen, und das alles auf Staatskosten. Es ist mein Ruf, der gelitten hat. Abgesehen von der Dame, mit der Sie eben gesprochen haben, traut sich niemand mehr zu mir. Sie vertrauen mir nicht mehr. Niemand kauft mehr meine Bücher. Ich bin gebrandmarkt.«

»Aber Sie sind doch freigesprochen worden!«

»Sagen Sie das mal den Leuten. Wenn die einen als Monster auf die Titelseiten knallen, dann bleibt das hängen. Es ist den Leuten egal, ob man unschuldig ist.«

Valerio warf einen Blick auf den mit Büchern gefüllten Einkaufswagen.

»Ich wusste gar nicht, dass Sie die auch verkaufen ...«

»Und wovon soll ich Ihrer Meinung nach leben? Ich bin ja kein Dieb. Die Leute schenken mir Bücher, und ich verkaufe sie. Ich bin ein angesehener Mann mit einer anständigen Arbeit, jawohl. Oder zumindest war ich das, bis ich Sie getroffen habe.«

»Darf ich Ihre Bücher mal sehen?«

»Nein!«

»Sie haben gesagt, Sie verkaufen Bücher, um davon zu leben. Sie können doch einen möglichen Kunden nicht wegschicken.«

»Ich weiß sowieso, dass Sie nichts kaufen.«

»Lassen Sie das mal mich entscheiden.«

Dottor Marius schob den Einkaufswagen zu Valerio, legte sich auf die Bank, streckte sich aus und zog sich verdrießlich die Fliegermütze über die Augen.

Die Bücher waren nach Themen geordnet, bei eindeutigem Schwerpunkt auf philosophischen Titeln. Aber es gab auch einige Biografien, illustrierte Bände und ein paar längst vergessene Bestseller. Valerio fand einen Band über historische Automobile, den er seinem Vater zu Weihnachten schenken konnte, und ein zerlesenes Exemplar von Ivo Radeks *Der Kindheitsfreund*, dem Lieblingsbuch seiner Mutter Ulla. Er beschloss, dass nun endlich der Moment gekommen war, um es selbst einmal zu lesen. Es war ein komplexer Fall gewesen, der berühmte istrische Schriftsteller, den man genau an dem Tag überfallen hatte, an dem ihm die Ehrendoktorwürde verliehen werden sollte. Er hatte ihn in Kontakt mit der Welt der Verleger und Literaturagenten gebracht, die er noch nicht gekannt und die ihm, offen gestanden, wie ein Schlangennest erschienen war. Na ja, zwei Bücher konnten für heute genügen. Während er sich schon vom Wagen abwandte, fiel sein Blick auf ein schwarzes Heft, das zwischen zwei Bänden des Adelphi-Verlags steckte. Er konnte es kaum herausziehen. Als er es aufschlug, entpuppte es sich als eine Art Tagebuch, auf Englisch geschrieben. Auf der ersten Seite stand: *Boston, August 29th, 1965.* Und darunter die erste Zeile eines Liedes, das ihm wohlvertraut war: *I can't get no satisfaction.*

»Wer hat Ihnen denn das hier gegeben?«, fragte er Dottor Marius und wedelte vor seiner Nase mit dem Heft herum.

Der Obdachlose hob kaum den Blick.

»Hab ich gefunden.«

»Wo?«

»Weiß ich nicht mehr.«

Valerio beschloss, es auch noch zu kaufen. Damit könnte er wunderbar sein Englisch aufpolieren. Und außerdem hatte er schon immer gern Tagebücher gelesen.

Es war nicht leicht, mit Julijas Mutter in Kontakt zu treten. Beim ersten Versuch klingelte das Telefon lange, ohne dass jemand sich meldete. Eine halbe Stunde später versuchten sie es noch einmal, aber bekamen immer noch keine Antwort. Also verabschiedete sich Elettra von der freundlichen ukrainischen Pförtnerin und sagte ihr, sie komme am Abend, nach acht Uhr, noch einmal wieder.

Als sie auf die Straße trat, schaute sie sich verwirrt um. Sie wusste nicht recht, was sie als Nächstes tun sollte. Einerseits trieb ihr Pflichtgefühl sie ins Büro zurück, andererseits verspürte sie das dringende Bedürfnis, mit ihrem Vater zu sprechen.

Sie sah auf die Uhr. Es war halb fünf Uhr nachmittags,

in diesem Zustand würde sie auf der Arbeit sowieso nicht mehr viel schaffen. Ihr Geist und ihr Herz waren durch das Telefonat mit Laura zu aufgewühlt. Zwei Stunden Pause würden ihr guttun, sie würde nach Monfalcone fahren. Falls es einen dringenden Notfall gäbe, würde Valerio sich darum kümmern. Sie schickte ihm eine SMS und stieg ins Auto.

Während der kurzen Fahrt kamen ihr Bilder aus der Vergangenheit in den Sinn. Sie sah die eiskalten, dunklen Flure des Waisenhauses vor sich, in dem sie nach ihrer Geburt zurückgelassen worden war, die wehenden Ordenskleider der Schwestern, dann die kleinen Zimmer, in denen sie sich eingeschlossen hatte, aus Protest, als sie bei zwei verschiedenen Pflegefamilien lebte, die sie nicht verstanden. Aber es war Auroras Gesicht, das sich immer mehr in den Vordergrund drängte. Ihr offenes und aufmerksames Gesicht hatte die Mauer, die sie vom Rest der Welt trennte, zum Einsturz gebracht, als sie sechs Jahre alt war. Sie war gerade erst in diesem Haus angekommen und weigerte sich, wie immer, zu essen oder zu sprechen, verbrachte ihre Tage unter dem Bett, im Dunklen. Es war ihre Art und Weise mitzuteilen, dass sie niemandem traute. Eines Nachmittags jedoch, nach etwa einer Woche absoluter Verweigerung, war Aurora lächelnd in ihr Zimmer getreten und hatte sie gefragt, ob sie Lust hätte, mit ihr im Garten Blumenzwiebeln zu setzen. Dieser einfache kurze Satz hatte gereicht, um den Stein zu schmelzen, den sie im Herzen trug.

Und jetzt lebte Aurora nicht mehr. Sie war vor einem Jahr an einem Tumor gestorben und hatte eine Leere hinterlassen, die niemand würde füllen können, nicht einmal Valerio. Die Beziehung zu ihrem Vater war immer gut gewesen, sie hatten nie echten Streit oder Missverständnisse gehabt, aber er war eben ein Mann. Es gab so viel, was er nicht verstehen konnte.

Auf jeden Fall war das alles ihre Schuld, dachte sie, als sie auf die Straße abbog, die nach Monfalcone führte. Sie war es, die versucht hatte, jene Frau ausfindig zu machen, die sie in die Welt gesetzt hatte. Das hätte sie nicht tun sollen. Und jetzt zahlte sie den Preis für ihre Neugier.

Kurz nach fünf kam sie an dem weißen Haus an und fand ihren Vater im Garten. Er fütterte gerade die Katzenkolonie, die sich dort schon vor Jahren angesiedelt und dann exponentiell vermehrt hatte.

»Elettra!«, rief Claudio freudig überrascht aus, als er sie durch das kleine Gartentor treten sah. »Du hast gar nicht gesagt, dass du vorbeikommen wolltest.«

Seit Auroras Tod war er richtig alt geworden, als wäre er von innen heraus vertrocknet. Seine Hände zitterten leicht.

»Ciao, Papa«, antwortete Elettra und gab ihm einen Kuss auf die Wange.

»Bleibst du zum Essen?«

»Ich kann nicht. Ich wollte nur kurz auf einen Sprung vorbeikommen.«

Claudios klarer Blick verschleierte sich in plötzlichem Misstrauen. »Das sieht dir gar nicht ähnlich. Ist etwas passiert?«

Wie sollte sie ihm erklären, dass sie gekommen war, um ihm zu sagen, dass er sich nicht mit Laura einlassen sollte? Welches Recht hatte sie, sich in sein Leben einzumischen und ihn daran zu hindern, etwas gegen seine Einsamkeit zu tun?

»Ich hatte ein bisschen Sehnsucht«, log sie.

»Dann hast du ja das Richtige gemacht«, antwortete ihr

Vater wieder munter. »Komm mit rein, ich mache dir einen Tee.«

Als sie das Haus betrat, das sie so gut kannte, spürte sie, wie es ihr eng ums Herz wurde. Es war kalt, traurig und viel zu ordentlich. Als ihre Mutter noch lebte, herrschte hier überall fröhliche Unordnung. Es lagen Pullover und Jacken auf den Stühlen, Blumen standen in allen Zimmern, der Duft frisch gebackenen Kuchens oder einer auf dem Herd köchelnden Soße erfüllte die Räume. Jetzt roch sie nur Feuchtigkeit, Vernachlässigung und Einsamkeit. Armer Papa, dachte Elettra, als sie ihn mit dem Wasserkocher hantieren sah. Sie hatten sich sehr geliebt, er und Aurora. Vierzig Jahre waren sie zusammen gewesen, und jetzt versuchte er, irgendwie zurechtzukommen und zu überleben, so gut er konnte, ohne irgendjemandem zur Last zu fallen.

»Laura ist ein paarmal vorbeigekommen, weißt du …«

Das Schweigen, mit dem sie diese Nachricht aufnahm, ließ ihn sich umdrehen, die Teekanne in der Hand. Elettra mied seinen Blick.

»Deshalb bist du gekommen, stimmt's?«

»Du kannst dich treffen, mit wem du willst«, murmelte sie wenig überzeugend.

Claudio goss Wasser in die Teekanne und seufzte. Dann nahm er zwei Tassen und zwei Tellerchen aus dem Schrank, stellte sie auf den Tisch und setzte sich ihr gegenüber. »Niemand wird jemals Aurora ersetzen können«, sagte er mit einer Strenge, die sie so gar nicht von ihm kannte. »Niemand. Weder für dich noch für mich.«

Elettra nickte, ohne zu wissen, was sie sagen sollte. Sie kam sich dumm vor. Claudio legte seine Hand auf ihre und sah ihr in die Augen.

»Laura ist eine unglückliche Frau, unsicher und voller

Ängste. Sie hat das Gefühl, intellektuell nicht mit dir mithalten zu können. Sie spürt, dass du sie ablehnst, dass du versuchst, ihr aus dem Weg zu gehen, und so kommt sie zu mir, um mich um Rat zu fragen, in der Hoffnung, eine Bresche in dein Herz schlagen zu können. Das ist nicht immer lustig, glaub mir. Oft würde ich sehr viel lieber mit meinen Katzen und meinem Kreuzworträtsel allein bleiben. Sie macht mich ganz wirr mit ihrem vielen Gerede. Aber wie könnte ich sie wegschicken?«

Claudios Aufrichtigkeit war entwaffnend. So gesehen, war es nicht allzu schwer, es anzunehmen.

»Es tut mir leid, Papa. Ich dachte …«

»Dass ich mit ihr zusammen wäre?«, lachte er. »Na, da hättest du allerdings Grund, sauer auf mich zu sein. Aber sei ganz beruhigt, ich habe meine Sturm-und-Drang-Zeit schon eine Weile hinter mir, und diese arme Frau ist viel zu hektisch und sprunghaft für meinen Geschmack. Wie ich dir schon oft gesagt habe, mir reichen die Erinnerungen und die Katzen, abgesehen von der Freude, dich zu sehen, wann immer du Zeit hast vorbeizukommen. Mehr brauche ich nicht.«

Elettra lächelte erleichtert. Aber etwas hatte sie noch auf dem Herzen.

»Hattest du sie für Sonntag eingeladen?«

Claudio lachte auf. »Hat sie dir das so gesagt? Die ist mir vielleicht eine Marke! In Wirklichkeit ist sie es gewesen, die sich eingeladen hat. Mir hat sie gesagt, sie würde Gnocchi di Susine mitbringen. Hätte ich da Nein sagen sollen?«

Elettra schüttelte den Kopf. »Das ist dein Lieblingsessen …«

»Tja, das musst du ihr irgendwann mal gesagt haben, und sie wollte mir einen Gefallen tun. Die arme Frau muss sehr allein sein. Warum kommst du nicht auch und leistest mir Beistand? Sie würde sich sehr darüber freuen. Und wir wären zu zweit, das macht es viel einfacher. Es ist ja nicht ihre Schuld, dass sie so anders ist als wir, meinst du nicht?«

Als sie wieder nach Triest zurückfuhr, fühlte sie, dass sie nicht nur Glück damit gehabt hatte, eine Mutter wie Aurora gefunden zu haben, sondern auch mit einem Vater wie Claudio, so weise und so unkompliziert. Sie nahm sich fest vor, nicht wieder so viel Zeit verstreichen zu lassen bis zum nächsten Besuch. Er war, wie man es auch sehen mochte, ihre wahre Familie.

25

Am Ufer des Wocheiner Sees in Slowenien wurde eine Leiche gefunden. Der Mann hatte keine Papiere bei sich und bereits eine Zeit lang im Wasser gelegen. Der örtlichen Polizei gelang es nicht, ihn zu identifizieren, in den letzten Wochen war niemand vermisst gemeldet worden. Als er jedoch die Meldungen durchging, die aus Italien hereingekommen waren, hielt Kommissar Bled es für möglich, dass es sich um den vorbestraften Ukrainer handeln könnte, der einen gestohlenen Geländewagen in der Nähe des Sees hatte stehen lassen, und benachrichtigte seine Kollegen in Triest.

Es brauchte nicht viel, um seine Hypothese zu bestätigen.

Die Leiche trug eine schwarze Lederjacke und, vor allem, Cowboystiefel mit silbernen Spitzen. Dieselben hatte der Wirt der Bar an den Füßen des Fremden bemerkt, der in den Bergen auf Violeta Amado gewartet hatte.

Es gab keine Zweifel.

Der Tote war Boris Rostow.

Inspektor Gargiulo verzehrte gerade ein mächtiges Lammkebab, als er Bleds Anruf bekam. Mit hoher Wahrscheinlichkeit, so der slowenische Kommissar, war Rostow in eine Schlägerei verwickelt gewesen, die vor einigen Tagen vor einer Bar in Wochein stattgefunden hatte, und irgendjemand hatte hinterher die Leiche loswerden wollen und sie in den See geworfen. Fürs Erste musste sie noch bei der slowenischen Polizei verbleiben.

Als er das Gespräch beendet hatte, sah Valerio auf die Uhr. Es war neun Uhr, und Elettra hatte sich noch nicht gemeldet. Offensichtlich war sie doch länger bei ihrem Vater geblieben. Also lieber nicht stören. Er beschränkte sich darauf, ihr eine SMS zu schicken und darauf zu warten, dass sie zurückrief.

Während er wartete, dachte er darüber nach, Julija Rostowa die gute Nachricht selbst zu überbringen. Sie hatte nun nichts mehr zu fürchten. Der Mann, der ihr Leben ruiniert und sie gezwungen hatte zu fliehen und wegen dem sie beinahe erfroren war, würde ihr nichts mehr antun können. Er wusste, dass sie entlassen worden und zusammen mit Violeta Amado zu Pater Florence zurückgekehrt war, um in Ruhe zu entscheiden, was sie mit ihrem Leben anfangen wollte. Elettra rief an, als er gerade ins Auto steigen wollte, woraufhin er seine Pläne änderte.

Wenige Minuten darauf kam Valerio in der Via Tigor an.

Elettra war gerade nach Hause gekommen und hatte sich ein Glas Wein eingeschenkt. Ihre Wangen waren gerötet, sie konnte kaum stillhalten und machte einen sehr aufgeregten Eindruck.

»Es ist wirklich unglaublich«, begrüßte sie ihn, als er hereinkam. »Einfach unglaublich! Hör dir mal diese Geschichte an! Julija vermietet ihren Uterus an ein italienisches Paar, aber bei der Geburt gibt es Komplikationen, sodass die Ärzte das Kind noch einen Monat zusammen mit der Mutter im Krankenhaus behalten. Die Adoptivmutter hingegen hat keine Lust, länger in Kiew zu bleiben, sie muss wegen der Arbeit zurück nach Italien und lässt den Mann allein in Kiew warten. Und was passiert dann in dem Monat?«

»Sag du's mir.«

»Er verliebt sich in Julija! Fantastisch! Das ist die Rache der Gefühle für den Verkauf menschlichen Lebens!«

»Dann ist sie seinetwegen nach Triest gekommen?«

»Na klar!«

»Und er ist es auch gewesen, der sie in den Bergen versteckt hat?«

»Das ist anzunehmen.«

»Und seine Frau weiß davon?«

»Das wird sich erst noch zeigen.«

»Das arme Mädchen … Es wird kein einfaches Leben haben.«

»Kommt drauf an.«

»Worauf?«

»Es war die Frau, die unfruchtbar war, so hat es mir zumindest Julijas Mutter gesagt. Wenn die beiden sich trennen, wird das Kind dem leiblichen Vater zugesprochen und der Frau, die es neun Monate in ihrem Bauch getragen hat.«

»Das machst du dir zu einfach«, lachte Valerio. »Das Leben ist keine Seifenoper.«

»Also bitte, man wird doch wohl noch träumen dürfen! Was meinst du, machen wir uns einen schönen Teller Pasta? Ich sterbe vor Hunger.«

Valerio schüttelte vergnügt den Kopf und ging in die Küche.

»Darum kümmere ich mich. Aglio, Olio und Peperoncino?«

»Peperoncino gern, aber ohne Knoblauch ... Ich schlafe schließlich nicht allein!«

Lächelnd setzte Valerio das Wasser auf, ohne zu gestehen, dass er bereits gegessen hatte. Es würde sich schon noch Platz für einen Teller Pasta finden lassen.

»Du hast mich gar nicht gefragt, wer der Vater des Mädchens ist«, sagte Elettra, als sie sich zu ihm gesellte.

»Warum, ist es ein wichtiger Mann?«

»Du kennst ihn.«

»Ehrlich? Ich glaube nicht, dass ich Freunde habe, die ...«

»Denk mal nach. Ein schlecht zusammenpassendes Paar mit einer zweijährigen Tochter ...«

»Ich kenne niemanden ...«

»Eine Megäre, die mit einem Muttersöhnchen verheiratet ist ...«

Valerio hielt wie vom Blitz getroffen inne.

»Giacomo Hutchinson!«

»Genau der!«

»Ach komm!«

»Du bist es, der darauf besteht, dass das Leben keine Seifenoper ist!«

Direkt nachdem er im *Piccolo* die Nachricht von Rostows Tod gelesen hatte, war Giacomo Hutchinson vorbeigekommen, um Asia abzuholen. Endlich klärte sich die Zukunft für sie drei. Schon bald würden sie zusammenleben können wie eine richtige Familie.

Es war nur noch eine Frage der Zeit.

Er schlief schon länger nicht mehr zu Hause, sondern hatte sich in die Wohnung eines Freundes eingemietet, der zum Arbeiten nach Deutschland gegangen war. Er ertrug Gaia schlichtweg nicht mehr, genauso wenig wie er es ertrug, in diesem Haus zu leben. Jetzt, wo sein Vater tot war, bereitete ihm allein der Gedanke, einen Fuß über die Schwelle zu setzen, Übelkeit.

Seit Julija in Triest war, hatte er es nur dreimal geschafft, sich mit ihr und der Kleinen in dieser Wohnung zu treffen. Es war rührend, die beiden zusammen zu sehen. Ljubuschka überhäufte das Mädchen mit Küssen, und Asia lächelte und hörte die Lieder, die sie ihr gesungen hatte, als sie sie noch im Bauch trug. Giacomo konnte sich nicht sattsehen an den beiden. Doch je länger er sie lachen und sich umarmen sah, desto mehr Angst bekam er. Angst vor Boris Rostow und noch mehr Angst vor Gaia. Er wusste, dass seine Frau es ihm niemals gestatten würde, das Kind zu sich zu nehmen, sollten sie sich trennen. Ganz sicher nicht aus Liebe – sie hatte nie Liebe für irgendjemanden empfunden, geschweige denn für die Kleine, die ihr schon von Anfang an auf die Nerven ging –, sondern aus Stolz. Und Stolz konnte mitunter tödlicher sein als Hass.

Jetzt, da Boris Rostow tot war, machte ihm jedoch auch seine Frau keine Angst mehr. Er war sich sicher, dass sie seinen Vater getötet hatte, jedenfalls nicht dieser arme Richard, der keiner Fliege etwas zuleide tun konnte, und er hoffte nur inständig, dass sie überführt würde.

Er wusste, dass seine Ljubuschka bei diesem Pater in San Vito untergekommen war, der sich um die Armen kümmerte. Die Brasilianerin, Violeta, hatte ihn angerufen, um ihn zu beruhigen. Julija gehe es gut, sie sei in Sicherheit, hatte sie gesagt. Er brauche sich keine Sorgen mehr zu machen. Sie hatte sich auch bei ihm dafür bedankt, ihnen das Leben gerettet zu haben.

Und so kam es, dass er ihr heute Morgen zusammen mit Asia einen Überraschungsbesuch machen wollte.

Rosanna Guarnieri war gerade im Büro eingetroffen, als man ihr den Obduktionsbericht zu David Hutchinson lieferte. Er war in der Tat mit einer starken Dosis Bromid vergiftet worden. Auch wenn weder im Tee noch in dem Wasser, das er auf seinem Nachttisch stehen hatte, Spuren davon gefunden worden waren, gab es keinen Zweifel. Derjenige, der ihn hatte tot sehen wollen, hatte auch die Spuren beseitigt. Folglich musste der Mörder einer der Bewohner des Hauses sein.

Sie bestellte die Inspektoren Morin und Gargiulo ein, und während sie auf sie wartete, dachte sie an die Jahre zurück, in denen sie mit Bruna Fabris befreundet gewesen war. Sie hatten sich im *Pedocin* kennengelernt, dem historischen Bad von Triest, das als einziges Bad in Europa noch eine Trennmauer zwischen Damen- und Herrenbereich bewahrte. Damals waren sie dreißig gewesen, Bruna hatte gerade David Hutchinson geheiratet und fühlte sich ein wenig einsam, wie es allen Frauen ergeht, deren Ehemänner mit dem Kopf in den Wolken leben. Eher noch als in den Wolken war der Kopf des Professors zwischen den Sternen, den Planeten, der dunklen Materie des Universums. Selten nur ließ er den Blick sinken und richtete seine Aufmerksamkeit auf die Frau, die neben ihm lebte und ihm jedes praktische Problem löste. Als der kleine Giacomo kam, war dies für Bruna ein absoluter Glücksfall. Endlich konnte sie ihre Zeit mit jemandem teilen, der sie wirklich brauchte. Als Giacomo klein war, verloren sie sich ein bisschen aus den Augen, um sich dann wiederzufinden, als er erwachsen wurde. Bruna war eine gute Klavierspielerin, sie hatte wirklich Talent. Sie hätte auch Konzerte geben können, sich als Musikerin verwirklichen, hatte es aber vorgezogen, im Schatten ihres Mannes zu leben. Ein wenig aus Schüchternheit, ein wenig, um ihn nicht mit einer Karriere zu verletzen, die sie unweigerlich von ihm entfernt hätte. Solche Frauen gibt es heute nicht mehr, dachte Rosanna Guarnieri. Frauen, die bereit sind, ihr eigenes Talent zu opfern, um die Harmonie in der Familie nicht zu gefährden.

Ein Klopfen an der Tür riss sie aus ihren Gedanken. Es waren Morin und Gargiulo. Sie grüßte sie mit einem Kopfnicken und bat sie, sich zu setzen.

»Der Autopsiebericht ist gekommen. Giacomo Hutchinson hatte recht, der Professor wurde vergiftet.«

»Womit?«, fragte Morin.

»Bromid.«

»Das findet man aber nicht so leicht im Handel«, meinte sie, während sie sich setzte.

»Aber man kann es gewinnen, in dem man Arzneimittel mischt«, schlug Gargiulo vor.

»Glauben Sie, es war Richard Noble? Er ist der Einzige, der immer Zugang zur Wohnung des Professors hatte«, sagte Morin.

»Er ist der wahrscheinlichste Verdächtige, auch wenn die Kriminaltechnik keine Spuren von Gift in den Getränken gefunden hat, die er ihm gebracht hatte.«

»Er könnte es ihm vorher verabreicht haben.«

»Oder er hat das Glas verschwinden lassen.«

»Soweit wir wissen, hatten weder die Schwiegertochter noch der Journalist Zugang zu dem Zimmer. Der Professor hat nur Corazón und Richard hereingelassen.«

»Folglich bleibt uns nichts anderes, als ihn zu verhaften«, schloss Morin und erhob sich.

Rosanna Guarnieri gab ihnen ein Blatt Papier.

»Ich habe gerade den Haftbefehl unterschrieben.«

Als die beiden Inspektoren an der Villa Bruna ankamen, war von Richard Noble nichts mehr zu sehen. Er war abgereist und hatte alle seine Sachen mitgenommen. Sie sprachen in der Küche mit Corazón, aber sie wusste nichts. Er musste noch in der Nacht geflohen sein.

»Ich hatte Ihnen doch gesagt, dass er es war! Ihr seid wirklich vollkommen unfähig!«, schrie Gaia Cortona sie an, als sie in die Küche kam. »Und er hat nicht mal sein Zimmer bezahlt, der Verbrecher!«

Hinter ihr erschien Hugo Newman. *»Tell these guys what we discovered«*, sagte er verächtlich.

»Was denn?« Gaia Cortona sah ihn fragend an.

»Baby Nobel …«

Ihr Gesicht leuchtete auf.

»Ah ja! Und als genügte das noch nicht, hat er uns alle hereingelegt. Hugo hat ihn enttarnt. Ihm kam das Gesicht bekannt vor, aber er konnte nicht genau sagen, woher. Erst als er seine Notizen durchgesehen hat, ist er draufgekommen! Er heißt gar nicht Richard Noble, sondern Albert Alexander und ist der Sohn der Frau, der man im Park die Kehle durchgeschnitten hat! Er hat ihn an den Augen erkannt, eins blau, eins braun. Er ist der Mörder, nicht der arme Eliseo!«

»Aber warum sollte er das getan haben?«, fragte Elettra verwirrt.

»Aus Rache. Als Kind war er richtig berühmt, hat Hugo mir erzählt. Er stand in allen Zeitungen. Sie nannten ihn Baby Nobel, weil er in einer Klinik eines Dr. Sowieso geboren wurde, der die Welt säubern wollte, indem er Samenspenden von hochbegabten Männern sammelte. Total verrückt. Genau wie die Mutter, die ihn wie eine Jahrmarktsattraktion ausgestellt hat.«

»Und was hat er hier in Triest gemacht?«, fragte Valerio, dem die ganze Sache immer peinlicher wurde. Er hatte keine Zeit gehabt, Elettra von seinen Erkenntnissen zu Richard zu berichten, und fühlte sich jetzt richtig schlecht. Vielleicht hätten sie ihn aufhalten können.

»Weil er überzeugt davon war, dass mein Schwiegervater sein Vater war! Deshalb! Er ist hergekommen, um ihn zu ermorden! Und ihr habt ihn euch durch die Lappen gehen lassen! Was steht ihr überhaupt hier noch rum? Na los, fangt ihn, er kann doch noch nicht weit sein!«

»Haben Sie ein Foto von ihm?«

»Das habt ihr doch längst, in den Kopien, die ich euch gegeben habe! Wacht endlich auf!«

Hugo Newman beobachtete die Szene mit einem schadenfrohen Lächeln und rauchte dabei eine Zigarette. Anscheinend hatte er keine sonderlich hohe Meinung von der italienischen Polizei. Und er tat nichts, um dies zu verbergen.

»Bitte seien Sie so freundlich, geben Sie uns ein anderes Bild, und lassen Sie uns Ihren Scanner benutzen«, sagte Valerio und gab sich alle Mühe, höflich zu bleiben. »Wir müssen das Foto so schnell wie möglich allen Streifen zukommen lassen.«

»Diese beiden Irren haben mich ruiniert!«, rief Gaia Cortona, während sie hinausging. »Ich kann zumachen. Es wird niemand mehr in die Villa Bruna kommen! Ich bin ruiniert!«

Elettra hatte sie fragen wollen, wo sich ihr Mann und ihre Tochter aufhielten, aber es schien ihr nicht der rechte Augenblick dafür zu sein.

Hier waren sie jedenfalls nicht.

Bevor sie gingen, baten sie Hugo Newman, die Unterlagen einsehen zu dürfen, die er über Richard Noble hatte. Der Journalist tat erst, als verstehe er nicht, doch Elettra insistierte in ihrem besten Englisch und konnte schließlich einen USB-Stick mit dem Material ergattern. Sie bedankte sich und versprach, den Stick so schnell wie möglich zurückzugeben.

26

Es waren fünf Stunden vergangen, seit sie die Fahndung ausgelöst hatten, aber niemand schien Richard Noble gesehen zu haben. Weder am Fahrkartenschalter des Bahnhofs noch in einem Taxi oder am Flughafen. Es waren weder Flüge noch Hotelzimmer in Triest und Umgebung auf seinen Namen reserviert. Auch die Frachtschiffe hatten keine Anfragen bekommen.

Er schien sich in Luft aufgelöst zu haben.

Elettra Morin und Valerio Gargiulo waren in die Zentrale zurückgekehrt und versuchten, das weitere Vorgehen festzulegen.

»Er könnte eine andere Identität angenommen haben. Wenn er es einmal gemacht hat, kann er es auch ein zweites Mal tun«, sagte Valerio nachdenklich.

»Tja, vielleicht hat er auch wieder seinen echten Nachnamen angenommen. Wahrscheinlich hat er seine alten Papiere aufgehoben.«

»Das können wir überprüfen.« Valerio hängte sich ans Telefon und gab neue Anweisungen. Doch sein Blick war abwesend dabei und seine Stimme kraftlos.

»Wo hat er gelebt, bevor er hierherkam?«, fragte Elettra, während sie die Papiere durchsah, die sie von Hugo Newman bekommen hatten.

Valerio antwortete nicht. Er sah aus dem Fenster.

Elettra betrachtete ihn irritiert. »Was ist denn los?«

Er schien sie nicht einmal gehört zu haben.

»Du bist komisch ... ist irgendwas passiert, von dem ich nichts weiß?«

Valerio seufzte. Er musste mit der Wahrheit herausrücken.

»Bevor du mich angerufen hast, um mich über den Tod des Professors zu benachrichtigen, habe ich Richard Noble am Computer recherchiert. Ich wollte herausfinden, ob er etwas verbarg.«

»Und?« Elettras Verblüffung war mit einer Spur Enttäuschung unterlegt.

»Ich habe einen Richard Noble gefunden, der am selben Tag und am selben Ort geboren ist wie unserer, der aber 2010 im Irak verschwunden ist. Ich wollte dem eigentlich noch nachgehen, weil mir eingefallen ist, dass unser Richard mir gesagt hatte, er sei ebenfalls im Irak gewesen ...«

»Und das erzählst du mir erst jetzt?«

»Ich weiß, ich hab keine Entschuldigung dafür. Die Nachricht vom Tod des Professors ist dazwischengekommen, da hab ich es vergessen.« Er machte ein Gesicht wie ein geprügelter Hund. »Ich weiß auch nicht, wie das passieren konnte.«

Elettra hätte ihn erwürgen können, aber sie war zu angespannt, um eine Szene zu machen. Sie setzte sich vor den Computer und begann zu tippen.

»Schauen wir mal, ob auch Albert Alexander im Irak umgekommen ist.«

Die Suche ergab einige Links zu Albert Alexander und führte auch über Baby Nobel, zusammen mit Fotos eines Kindes, das Geige spielte und Gleichungen an einer Tafel löste. Hugo Newman hatte sich nicht geirrt, es war tatsächlich dieselbe Person, auch wenn er sich die Haare schwarz gefärbt hatte.

»Da! Hier steht, dass er im Irak gestorben ist, in einem Hinterhalt. 2010. Also hat er die Identität eines gefallenen Kameraden angenommen. Er ist für vermisst erklärt worden, das heißt, die Leiche des echten Richard Noble ist nie gefunden worden.«

Valerio war verblüfft. »Die Haushälterin glaubt nicht, dass er schuld ist, sie sagt, er sei ein wunderbarer Junge, der sich immer nur anständig verhalten habe. Er sei freundlich, zuvorkommend, ja fast ein bisschen zu zurückhaltend gewesen. Der Alte habe ihn vergöttert ... Er schien wie neugeboren, nachdem er hergekommen war. Warum hätte er ihn umbringen sollen?«

»Der menschliche Geist ist unergründlich. Vielleicht hat er ihn für sein Leben verantwortlich gemacht, wer weiß. Wir müssen mit jemand sprechen, der ihn unter seinem richtigen Namen kannte, einem Arzt oder Psychologen. Wenn er unter irgendeiner Persönlichkeitsstörung gelitten hat, dann dürfte das nicht allzu schwer herauszufinden sein.«

»Glaubst du, er hat auch seine Mutter getötet?«

Elettra antwortete nicht gleich. Sie versuchte etwas festzuhalten, das ihr vor Kurzem seltsam erschienen war, konnte aber nicht genau sagen, was es war.

»Das ist wahrscheinlich, auch wenn mein Bauch mir sagt, dass der Journalist es sich da etwas zu einfach macht. Versuchen wir erst einmal, uns seine medizinischen Unterlagen zukommen zu lassen. Sprich du mit Guarnieri, ich schau mir derweil Newmans Material an.«

Sie kopierte den Inhalt des Sticks auf ihren Rechner und begann zu lesen. Es handelte sich überwiegend um eingescannte Ausschnitte alter Zeitungsartikel, die von den Erfolgen des Wunderkinds berichteten, dieselben, die sie auch auf dem Stick der ermordeten Amerikanerin gefunden hatte. Sie war mit Sicherheit die Mutter des vorgeblichen Richard alias Baby Nobel. Doch hier gab es noch mehr Interviews mit den Nachkommen der Kinder, die in Dr. Grahams Klinik geboren worden waren. Offensichtlich hatte Hugo Newman an einem Artikel zu dem Thema gearbeitet. Auch er musste, wie Annabel Alexander, herausgefunden haben, dass David Hutchinson der leibliche Vater des berühmten Baby Nobel war, dessen Spuren sich vor Jahren schon verloren hatten; vermutlich hoffte er, einen Scoop zu landen.

Aber wie war es ihm gelungen, das herauszufinden? Nach allem, was sie bisher gelesen hatte, waren die Spender geheim, und die Klinik hatte ihre Tore schon vor langer Zeit geschlossen. Außerdem, warum hätte er eine so alte Geschichte wieder ausgraben sollen, die journalistisch gesehen seit Jahrzehnten tot und vergessen war? Oder hing seine Reise vielleicht mit der von Annabel Alexander zusammen? Die beiden kannten sich von früher, daran hatte Elettra keinerlei Zweifel. Aber was verband sie? Und warum verfolgte ihn Annabel Alexander? Sie hatte keinen Moment daran geglaubt, dass es sexuelles Interesse war, wie Gaia Cortona so bösartig behauptet hatte. Es musste da noch etwas anderes geben. Etwas, das sie unbedingt herausfinden wollte.

Als Valerio zurückkehrte, hatte er ein schwarzes Heft dabei.

Elettra sah ihn fragend an.

»Das habe ich Dottor Marius abgekauft, vor zwei Tagen. Ich habe es aus dem Auto geholt.«

»Und was ist das?«

»Ich habe versucht, es zu lesen, musste aber aufgeben. Du weißt schon, mein Englisch … An einer Stelle steht jedoch etwas von einem Baby. Vielleicht stammt es aus Alexanders Tasche. Marius war ziemlich ausweichend, als ich ihn fragte, woher er das Heft hatte.«

Es war ein zerfleddertes Heft, die Seiten waren fleckig, an einigen Stellen war die Schrift verblichen, vor allem auf den ersten Seiten.

Elettra begann zu lesen.

Er wusste nicht, wo er hinsollte, ihm war kalt, und er hatte Hunger. Er schaute sich um. Dieser verlassene kleine Bahnhof hinter dem Zentrum, in dem Daddy sein ganzes Leben lang gearbeitet hatte, war ihm als sicherster Zufluchtsort erschienen. Er lag oben auf einem Hügel, rundherum wilde Vegetation. Es gab einen alten Wartesaal mit zerbrochenen Fenstern. Hier hatte er sich um drei Uhr nachts hingesetzt und war eingeschlafen. Als er aufgewacht war, war sein Rucksack weg. Er musste ihm gestohlen worden sein. Darin waren die Tabletten. Ohne seine Tabletten war er verloren. Er wollte nicht mehr zurück, wollte nicht mehr krank sein. Er wusste, dass es falsch gewesen war, die Flucht zu ergreifen, aber er hatte es in diesem Haus nicht mehr ausgehalten. Daddys Blick, als er versuchte, ihm etwas zu sagen, stand ihm immer noch vor Augen.

Es war alles seine Schuld.

Er hätte die Tür nicht offen lassen dürfen, am Abend zuvor. Daddy hatte immer wieder gesagt, er solle abschließen. Er traute niemandem. Aber er hatte es vergessen. Er dachte weiter an ihr letztes Gespräch, er war so glücklich gewesen. Seine Flucht auf dieser Erde war endlich zu Ende. Sie wollten zusammen aus diesem Haus weg. Daddy wollte seine letzten Jahre in den Bergen verbringen. Er besaß ein kleines Häuschen mitten im Wald, er hatte ihm die Fotos gezeigt. Als Giacomo noch klein war, waren sie oft im Sommer dort oben gewesen. Es war Jahre her, dass er zum letzten Mal dort gewesen war, und er sehnte sich nach der Stille und der klaren Luft. Er wollte in Frieden sterben. Wie es auch Tolstoi getan hatte, weit weg von der Hölle dieses Hauses. Und er hätte ihm geholfen.

Daddy war enttäuscht von Giacomo, der unter den Händen seiner Frau zum Hampelmann geworden war. Er erkannte ihn kaum wieder. Doch nun, als er entdeckt hatte, dass er noch einen weiteren Sohn hatte, war alles anders. Und er hätte ihn begleitet, hätte sich um ihn gekümmert. Er hätte jemanden gehabt, der ihn für das liebte, was er war, nicht für das, was er hätte sein sollen.

Als er nach Triest gekommen war, waren seine Gefühle verwirrt gewesen. Kurz davor war er nach San Diego gefahren, um seine Mutter zu besuchen, dieses Krieges müde, den er allein in seinem Kopf geführt hatte. Er hatte sie aber nicht angetroffen. Da er noch seine Schlüssel hatte, hatte er das Haus betreten, das er als Junge so gehasst hatte, weil er sich darin wie in einem goldenen Käfig gefühlt hatte. Sein Zimmer war noch genauso gewesen, wie er es verlassen hatte, mit den Pokalen, den Medaillen, den Zeugnissen an den Wänden. Eine Welle aus Schuldgefühlen seiner Mutter gegenüber hatte ihn überflutet. In den fünf Jahren, in denen er sich in einen Kibbuz in Israel zurückgezogen hatte, nachdem er im Irak knapp dem Tod entkommen war, hatte er es endlich geschafft, Frieden mit sich selbst und seiner Vergangenheit zu schließen. Zu verschwinden war keine Lösung gewesen. Er hatte lange mit Abraham darüber gesprochen, einem alten Neurologen, der das Krankenhaus, wo er arbeitete, verlassen hatte nach dem traumatischen Tod seines einzigen Sohnes, der von einem palästinensischen Selbstmordattentäter getötet worden war. Sie waren beide an der Seele verletzt worden, aber der alte Mann verfügte über eine Weisheit des Herzens, die es ihm ermöglichte, vieles im Leben zu verstehen. Er war es gewesen, der ihm diese Tabletten gegeben hatte, die ihn endlich von der Achterbahn seiner Stimmungen und Obsessionen befreit hatten. Es war nicht die Schuld seiner Mutter, die so viel in ihn investiert hatte, hatte er ihm gesagt. Sie hatte einfach nur versucht, eine Leere in ihrer Seele zu füllen, indem sie einen Sohn in die Welt setzte, von dem sie sich einen Ausgleich für ihr Scheitern im Leben erhoffte. »Gib nicht anderen die Schuld daran, dass du unglücklich bist, mein Junge. Wir sind alle immer auf der Suche nach einem Sündenbock, auf den wir unseren Hass richten können, aus Angst, den wahren Feind in uns selbst zu sehen.« Als Abraham gestorben war, hatte er beschlossen zu gehen und sich mit seiner Mutter und dem Wunderkind zu versöhnen, das er gewesen war. Von seinen vielen Talenten war ihm keines geblieben. Aber er wollte sowieso kein Talent mehr haben, außer dem, am Leben zu bleiben.

Als er in San Diego zwischen Annabels Briefen herumsuchte, fand er eine Fotokopie. Darauf stand der Name seiner Mutter zusammen mit dem eines Spenders namens Blu. Darunter ein Name, David Hutchinson, und eine Adresse in Triest in Italien. Außerdem fand er eine Buchungsbestätigung für eine Flugreise San Diego–Venedig, zwei Tage zuvor, weshalb er beschloss, ihr nachzureisen. Er war am Morgen in diesem Bed & Breakfast angekommen, zerschlagen vom Jetlag, und hatte praktisch den ganzen Tag verschlafen. Hungrig und durstig war er um zwei Uhr nachts aufgewacht und hatte sich auf die Suche nach der Küche gemacht. Keinesfalls hatte er damit gerechnet, seinen Vater schon in der ersten Nacht auf der Treppe zu treffen. Er hatte ihn sofort erkannt, von den Fotos. Sein Vater war im Schlafanzug gewesen und hatte nach einer Katze gesucht, die ihm weggelaufen war. Er hatte ihn um Hilfe gebeten. Sie hatten die Katze versteckt unter einem Hocker vor dem Windfang am Haupteingang gefunden. So war er zum ersten Mal in jene Wohnung getreten, eine Katze auf dem Arm.

Der Professor hatte ihn sehr freundlich gefragt, weshalb er nach Triest gekommen war. Und er hatte das Erste geantwortet, was ihm eingefallen war, dass er Italienisch lernen wollte. Er trug sich tatsächlich schon länger mit dem Gedanken, weil sein Zimmergenosse im Kibbuz, Dario, aus Mailand stammte. Der Professor litt unter Schlaflosigkeit und bat ihn, ihm Gesellschaft zu leisten. Und so hatten sie sich angefreundet. Er wollte ihm Italienisch beibringen, hatte er vorgeschlagen, im Gegenzug fürs Vorlesen der Zeitungen, was er allein nicht mehr so gut konnte.

Am nächsten Morgen hatte er beim Aufwachen schließlich Annabels durchdringende Stimme gehört und war nach unten gegangen, aber sie war nicht allein. Sie stritt mit einem Mann, der der Journalist sein musste, der den Professor interviewen wollte. Daddy hatte gestern von ihm erzählt wie von einem Quälgeist, dem er nicht vorhatte nachzugeben. Also hatte er sich versteckt. Ihr erstes Treffen nach so vielen Jahren sollte keine Zeugen haben. Er würde sie draußen irgendwo abfangen. Wenn das tatsächlich ein amerikanischer Journalist war, hätte er alles kaputt machen können. Er hasste Journalisten.

Er hatte gewartet, bis es wieder Nacht wurde und alle schliefen. Er wusste, dass seine Mutter ihre Tür nie abschloss, und hatte sich auf ihr Bett gesetzt, um sie anzusehen. Wie alt sie geworden war, wie viel Unglück und Schmerz sich in ihrem kränklichen, von tiefen Furchen durchzogenem Gesicht eingeprägt hatten. Ihm kamen die Spiele in Erinnerung, die sie immer gespielt hatten, als er noch klein gewesen war. Annabel wanderte mit dem Finger seinen Arm hinauf, tat, als sei er eine Ameise, die versuchte, bis ganz nach oben zu wandern und in sein Ohr zu klettern. Doch kaum erreichte sie das Ohrläppchen, setzte er sich lachend zur Wehr, und die Ameise fiel herunter. Sanft hatte er über den Arm seiner Mutter gestrichen und gemurmelt: *»Where do you go, little ant? Up on this hill to reach your house?«* Daraufhin hatte Annabel die Augen aufgeschlagen, ungläubig. Träumte sie? Aber er hatte sie angelächelt und einen Finger auf ihre Lippen gelegt, damit sie nicht aufschrie. Danach hatten sie sich weinend in den Armen gelegen. Wie ihm diese Wärme gefehlt hatte! Wie viel Zorn gegen die Frau, die ihn zur Welt gebracht hatte, in seinem Herzen gewohnt hatte. Er hatte sie um Vergebung gebeten, ihr von den vergangenen Jahren seines Schiffbruchs im Leben berichtet. Sie hatten gelacht und geweint und wieder gelacht, mit einer Verbundenheit und Freude, die sie beide seit Langem nicht mehr erfahren hatten. Dann hatten sie gemeinsam beschlossen, niemandem etwas darüber zu sagen, dass sie sich kannten. Dieser Journalist, dieser Newman, hätte nur alles kaputt gemacht. Er war ihr bis hierher gefolgt, um einen Scoop zu landen, weil er dummerweise von ihr erfahren hatte, dass Hutchinson sein leiblicher Vater war. Er war wie ein ausgehungerter Jagdhund, immer auf der Suche nach einer Nachricht, die ihn zurück ins Rampenlicht befördern könnte.

Arme Mama, du hast kein so schreckliches Ende verdient. Vergib mir, wenn ich gestern bei der Polizei so getan habe, als hätte ich dich nicht gekannt. Es hätte nur ein

Chaos gegeben, sie hätten mich beschuldigen können, dich ermordet zu haben. Ein Sohn, der nach so vielen Jahren wieder auftaucht, ausgerechnet am selben Ort, das muss Verdacht erregen. Und ich brauchte Zeit. Ich hatte Daddy noch nicht eröffnet, wer ich war. Ich wollte es auch für dich tun, Mama. Der arme Richard Noble, so dachte ich, konnte mir noch einmal nützlich sein.

Er hatte sich so gefreut, der Professor, als er es ihm endlich gesagt hatte. Er war nicht wütend geworden, hatte ihn nicht beschimpft, wie er befürchtet hatte. Nein, er hatte sich die ganze Geschichte erzählen lassen und ihn am Ende in die Arme geschlossen. Es war eine Kleinigkeit gewesen, damals Dr. Graham den Samen zur Verfügung zu stellen, hatte Hutchinson ihm erklärt, er hatte es nur getan, weil Graham dermaßen hartnäckig gewesen war. Sie hatten sich auf einer Konferenz in Los Angeles kennengelernt, und Graham hatte ihm von seiner verrückten Idee erzählt, die Welt von Idioten zu befreien. Er hatte ihn nur belächelt, aber dann, vielleicht aus Eitelkeit, vielleicht, um ihn loszuwerden, hatte er sich einverstanden erklärt. Seither hatte er oft darüber nachgedacht, dass er irgendwo auf der Welt Kinder haben könnte, von denen er nichts wusste. Und nun stand eines davon vor ihm und hatte seine Augen und seine Pianistenhände. Und vor allem dasselbe Blut.

Allerdings hatte er es nicht über sich bringen können, ihm zu sagen, dass auch seine Mutter sich im selben Haus aufhielt. Dadurch hätte er sich bedrängt fühlen können, und er wollte erst einmal nichts mehr als ihn kennenlernen. Seine Mutter hätte das verstanden.

Steif vor Kälte, schaute er sich um. Er begann, sich verwirrt zu fühlen. Ohne nachzudenken, suchte er nach seinen Tabletten, dann fiel ihm wieder ein, dass man ihm den

Rucksack gestohlen hatte. Er musste unbedingt in das Bed & Breakfast zurück, wo noch ein paar im Nachttisch liegen mussten. Er hoffte nur inständig, dass er nicht der Hausherrin begegnete, denn er hatte vergessen zu bezahlen, und sie würde ihm niemals glauben, dass sein Rucksack gestohlen worden war. Aber das war ein Risiko, das er eingehen musste.

Er brauchte unbedingt seine Tabletten.

Dieser Newman hatte wirklich keine Zeit verloren, dachte Elettra, als sie seinen neuesten Scoop auf dem Bildschirm entdeckte. *Baby Nobel ermordet seinen leiblichen Vater! Rache oder Wahnsinn?*, lautete die Headline in der Online-Ausgabe der *Los Angeles Times*, des viertgrößten Blattes der USA. Die italienische Nachrichtenagentur ANSA hatte die Meldung sofort übernommen, da der Mord in Triest begangen worden war.

Der Artikel säte darüber hinaus auch Zweifel zum Tod der Mutter, Annabel Alexander, die vor wenigen Tagen in einem Park in Triest ermordet worden war. Es war ein philippinischer Hausangestellter beschuldigt worden, doch der Autor des Artikels neigte eher zu der Annahme, dass auch hier der Sohn es war, der sie ermordet hatte. Es war bekannt, dass der Junge ziemlich schwere psychische Probleme gehabt hatte. Der Arzt, bei dem er in Behandlung war, hatte neben einer schweren Psychopathie auch Verhaltensstörungen diagnostiziert. Das ehemalige Wunderkind, so wusste der Artikel zu berichten, war mit siebzehn Jahren von zu Hause weggegangen, danach verloren sich seine Spuren. 2010 sollte er angeblich als Soldat im Irak umgekommen sein, doch dem war offensichtlich nicht so. Er hatte die Identität eines vermissten Kameraden angenommen, Richard Noble. Wo hatte er sich die ganze Zeit versteckt? Wie viele Menschen hatte er ermordet, bevor er nach Triest kam?

Newman stellte dann die Gefahren von anonymen Samenspenden und Leihmutterschaft heraus, was ganze Generationen von verhaltensgestörten jungen Menschen hervorbringe, die auf der Suche nach ihren leiblichen Eltern durch die Welt zogen, um ihre Frustrationen an ihnen abzureagieren.

Elettra lehnte sich zurück und verfluchte das Internet und die Geschwindigkeit, mit der sich hier Nachrichten verbreiteten. Jetzt würde alles viel komplizierter werden. Der öffentlichen Meinung nach hatten sie sich einen gefährlichen Mörder durch die Lappen gehen lassen und obendrein einen Unschuldigen festgenommen. Am nächsten Tag würde nicht nur *Il Piccolo*, sondern sämtliche italienischen Zeitungen sie dafür kreuzigen.

»Diese verdammten Journalisten!«, schimpfte sie und sprang auf.

Valerio beobachtete die Nachrichten. »Sieh nur, jetzt hat er es schon auf seiner Facebookseite gepostet!« Immer mehr Beschimpfungen trudelten ein, die italienische Polizei wurde als unfähig und unprofessionell dargestellt.

Der gefürchtete Anruf kam, während sie angesichts des Ernstes der Lage überlegten, was zu tun sei.

»*Sì*, Signor Polizeipräsident, wir kommen sofort.«

Während sie schicksalsergeben das Büro verließen, kam ein Anruf von Corazón aus der Villa. Sie war sehr aufgeregt und flüsterte hektisch: »Bitte kommen Sie sofort! Sir Hugo verprügelt Sir Richard! Geht ihm sehr schlecht! Schnell!«

»Einen Orden müsstet ihr ihm verleihen: Wenn Hugo nicht gewesen wäre, hätte er mich auch noch umgebracht!« Gaia Cortona empörte sich laut, als die beiden Inspektoren in der Villa eintrafen. Der junge Mann lag bewusstlos auf dem Boden.

»Was ist vorgefallen?«, fragte Elettra.

»Er hat sich wie ein Verrückter aufgeführt! Ist hier schwankend wie ein Betrunkener reingekommen und wollte angeblich in sein Zimmer. Hugo hat ihn aufgehalten.«

»Soll das heißen, er ist aus eigenem Antrieb zurückgekommen?«

Irgendetwas stimmte bei der Geschichte nicht. Warum war er zurückgekommen, wenn er der Schuldige war? Elettra warf Valerio einen Blick zu, der ihre Zweifel zu teilen schien.

»Er stand plötzlich vor mir, als ich rausgehen wollte! Bestimmt ist er gekommen, um mich auch noch umzubringen. Er ist ein Psychopath, ein Irrer! Verhaftet ihn und bringt ihn weg! Ich will ihn keinen Augenblick länger in meinem Haus haben!«

Gaia Cortona war inzwischen vollkommen hysterisch. Hugo Newman versuchte, sie zu beruhigen, indem er sie umarmte.

»Don't worry, sweety. It's over now.«

»Ruf einen Krankenwagen«, sagte Elettra zu Valerio. »Ich benachrichtige den Präsidenten und die Staatsanwältin.«

Sie versuchte, das Geschehen zu verstehen. Wenn es stimmte, was Gaia Cortona behauptete, dann musste der Junge zusammengeschlagen worden sein, als er das Haus betrat, also am Eingang. Als Newman die Schreie hörte, musste er sofort losgelaufen sein, vom Garten aus zwei Stockwerke nach oben. Und doch lag Alexander neben der Terrassentür, die zum Garten hinausging.

War er die Treppe heruntergerollt?

»Signor Newman, können Sie mir den Ablauf schildern?«, fragte Elettra, während sie ihr Notizbuch herauszog.

»I don't speak Italian«, antwortete er eisig.

»Signora Cortona, sagen Sie bitte Signor Newman, dass er mit uns in die Zentrale kommen soll, wo er einen Dolmetscher bekommen wird.«

»Warum wollen Sie ihn denn mitnehmen? Er hat doch nichts gemacht! Er hat nur versucht, mich zu beschützen«, protestierte Gaia Cortona.

»Da bin ich mir sicher. Aber wir müssen ihn vernehmen. Und Sie müssten auch mitkommen.«

»Das ist ja wohl die Höhe! Erst machen wir eure Arbeit, indem wir den Mörder festhalten, und dann werden wir dafür auch noch verhaftet!«

»Niemand spricht von einer Verhaftung, Signora Cortona. Wir müssen nur Ihre Aussage aufnehmen, das ist alles. Es wird nicht lange dauern.«

Gaia Cortona beriet sich mit Hugo Newman und erklärte ihm die Situation. Der Journalist fügte sich mit einem verächtlichen Schnaufen und sichtlichem Widerwillen.

Corazón hatte die ganze Zeit im Türrahmen gestanden und die Szene schweigend beobachtet.

»Sie müssen auch mitkommen, Signora Ruiz«, sagte Valerio.

Gaia regte sich auf. »Nein! Cory nicht! Sie muss hier bei dem Kind bleiben!«

Die Philippinin warf ihr einen strengen Blick zu, sie hatte inzwischen auch genug von dem Theater. »Asia ist nicht hier, *Ma'am,* sie ist mit Sir Giacomo.«

»Also, dann ist das ja kein Problem«, schloss Elettra.

»Ispettore Gargiulo wird die Zeugen in die Zentrale begleiten, ich warte auf den Rettungswagen.«

Die Beschwerden auf Englisch und Italienisch erklangen noch, bis sich die Tür hinter ihnen schloss.

Elettra blieb mit Richard Noble alias Albert Alexander allein zurück. Während sie ihn betrachtete, dachte sie an das zurück, was sie am Vortag im Tagebuch seiner Mutter gelesen hatte. Nach ein paar Seiten hatte sie keinen Zweifel mehr gehabt, dass sie die Verfasserin war. Arme Annabel, sie hatte mit Sicherheit kein glückliches Leben gehabt. Was für eine bizarre Idee, nur alle zehn Jahre, am eigenen Geburtstag, etwas in ein Tagebuch zu schreiben! Auf wenigen Seiten hatte Elettra so einen Überblick über ihr Leben gewonnen, von der ersten Rebellion über die tastenden Versuche, einen Weg zu finden, bis hin zu ihrem Scheitern. Eins jedoch verstand sie nicht. Wie hatte sie in Richard Noble ihren Sohn nicht erkennen können? Wo sie doch im selben Haus gewohnt hatten. Sie war zwei Tage vor ihm eingetroffen, aber sie mussten sich doch begegnet sein. Und warum hatte er bestritten, sie zu kennen? Was wollte er verbergen? War es möglich, dass er sie ermordet hatte? Und warum? Sie musterte ihn aufmerksam. Er sah gepflegt aus, und nach allem, woran sie sich erinnerte, hatte er sich nicht auffällig verhalten, als sie ihn vernommen hatten. Er machte nicht den Eindruck eines Psychopathen. Vielleicht ein bisschen geistesabwesend, manchmal. Wo war er all die Jahre gewesen? Und wie war es ihm gelungen, von der Existenz David Hutchinsons zu erfahren, wenn er seine Mutter in den letzten zehn Jahren nicht gesehen hatte? Das Tagebuch endete mit Annabels letztem Geburtstag vor drei Monaten, und da war von einem Treffen nicht die Rede. Konnte es danach eines gegeben haben? Es gab so viel, das hier nicht zusammenpasste.

Warum war er als Soldat in den Irak gegangen, wenn er den Krieg tatsächlich so verabscheute? Und warum hatte er die Identität eines anderen angenommen? Das alles würde sie noch herausfinden müssen.

»My pills … my pills …«, jammerte Albert und bewegte den Kopf.

Tabletten?

»My pills«, wiederholte er und schlug die Augen auf. *»Please, my pills …«*

Elettra suchte in seinen Taschen, fand aber nichts.

»Was für Tabletten?«, fragte sie ihn.

»In my room …«

»Gut. Bleiben Sie ganz ruhig«, sagte sie zu ihm, bevor sie hinauf in sein Zimmer ging.

Sie fand eine Schachtel in der Schublade des Nachtschränkchens. Sie öffnete sie und las den Beipackzettel. Es waren Tabletten gegen Psychosen und Panikattacken.

Mit einem Mal verstand sie. Er war wegen der Tabletten zurückgekehrt.

Das änderte alles.

27

Der Zorn des Polizeipräsidenten wurde glücklicherweise durch die Nachricht von der Verhaftung Albert Alexanders besänftigt. Der vermutlich Schuldige befand sich im Krankenhaus, streng bewacht von der Polizei. Da er keine schweren Verletzungen davongetragen hatte, würde er bald entlassen und ins Gefängnis überstellt werden. Der Gerechtigkeit war Genüge getan – zumindest um den Hunger der öffentlichen Meinung fürs Erste zu stillen.

In ihrem Büro wartete Rosanna Guarnieri auf die beiden Inspektoren, um Bilanz zu ziehen und die nächsten Schritte zu koordinieren. Die Anklage gegen Albert Alexander beruhte ausschließlich auf Indizien, sie hatten keinerlei belastbare Beweise dafür, dass er Hutchinson vergiftet hatte. Sie wusste, dass Morin nicht ruhen würde, bis sie etwas Konkretes gegen ihn in der Hand hatte. Sie war eine gewissenhafte und ausdauernde Polizistin, die im Gegensatz zu ihrem Vorgesetzten Benussi niemals Eile hatte, einen Fall abzuschließen.

Seufzend dachte sie an den Kommissar. Erst am Morgen hatte sie mit Carla telefoniert, die berichtet hatte, dass der Gesundheitszustand ihres Mannes sich verschlechtert hatte und er bald operiert würde, vielleicht sogar noch in dieser Woche. Die Nachricht hatte sie traurig gestimmt. Trotz seiner Stimmungsschwankungen und seiner Wutausbrüche fehlte ihr die Auseinandersetzung mit ihm. Sie hatten so viele Jahre Seite an Seite gearbeitet, dass sie sich fast schon verwandt mit ihm fühlte. Aber Doktor Cerri hatte gesagt, dass eine Bypassoperation reine Routine war, beruhigte sie sich mittlerweile selbst; es gab keinen Grund, sich Sorgen zu machen.

»Buongiorno, Frau Staatsanwältin«, begrüßte Morin sie, als sie, gefolgt von Gargiulo, hereinkam. »Entschuldigen Sie die Verspätung, aber ich musste noch etwas überprüfen.«

Gargiulo sah sie ungläubig an. Etwas überprüfen? Warum hatte sie ihm nichts davon gesagt?

»Setzen Sie sich.«

»Geht es dem Präsidenten wieder gut?«

Guarnieri nickte belustigt. »Als wäre ihm ein Felsbrocken vom Herzen gefallen. Auch wenn er an den Umständen der Verhaftung noch einiges auszusetzen hatte. Er kommt einfach nicht darüber hinweg, dass es ausgerechnet ein Journalist war, der ihn unschädlich gemacht hat. Und dieser Newman ist jetzt ja wirklich eine Berühmtheit geworden. Er gibt ein Interview nach dem anderen. Heute im *Piccolo*, gestern Abend sogar im Regionalfernsehen.«

»Genau über den wollte ich mit Ihnen sprechen.«

Sie zog einen Plastikbeutel voller zertretener und schmutziger Zigarettenstummel heraus. »Die habe ich bei der Villa Cosulich gefunden, unter der Bank von Dottor Marius. Die Spurensicherung muss sie übersehen haben.«

»Was soll denn Dottor Marius jetzt wieder damit zu tun haben?«

»Nichts. Der hat noch nie im Leben eine Zigarette geraucht, er hat Asthma. Der Mörder von Annabel Alexander hat sich wohl einen kleinen Scherz erlauben wollen. Ist ihm aber schlecht gelungen.«

Gargiulo starrte sie verständnislos an. Was war das für eine Geschichte?

»Spannen Sie uns nicht auf die Folter, Morin. Sagen Sie uns, was Sie entdeckt haben.«

»Aufmerksam geworden bin ich, als ich Newman mit einer Zigarette gesehen habe. Mir war nicht klar gewesen, dass er raucht. Da am Tatort keine Zigarettenstummel gefunden worden waren, habe ich dem auch nicht allzu viel Bedeutung beigemessen. Gestern dann, als ich auf den Krankenwagen gewartet habe, habe ich einen vollen Aschenbecher gesehen. Corazón sagte mir, dass abgesehen von Newman niemand im Haus rauchte. Also wollte ich etwas überprüfen. Es kam mir seltsam vor, dass die Spurensicherung nicht mal einen einzigen Stummel im Umkreis des Tatortes gefunden hatte, und das in einem öffentlichen Park, wo mit Sicherheit einige Menschen zum Rauchen hingehen. Sehr seltsam. Und deshalb hatte ich eine Eingebung.«

»Wenn ich doch nur mal eine von diesen verdammten Eingebungen hätte!«, meinte Gargiulo verärgert.

Morin lächelte. »Du warst es doch, der mich auf die Idee gebracht hat. Immer an den Ort des Verbrechens zurückkehren, man weiß nie, was man noch findet.«

Guarnieri wurde ungeduldig. »Und?«

»Jemand muss alle Zigarettenstummel eingesammelt haben, um nicht entdeckt zu werden, so viel ist klar. Und er musste sie auch irgendwo wieder loswerden.«

»Aber Dottor Marius hat ihn doch weglaufen sehen!«

»Das ja, aber von Richtung Ausgang hat er nichts gesagt. Der Täter muss sich versteckt haben, um nicht von ihm gesehen zu werden. Als Marius die Flucht ergriff, ist er zu der Bank gegangen und hat die Zigarettenstummel dort ausgeschüttet.«

»Eine faszinierende Rekonstruktion, Ispettore. Aber haben wir Beweise dafür, dass es so abgelaufen ist?«, fragte Guarnieri verblüfft. »Ich hoffe nicht, dass Ihre Fantasie die Wirklichkeit überholt hat.«

»Ich bin auf dem Weg hierher noch bei der Kriminaltechnik vorbeigegangen. Die Marke ist dieselbe: Pall Mall. Und ich bin ziemlich sicher, dass die DNA auch dieselbe sein wird.«

»Folglich war der arme Filipino …«

»Dem hat man das Ganze anhängen wollen. Newman hat das Messer im Keller versteckt, damit der Verdacht auf Ruiz fällt.«

»Wahrlich diabolisch, dieser Newman.«

»Und das ist noch nicht alles.«

»Was haben Sie noch herausgefunden?«

»Er hat auch den Professor ermordet.«

»Das ist ja wie bei Hitchcock!«, rief Gargiulo aus.

»Und was bringt Sie zu dieser Vermutung?«

»Der Pulitzer!«

Gargiulo und Guarnieri sahen sich verständnislos an.

»Was hat denn ›Pulitzer‹ damit zu tun?«

Morin zog einige Papiere hervor. »Ich habe gestern Abend mit einem amerikanischen Journalisten gesprochen, den ich vor einiger Zeit auf der Piazza Unità kennengelernt hatte. Er war wegen der Barcolana hier, und wir sind auch nach der Segelregatta noch in Kontakt geblieben.«

Gargiulo schaute sie alarmiert an. »Davon hast du mir ja gar nichts erzählt!«

»Ganz ruhig, er ist sechzig Jahre alt und wiegt mindestens hundertzwanzig Kilo! Ganz sicher nicht mein Typ.

Aber er war nett«, antwortete sie unbeirrbar. Dann fuhr sie fort: »Ich habe ihn gebeten, sich mal ein bisschen über Hugo Newman schlauzumachen, und heute Morgen hatte ich eine Mail von ihm im Postfach. Hugo Newman arbeitet nicht mehr fest für irgendeine Zeitung. Er hat wohl zu viel Ärger gekriegt. Anscheinend hat er ziemlich hohe Spielschulden und ist verzweifelt auf der Suche nach einem richtigen Knaller, um in der Medienwelt wieder ganz groß rauszukommen. Ein Kollege hat ihn sagen hören, er sei auf eine Goldader gestoßen. Aber er wusste nicht, worum es sich handelte.«

»Das beweist nicht viel.«

»Da gebe ich Ihnen recht. Deshalb will ich unbedingt die gesamten Ermittlungsbemühungen auf ihn konzentrieren, wenn Sie es mir gestatten.«

»Ich verstehe immer noch nicht, was ›Pulitzer‹ damit zu tun haben soll«, meinte die Staatsanwältin.

»Diese Auszeichnung ist der Traum eines jeden amerikanischen Journalisten. Ein Traum, für den der eine oder andere sogar töten würde.«

»Aber wozu, und warum auch noch den Professor?«

»Für eine Titelgeschichte.«

Rosanna Guarnieri schüttelte den Kopf. »Sie sind zu zynisch, Ispettore. Ich hoffe doch sehr, dass wir noch nicht an diesem Punkt angelangt sind.«

»Denken Sie mal darüber nach. Welche Headline macht mehr Eindruck? ›Baby Nobel hat nach dreißig Jahren seinen leiblichen Vater wiedergefunden‹ oder eher: ›Baby Nobel taucht wieder auf und ermordet seinen leiblichen Vater. Rache oder Wahnsinn?‹«

»Nun, die zweite Variante ist natürlich beeindruckender. Aber wie hat er denn herausgefunden, dass Hutchinson der Vater des Jungen ist?«

»Indem er in Amerika der Mutter den Hof gemacht hat.«

Gargiulo lachte auf. »Das geht wirklich zu weit, Elettra. Hast du sie mal gesehen, die arme Alexander? Die war jenseits von jeglicher Verführungskraft. Darauf wäre sie niemals reingefallen!«

»Und hier kommt das Schöne an der Sache. Auf diesem Foto …«

Sie zog ein weiteres Blatt aus ihrer Tasche. Darauf sah man Hugo Newman bei einer Strandparty mit Annabel Alexander tanzen.

»Alexander war in San Diego ziemlich bekannt, die Medien hatten sich oft mit ihr beschäftigt. Also haben sie sie auch mit ihrem neuen Verehrer Hugo Newman fotografiert. Lest selbst.«

Es gab keine Zweifel. Die beiden hatten etwas miteinander gehabt.

»Und da ich nicht glaube, dass es von Newmans Seite wahre Liebe war, nehme ich an, dass er etwas anderes von ihr wollte.«

»Und was?«

»Den Namen des Vaters des berühmten Baby Nobel! Niemand war es bisher gelungen, ihn aufzudecken, nicht einmal dem Typen, der das Buch über die Genfabrik geschrieben hat. In Kalifornien war das ein ganz berühmter Fall: das Wunderkind, das mit siebzehn Jahren spurlos verschwand. Wenn er also als Erster etwas über den leiblichen Vater herausgefunden hätte, hätte er seinen Knüller gehabt und Artikel ohne Ende. Also ist er ihr nach Italien gefolgt, und als die Frau zu aufdringlich wurde, hat er sie aus dem Weg geräumt.«

»Und warum? Was hat sie ihm denn getan?«

»Das weiß ich nicht.«

Die Staatsanwältin erhob sich und trat ans Fenster.

»Etwas geht noch nicht auf bei dieser unglaublichen Geschichte. Wenn Richard Noble tatsächlich der berühmte ›Baby Nobel‹ war, warum hat seine Mutter ihn nicht erkannt?«

»Weil sie ihn gar nicht zu Gesicht bekommen hat. Corazón hat mir gesagt, dass er immer entweder beim Professor war oder schlief, wenn sie nach unten kam.«

»Das glaube ich nicht.«

»Du musst zugeben, dass das alles ein bisschen an den Haaren herbeigezogen ist«, meinte auch Gargiulo.

»Aber es ist die einzig mögliche Erklärung. Annabel Alexander ist zwei Tage nach der Ankunft des Jungen ermordet worden. Es ist absolut möglich, dass sie sich verpasst haben, zum Beispiel wegen des Jetlags. Sie können ihn ja selbst vernehmen. Gestern war er noch zu schwach, aber heute ist er voll bei Bewusstsein.«

Rosanna Guarnieri schüttelte ungläubig den Kopf.

»Und woher sollte Newman gewusst haben, dass Richard Noble in Wahrheit Albert Alexander war?«

»Er hat ihn an den Augen erkannt. Baby Nobel hatte ein blaues und ein braunes Auge. Das hat Gaia Cortona selbst gesagt, als wir nach Noble gesucht haben.«

»Das überzeugt mich nicht, das sind ein paar Zufälle zu viel. Newman folgt Alexander nach Triest, und, Überraschung, der verschwundene Sohn kommt ebenfalls nach Triest. Und er steigt im selben Haus ab, zur selben Zeit. Alles passt, sodass Newman seine Titelgeschichte schreiben kann! Kommen Sie, das muss Ihnen doch auch etwas lächerlich erscheinen.«

»Die Staatsanwältin hat recht«, mischte sich Gargiulo ein, der sich immer noch ärgerte, dass sie ihn aus ihren jüngsten Nachforschungen ausgeschlossen hatte. »Das

Leben ist keine Seifenoper, ganz egal, was du glaubst, liebe Elettra.«

»Ich gebe zu, es mag wenig glaubhaft scheinen, aber die Wirklichkeit übersteigt doch oft die Fantasie. Außerdem dürfen wir nicht vergessen, dass Newman als Reporter es gewohnt ist, auf Details zu achten. Als er die verschiedenfarbigen Augen gesehen hat, ist ihm das Foto von Baby Nobel als Kind eingefallen, und er wird seine Schlüsse gezogen haben. Wir müssen uns eher fragen, wie Albert Alexander darauf gekommen sein könnte, dass Hutchinson sein Vater war«, überlegte Elettra. »Aber das wird nicht schwer zu beantworten sein, wir müssen ihn nur fragen. Also, darf ich meine Ermittlungen fortsetzen?«

»Ich weiß nicht, was ich dazu sagen soll«, seufzte Rosanna Guarnieri. »Mir scheint das alles ein bisschen zu märchenhaft. Aber ich kann Ihnen noch weitere vierundzwanzig Stunden zugestehen. Danach werde ich gezwungen sein, den Fall zu schließen und Albert Alexander anzuklagen.«

»Einverstanden. Vierundzwanzig Stunden.«

»In was hast du dich da nur wieder reingeritten?, Elettra. Diese Geschichte geht doch von vorne bis hinten nicht auf!«, meinte Valerio, als sie die Treppe hinuntergingen.

»Du hast nicht meinen sechsten Sinn, Gargiulo. Du bist wie der Commissario, du bleibst immer am ersten Eindruck hängen.«

Ihr Ton war scherzhaft, aber Valerio nahm es trotzdem persönlich.

»Zum Teufel mit dir und deinem sechsten Sinn!«

Elettra hielt ihn lächelnd am Arm fest. »Sei nicht sauer, Valerio. Du musst mir helfen. Wir haben nicht viel Zeit.«

»Das hättest du mich auch schon eher fragen können.«

»Ich weiß, mein Fehler. Aber du warst nicht da, und ich musste handeln.«

»Ich war nur nicht da, weil du unbedingt mal eine Nacht lang allein sein wolltest«, stellte Valerio gespielt verbittert klar.

Elettra blitzte ihn wütend an. »Jetzt komm mir nicht wieder so, Valerio! Du kannst mir nicht immer auf der Pelle hocken. Du machst schon wieder alles kaputt!«

Valerio merkte, wie er rot wurde, und versuchte, sie zu besänftigen. »Ich wollte dir keinen Vorwurf machen. Ich wollte dir nur sagen, dass ich dir gern geholfen hätte, wenn ich bei dir gewesen wäre. Ich brauchte auch mal ein bisschen Zeit für mich.«

»Sicher?«

»Sicher.«

»Also gut. Gehen wir.«

»Wohin?«

»In die Villa Bruna.«

Hugo Newman packte seinen Koffer. Die *Los Angeles Times* hatte angerufen und ihm einen Vertrag angeboten, und das wollte er sich ganz sicher nicht entgehen lassen. Außerdem hatte er die Faxen dicke in Triest, Gaia ging ihm auf die Nerven und diese unerträglichen Polizisten erst recht.

Der Flieger ging in drei Stunden, aber es war besser, sofort aufzubrechen, bevor Gaia zurückkam. Sie war unterwegs, um ihren Mann und ihre Tochter zu suchen, die seit Tagen nicht mehr nach Hause gekommen waren. Das musste er ausnutzen. Er bekam sie kaum noch los, dieses unerträgliche Weibsbild. Sie war noch schlimmer, als Annabel je gewesen war, und die war jetzt zumindest tot und begraben. Die konnte ihn nicht mehr mit ihren absurden

Vorhaltungen nerven. Gaia hingegen war am Leben und streitfreudiger denn je. Sie wollte sich scheiden lassen und mit ihm nach Amerika kommen. Sie sei nicht zur Mutter und Ehefrau geschaffen, hatte sie gesagt, und das Mädchen wäre bei ihrem Vater wesentlich besser aufgehoben.

Was war das für eine Frau? Warum bekam er immer die Irren ab? Nun ja, ihn betraf das alles nicht mehr. Sein neues Leben wartete in Kalifornien auf ihn, und das würde er sich von niemandem verderben lassen.

Er schloss den Koffer und rief ein Taxi.

Als Julija die kleine Asia auf Giacomos Arm in ihr Zimmer kommen sah, brach sie in Tränen aus.

»*Diwschyna!* Meine *Diwschyna*!«

Das Kind strahlte und streckte die Ärmchen nach ihr aus. Die junge Frau war immer noch sehr blass und hatte die Hände verbunden, dennoch sah sie entschieden besser aus. Violeta, die hinter ihr stand, lächelte.

»Strengt sie nicht zu sehr an, sie ist noch immer sehr schwach ...«

»Machen Sie sich keine Sorgen«, versicherte Giacomo, während er zu Julija trat. Er musste ihr etwas Wichtiges sagen, etwas, das für immer ihr Leben verändern würde. Er beugte sich vor und flüsterte ihr die Nachricht ins Ohr. Sie riss ungläubig die Augen auf.

»Wirklich? Stimmt das?«

»Wirklich«, flüsterte Giacomo. »Er wurde in einem See gefunden. Tot. Er wird dich nicht mehr belästigen.« Julija schloss die Augen und ließ sich in die Kissen zurückfallen, während sie versuchte, erneut die Tränen zu unterdrücken, die ihr in die Augen traten. Es war ja nicht nur ihr Verfolger gestorben, sondern auch der Mann, den sie einst geliebt und geheiratet hatte. Und darüber konnte sie, bei aller Erleichterung, nur traurig sein. Giacomo, der ihren Gefühlsaufruhr richtig deutete, schwenkte die Kleine über das Bett.

»Achtung, Achtung! Flugzeug voller Schabernack im Anflug!«

Julija lächelte, schlug die Augen wieder auf und nahm Asia in den Arm. Es war eine Augenweide, die beiden zusammen zu sehen. Julija sprach Ukrainisch mit ihr, und die Kleine betastete ihren Mund, lächelte und legte den Kopf fragend schief.

Violeta trat zu Giacomo und legte ihm die Hand auf den Arm. »Ich muss mich noch einmal bei Ihnen bedanken: Ohne Sie wären wir da oben gestorben. Gott hat Sie uns geschickt.«

»Ich war ja nie besonders gläubig …«, lächelte Giacomo.

»Dann muss es wohl Gott gewesen sein, der an Sie geglaubt und Sie geleitet hat.«

Giacomo sah keinen Grund, ihr zu widersprechen. In Violetas Blick lag eine gelassene Weisheit, verschleiert von Ironie. Vielleicht war es ja wirklich so gewesen. Vielleicht hatte tatsächlich jemand seine Schritte in dieser schrecklichen Schneenacht voller Angst und Verzweiflung geleitet.

»Wahrscheinlich …«

Ein Knall hinter ihnen ließ ihn zusammenzucken. Jemand hatte beim Hereinkommen die Tür gegen die Wand geschlagen.

»Hier habt ihr euch also versteckt, du und deine kleine Hure!«

Asia fing an zu weinen, als sie Gaia so wütend und zerzaust erblickte, und versteckte sich in Julijas Armen.

»Und du hör auf zu plärren, du kleine Kröte!«

»Hör auf, so mit meiner Tochter zu sprechen, ich dulde das nicht mehr!«, brüllte Giacomo sie an und versetzte ihr eine Ohrfeige. Er hatte wirklich genug von dieser hysterischen Frau.

»Oh, wunderbar!«, fuhr ihn Gaia an und legte eine Hand an die Wange. »Dem Herrn sind anscheinend plötzlich die Eier angeschwollen! Was ist, willst du dich vor deiner ukrainischen Hure als Macho aufspielen?«

Giacomos Gesicht war knallrot angelaufen. »Du bist so vulgär, dass mir schlecht wird!«

»Ach, ich bin vulgär? Und was bist du dann? Ein Verräter, ein Scheißkerl! Ganz zu schweigen von dir, du kleine ukrainische Hure. Zehntausend Euro hast du kassiert, um mir dann noch den Mann zu rauben. Die will ich zurück, und zwar bis auf den letzten Cent! Die Hure kannst du behalten.«

Asia weinte weiter und klammerte sich an Julija, die heftig zitterte. Violeta beschloss einzugreifen, bevor die Situation vollkommen außer Kontrolle geriet.

»Jetzt reicht es!«, rief sie streng und packte Gaia an einem Arm. »Bitte verlassen Sie jetzt das Zimmer.«

»Und wer, zum Teufel, sind Sie nun wieder?«, herrschte die Frau sie an. »Wenn Sie nicht sofort die Finger von mir lassen, zeige ich Sie an!«

»Hier wird niemand angezeigt. Und jetzt bitte ich Sie ...«

»Was ist denn hier los?« Pater Florence, durch das Geschrei alarmiert, stand in der Tür.

»Die Dame wollte gerade gehen«, sagte Violeta und versuchte dabei, sie nach draußen zu zerren.

»Von wegen! Sie müssen der berühmte Pater Florence sein! Ein tolles Beispiel des Glaubens geben Sie ab, wenn Sie einen Ehebrecher und seine Hure unter Ihrem Dach beherbergen!«

Ungerührt fasste der Priester sie am anderen Arm. »Violeta hat recht. Lassen Sie uns lieber gehen und dieses interessante Gespräch in meinem Arbeitszimmer fortsetzen.«

»Hände weg! Lasst mich los!«, brüllte Gaia, während sie versuchte, sich dem Griff zu entwinden. »Ich mach dich fertig!«, rief sie Giacomo zu. »Niemals kriegst du die Scheidung von mir! Niemals!«

Als sich die Tür hinter ihnen schloss, trat Giacomo zu Asia und Julija und drückte sie an sich, um sein rasendes Herz zu beruhigen. Trotz der schrecklichen Szene spürte er, dass er von dieser Frau nichts mehr zu befürchten hatte. Er war endgültig frei von dem düsteren Bann, mit dem sie ihn so viele Jahre lang belegt hatte. Und mit einem Mal fühlte er sich viel leichter.

Aufgewühlt verließ Gaia Cortona Pater Florence' Einrichtung. Die Erniedrigung, der sie ausgesetzt worden war, war einfach zu viel. Sie hatte gewusst, dass ihr Mann eine andere hatte, aber zu entdecken, dass die Rivalin ausgerechnet jenes Mädchen war, das sie bezahlt hatte, um das Kind auf die Welt zu bringen, hatte sie ausrasten lassen. Wie hatten sie ihr das antun können? Nach allem, was sie für sie getan hatte. Während sie nach Hause fuhr, wandelte sich die Wut zu einer Art Erleichterung. Im Grunde war das gar kein Unglück. Giacomo war ihr lästig geworden, genauso wie dieses unerträgliche Kind, das immer nur weinte. Sie würde ihm die Scheidung schwer machen, ihm keinen Cent lassen, aber am Ende würde sie beide los sein. Jetzt hatte sie Hugo an ihrer Seite, einen richtigen Kerl. Sie konnte es kaum erwarten, ihm alles zu erzählen. Sie war frei, endlich. Jetzt könnten sie zusammen nach Kalifornien gehen.

»Darling! Where are you?«, rief sie, als sie, schon fröhlicher gestimmt, das Haus betrat.

Hugo antwortete nicht. Wahrscheinlich war er in seinem Zimmer und arbeitete. Schnell lief Gaia die Treppen hinunter und zu der Tür, die in den Garten führte.

»Hugo! I'm back!«, rief sie, während sie noch schneller lief.

Doch als sie das Zimmer betrat, war es leer.

Zu leer.

Es war nichts mehr von ihm da, weder der Computer noch die Hausschuhe und auch nicht die Jacke, die er immer auf den Stuhl warf. Sie zog den Schrank auf und merkte, wie ihr schwindelig wurde. Alles verschwunden: Hosen, Hemden, Jacken, auch der Kaschmirpullover, den sie ihm geschenkt hatte.

Er war tatsächlich abgehauen, der Mistkerl. Ohne auch nur einen Zettel zu hinterlassen.

»Cory! Cory!«, schrie sie wie eine Besessene. »Wo, zum Teufel, steckst du?«

Die Philippinin kam aus dem Garten herbeigelaufen, erschreckt von dem Geschrei.

»Was ist passiert, *Ma'am*?«

»Wo warst du?«

»Im Garten, ich habe ...«

»Wie ist das möglich, dass du nie etwas mitkriegst?«

Corazón schaute sich verständnislos um.

»Er ist abgehauen! Hattest du Tomaten auf den Augen? Konntest du ihn nicht aufhalten?«

»Sir Hugo ... abgehauen?«

»Ja, abgehauen. Geflohen. Verduftet, der Wurm. Alle verlassen dieses verdammte Haus!«

Sie brach in hysterisches Weinen aus und ließ sich auf das Bett fallen.

Corazón trat zu ihr und legte ihr eine Hand auf die Schulter.

»Nicht doch, *Ma'am.*«

Gaia wich ihr zornig aus und stand wieder auf. Ihre Augen waren blutunterlaufen, sie sah furchterregend aus.

»Fass mich nicht an! Auch du hast mich verraten, nach allem, was ich für dich getan habe!«

Die Signora wiederholte sich gerne, aber Corazón war nicht mehr bereit, sich wie eine Sklavin behandeln zu lassen.

»Ich habe Sie nicht verraten«, sagte sie beleidigt.

»Nun tu mal nicht so scheinheilig! Du wusstest Bescheid und hast mir nichts gesagt!«

»Was wusste ich?«

»Dass mein Mann das Kind zu dieser Hure gebracht hat!«

»Ich weiß nichts!«

Corazón hatte sie noch nie so wütend gesehen und bekam es allmählich mit der Angst zu tun. Als sie zurückwich, stolperte sie über eine Teppichkante.

»Es tut mir leid«, murmelte sie.

»Geh nur, geh! Du bist entlassen! Ich will niemanden mehr sehen! Das werdet ihr mir alle noch bezahlen, das schwöre ich euch. Alle!«

Corazón rannte mit Tränen in den Augen hinaus. Wo sollte sie nur hin? Wenn wenigstens Eliseo bei ihr wäre!

Das Meer glitzerte unter einer halbherzigen Sonne, und der Verkehr auf der Uferstraße rollte gemächlich dahin. Elettra war froh, nach Monfalcone zu ihrem Vater gefahren zu sein. Es hatte sie wieder aufgeheitert. Manchmal hatte sie Angst vor ihrer eigenen Härte, ihren Verteidigungsstrategien. Sie drehte sich zu Valerio um, der schweigend fuhr. Das Gleichgewicht zwischen ihnen war so fragil, immer kurz davor zu zerspringen. Und das alles durch ihre Schuld. Und doch waren die Nächte, in denen sie miteinander geschlafen hatten, besonders gewesen. Warum verspürte sie ein solches Bedürfnis, ihn auf Distanz zu halten? Hatte sie Angst, etwas von sich selbst zu verlieren? Sie seufzte, ohne sich ihre Fragen beantworten zu können. Allmählich hatte sie keine Lust mehr auf ihre Kompliziertheit und ihre Ängste.

Valerio parkte vor dem schmiedeeisernen Tor, das zur Strada Friuli hinausging. Sie hatten einen erneuten Durchsuchungsbefehl für die Villa Bruna. Bevor sie jedoch klingeln konnten, öffnete sich die Haustür, und Corazón kam ihnen weinend entgegen, einen Koffer in der Hand.

»Wo wollen Sie hin?«, fragte Elettra.

»*Ma'am* Gaia hat mich entlassen.«

»Wie, entlassen? Und warum?«

»Habe ich nicht verstanden. Sie sehr nervös!«

»Und wo gehen Sie hin?«

»Ich habe eine Freundin. Sie nimmt mich auf.«

»Lassen Sie uns die Adresse da. Vielleicht haben wir noch Fragen an Sie.«

Corazón teilte Valerio ihre neue Adresse mit und ging niedergeschlagen zur Bushaltestelle, langsam, wie auf dem Weg zum Schafott. Ein Bild der Verzweiflung und Traurigkeit, das Elettra rührte.

»Corazón, warten Sie!«, rief sie ihr nach. »Wenn Sie ein bisschen warten können, nehmen wir Sie mit, wenn wir hier fertig sind.«

»Ja, gut, ich warte auf Bank.«

Valerio klingelte und hörte schnelle Schritte auf der Treppe.

»Is it you, Hugo?«, fragte Gaia hinter der Tür. »Wusste

ich's doch, dass du nicht einfach so …« Ihre Stimme erstarb, als sie die beiden Inspektoren erblickte.

»Sie schon wieder! Was wollen Sie denn noch?«

»Wir haben ein neues Mandat. Lassen Sie uns bitte herein.«

Gaia Cortonas Gesicht leuchtete bösartig auf. Sie hätte nicht gedacht, dass sie nur so kurz warten müsste, um sich zu rächen.

»Bitte …«

Sie ließ sie herein und ging ihnen auf der Treppe voraus. »Was suchen Sie genau?«

»Wir haben die Bestätigung, dass der Professor vergiftet wurde, und suchen …«

»… das Bromid, das ihn getötet hat«, schloss Gaia Cortona triumphierend. »Nun, dafür müssen Sie nicht mit Feuer und Schwert anrücken. Ich weiß, wo er das Glas hingetan hat.«

Elettra warf Valerio einen verblüfften Blick zu.

»Er glaubt wohl, ich würde ihn decken, der Wurm. Aber der weiß noch nicht, mit wem er es zu tun hat. Niemand macht sich über Gaia Cortona lustig!«

»Sprechen Sie von Hugo Newman?«

»Von wem denn sonst? Er hat die Fliege gemacht, der Mistkerl, nach allem, was ich für ihn getan habe!«

Sie ging in den Garten hinaus und zeigte auf einen Brunnen.

»Da unten! Er hat wohl gehofft, dass niemand es da unten jemals findet.«

Elettra schaute sie indigniert an.

»Also wussten Sie, dass Albert Alexander unschuldig war!«

»Richard Noble war unschuldig. Albert Alexander nicht. Er hat im Irak einen Mann getötet.«

»Und das hat Ihnen Newman gesagt?«

»Er hat gesehen, wie er abgedrückt hat. Er war auch da unten in dem Inferno. Richard Noble war sein bester Freund, und Albert Alexander sollte für das bezahlen, was er ihm angetan hat.«

Wahnsinn stand in ihren Augen, sie hatte den gleichen Blick wie Norma Desmond in *Sunset Boulevard*, dachte Valerio schaudernd.

»Gargiulo, gib den Streifenwagen Bescheid und ruf den Flughafen an. Wir müssen ihn aufhalten!«

»Sofort!«

Albert Alexander war seit Stunden wach. Er hörte die Geräusche des Krankenhauses vor seinem Zimmer. Er versuchte sich zu erinnern, was mit ihm geschehen war, aber es war alles sehr durcheinander. Er hatte Kopfschmerzen, und ihm war schlecht. Er versuchte aufzustehen, um ins Bad zu gehen, musste aber innehalten. Das Zimmer drehte sich um ihn.

Also legte er sich wieder hin und schloss die Augen. Ihm standen die Bilder des Journalisten vor Augen, der auf ihn einschlug, und der Hausherrin, die ihn anschrie. Er hatte versucht, sich zu verteidigen, war aber zu schwach gewesen. Er hatte versucht, ihnen zu sagen, dass er nur seine Tabletten holen wollte, aber sie hatten ihn nicht zu Wort kommen lassen.

Dann plötzlich erinnerte er sich an Mummy und lächelte. Sie hatten sich endlich wiedergetroffen, sie würden zusammen mit Daddy in die Berge fahren, lange Spaziergänge im Schnee machen, alle drei. Er war noch nie im Schnee gewesen, es musste wunderschön sein. Dann blockierte ihn ein Bild … Daddy erstickte … Was war mit ihm geschehen? Er versuchte, ihm etwas zu sagen, brachte aber kein Wort heraus. *No, Daddy, don't die, please … not now … stay with me, please!*

Die Tür ging auf, und diese junge Polizistin, die er so nett fand, kam herein. Sie hatte einen komischen Namen.

Elettra. Wie albern! Sie lächelte ihn an.

»Wie fühlen Sie sich?«

»*A little* … konfus …«

»Sie hatten eine leichte Gehirnerschütterung. Das ist normal.«

Albert sah sie verunsichert und ängstlich an. »Die Schwester hat gesagt, ich bin verhaftet, ich habe ermordet den Professor …« Sein Italienisch war nicht perfekt, aber er konnte sich gut verständlich machen. »Ich habe nicht ermordet den Professor.«

»Das wissen wir.«

»Er war *Daddy,* mein Vater …«

»Ganz ruhig. Wir haben den Schuldigen verhaftet.«

»Kein Gefängnis mehr?«

»Kein Gefängnis mehr.«

Albert ließ sich erleichtert in die Kissen zurückfallen. Dann fiel ihm etwas ein.

»Wer ist der Mörder?«

»Hugo Newman, der Journalist.«

Der Junge war vollkommen verblüfft.

»But why?«

»Das wissen wir noch nicht. Kannten Sie sich?«, fragte Elettra.

Albert schüttelte den Kopf.

»Denken Sie nach.«

»Sicher. *Never seen before* … noch nie vorher gesehen …«

»War er nicht mit Ihnen beiden im Irak?«

»Mit beiden?«

»Mit Richard Noble und Ihnen …«

Albert Alexander war wie vom Blitz getroffen. Sie hatten also herausgefunden, dass er nicht Richard Noble war. Wie hatten sie das angestellt?

»Newman behauptet, Sie, Albert Alexander, hätten Richard Noble kaltblütig ermordet. Er sagt, er sei sein bester Freund gewesen. Daran müssten Sie sich doch erinnern.«

Alexanders Augen füllten sich mit Tränen.

»Haben Sie Richard Noble ermordet, um seine Identität zu rauben?«, drang Elettra in ihn. Sie sah, dass er kurz davor war zusammenzubrechen.

»No, no, no!«, wiederholte er und schüttelte den Kopf. »Richard Noble war mein Freund. Nach der Explosion habe ich seine Marke gefunden und mitgenommen, um sie seiner Familie … Dann …«

»Dann haben Sie beschlossen, sie zu behalten, war es so? Und Ihre ließen Sie neben der Leiche liegen?«

Albert nickte und schloss die Augen. »Ich wollte nicht mehr Albert Alexander sein. *I hated Albert Alexander.*«

»Sind Sie sicher, dass Newman nicht bei Ihrer Patrouille war?«

»Sicher.«

Folglich hatte Newman Gaia Cortona angelogen. Der Grund war verständlich, er brauchte eine Rechtfertigung für das, was er vorhatte. Angesichts der Tatsache, dass er mit ihr ein Verhältnis begonnen hatte, rechnete er damit, dass sie ihn nicht verraten würde. Und wenn er nicht geflohen wäre, hätte er damit sogar durchkommen können. Verratene Frauen sollte man nie unterschätzen, dachte Elettra, während sie aufstand, um endlich nach Hause zu gehen.

»Eine letzte Frage. Wie haben Sie herausgefunden, dass Hutchinson Ihr Vater war?«

»Ich war in San Diego, um meine Mutter zu sehen. Sie war nicht da. Ich habe Fotokopien gefunden …«

»Aber Sie haben sie nicht mehr getroffen, oder?«

Albert nickte traurig.

»Doch, ich habe sie getroffen. In der Nacht, bevor sie gestorben ist, in ihrem Zimmer … Aber wir wollten nicht, dass der Journalist es wusste. *Poor mummy!*« Die Augen des Jungen füllten sich mit Tränen.

Elettra zog es vor, nicht weiter nachzubohren. Es würde später noch Zeit sein, um alles aufzuklären. Sie zog ein schwarzes Heft aus ihrer Umhängetasche und legte es auf den Nachttisch.

»Das hat Ihrer Mutter gehört. Ich glaube, es würde Ihnen guttun, es zu lesen.«

Dann ging sie hinaus, um die Beamten zu erlösen, die noch vor dem Zimmer Wache standen. Jetzt konnte man den Fall tatsächlich als abgeschlossen betrachten.

Was waren das für Stimmen?

Wo war er?

Warum hatte er diesen Rüssel auf der Nase?

Er versuchte, die Augen aufzuschlagen, aber seine Lider waren zu schwer und fielen immer wieder herunter.

»Ettore? Hörst du mich?«

Carlas Stimme! Also war er noch am Leben, er war nicht unterm Messer gestorben! Er versuchte zu lächeln, aber seine Kehle war wie zugeschnürt.

»Ettore, es ist alles gut gegangen!«

Alles gut. Zwei dumme Worte, die wie Balsam für seine Seele waren. Er streckte die Hand aus und spürte sofort die Wärme von Carlas Hand, die ihn ins Leben zurückholte.

»Sch…«, versuchte er zu sagen.

Jetzt konnte er sie erkennen. Es war wirklich seine Frau, und neben ihr Livia.

»Ciao, Papà.«

Benussi lächelte schwach.

»Schschiao«, nuschelte er. Es war schön, seine beiden Frauen wiederzusehen, hier an seiner Seite. Er nahm sich vor, ihnen nicht mehr so sehr auf die Nerven zu gehen, sie hatten das nicht verdient.

»Draußen sind auch Morin, Gargiulo und Guarnieri. Sie waren die ganze Zeit, während du operiert wurdest, bei mir. Dürfen sie kurz hereinkommen?«

Benussi nickte.

Kurz darauf spürte er einen frischen Luftzug auf dem Gesicht und hörte Schritte näher kommen.

»Buongiorno, Commissario!« Es war unverkennbar Morins Stimme, tief und fest. Hinter ihr erschienen die lächelnden Gesichter von Gargiulo und Guarnieri. Er spürte, wie ihm vor Rührung die Augen feucht wurden. Sie waren alle hier. Seinetwegen. Benussi winkte Morin zu sich.

Als die junge Polizistin sich zu ihm herunterbeugte, flüsterte er: »Wie … laufen?«

Morin sah Carla fragend an. »Ich weiß nicht, was …«

»Er will wissen, wie es gelaufen ist«, erklärte Gargiulo.

»Wie was gelaufen ist?«

»Ich denke, er will etwas über die beiden Fälle erfahren, in denen wir ermittelt haben«, sagte Guarnieri.

Benussi nickte.

»Na gut«, antwortete Morin fröhlich. »Der Mann der jungen Ukrainerin ist tot in einem slowenischen See aufgefunden worden, und der Mörder der Amerikanerin und des Professors ist verhaftet.«

Der Kommissar riss die Augen auf. »Pro…ssor? Wasn … frn … Proffff…?«

»Ah ja. Entschuldigen Sie. Wir hatten es Ihnen noch nicht sagen können. In der Zwischenzeit ist auch noch Professor Hutchinson ermordet worden«, erklärte Gargiulo.

»Ihre beiden Inspektoren haben hervorragende Arbeit geleistet«, verkündete Guarnieri lächelnd. »Sie haben Ihnen alle Ehre gemacht. Es ist ihnen gelungen, den Journalisten festzunageln, nachdem sie die Beweise für seine Schuld in einem Brunnen gefunden hatten. Sie können stolz auf sie sein. Aber jetzt müssen Sie sich erst einmal schnell wieder erholen, damit Sie in den Dienst zurückkehren können. Sie haben uns gefehlt!«

Der Kommissar verspürte einen Stich der Eifersucht, als er das Gefühl bekam, wie ein Kind behandelt zu werden. Sie hatten ihn überhaupt nicht vermisst, das wusste er, und diese verfluchte Morin hatte nur die Gelegenheit genutzt, um zu beweisen, dass sie besser als er war, schon wieder.

»Das haben wir alles Ihnen zu verdanken, Commissario«, bekräftigte Morin, als hätte sie seine Gedanken gelesen. »Sie waren es, der uns gelehrt hat, niemals lockerzulassen.«

Was für eine dreiste Lügnerin! Aber darauf kam es jetzt nicht an. Was zählte, war, dass er überlebt hatte. Beizeiten würde er ihr schon noch den Kopf zurechtrücken, dieser unverschämten Person.

»Lassen wir ihn jetzt ausruhen«, sagte Carla und scheuchte sie hinaus.

Die drei Besucher wandten sich zum Gehen und verabschiedeten sich vielstimmig: »Auf Wiedersehen, Commissario!«

Ja, Wiedersehen auch, ihr Heuchler, murmelte Benussi im Geist vor sich hin. Euer Commissario wird sich wie

Phönix aus der Asche erheben und euch dann die Hölle heißmachen.

Dieser Gedanke beruhigte ihn.

Für einen Augenblick, als er sie alle hatte hereinkommen sehen, wäre er beinahe der Rührung erlegen und hätte sich zum Affen gemacht, sentimental, wie er nun einmal war.

EPILOG

Das Feuer prasselte fröhlich im Kamin, und Asia klatschte in die Händchen, während sie die flackernden Lichtzungen beobachtete, die hinter dem gusseisernen Funkenschutzgitter tanzten.

Giacomo ließ sie nicht aus den Augen, während er das Holz im Korb verstaute. Es hatte angefangen zu schneien, und die Landschaft vor dem Fenster war mit einer weißen Decke überzogen.

Was für ein Frieden.

Ein Gedicht von Vladimir Holan kam ihm in den Sinn, das er sehr liebte. Er kannte es auswendig, und die ersten Zeilen waren ihm wie aus dem Herzen gesprochen.

Um Mitternacht begann es zu schneien. Und es
ist wirklich wahr,
dass es sich am besten in der Küche sitzt,
auch wenn es eine Küche der Schlaflosigkeit ist.
Dort ist es warm, du kochst dir etwas, trinkst Wein
und blickst durch das Fenster in die vertraute
Ewigkeit.

Er hörte Julija in der Küche hantieren und lächelte. In dieses Haus zurückzukehren war nicht leicht für sie gewesen, es gab zu viele ungute Erinnerungen, aber Giacomo hatte es geschafft, ihr Sicherheit zu geben. Sie hatte nichts mehr zu befürchten.

Alles war zu Ende.

Sie würden glücklich sein in den Bergen, hatte er ihr versichert. Im Winter würde er wieder als Skilehrer arbeiten, wie er es als Jugendlicher gemacht hatte, und im Sommer als Bergführer, und das Mädchen würde aufwachsen und die guten von den giftigen Pilzen unterscheiden lernen, mit sauberer Luft und Tannenduft statt der Luftverschmutzung in der Stadt. Ein einfaches, friedliches Leben, das dem Rhythmus der Jahreszeiten und der Natur folgte. Julija hatte sich schnell von seinen Erzählungen überzeugen lassen. Auch sie sehnte sich nur nach Frieden und Ruhe nach all dem Schmerz und der Angst.

Und außerdem war dieses Haus das Einzige, das ihnen geblieben war.

Die Villa hatte Gaia bekommen. Es war kein großes Opfer gewesen, bei der Scheidung darauf zu verzichten. Am Ende war sie ihr zugesprochen worden, sie sollte sie nur behalten, er verabscheute sie sowieso. Erst seine Mutter, dann sein Vater und außerdem noch die arme Annabel … Zu viele Tote in diesen Mauern.

Von Asia hatte seine Exfrau nichts mehr wissen wollen, vor allem nicht mehr, nachdem sie sie bei Pater Florence in Julijas Armen hatte lachen sehen. Das war nicht ihre Tochter, hatte sie ihm ins Gesicht geschrien. Sie würde sie aberkennen lassen, sollte er sich doch um sie kümmern! Die arme Kleine, Gaia hatte es tatsächlich geschafft, sie noch einmal zum Weinen zu bringen, aber es sollte das letzte Mal gewesen sein.

Warum sie überhaupt so sehr darauf versessen gewesen war, ein Kind zu bekommen, überlegte er traurig. Aber umso besser für mich, sonst hätte ich Julija nicht kennengelernt und Asia wäre nie geboren worden. So hatte Gaia am Ende doch noch etwas Gutes bewirkt.

Er sah auf die Uhr. Ihr Gast würde gleich da sein. Er zog sich lieber noch ein frisches Hemd an.

»Asia, geh rüber zur Mamma.«

Die Kleine tat, als hätte sie ihn nicht gehört, wie häufig. Also nahm er sie auf den Arm und sang ihr den Kinderreim vor, den sie derzeit am liebsten mochte. Das Mädchen lachte.

»Ich geh mich umziehen, Ljubuschka. Nimm du die kleine Pest.«

»Ich keine Pest! Du Pest!«, protestierte Asia.

Julija streckte lächelnd die Arme aus.

»Komm her, *amore.* Hilf mir Kuchen backen.«

»Au ja, Tuchen.«

Asia wechselte vom Arm des Vaters in die der Mutter und beugte sich weit vor, um den Kuchen auf dem Tisch zu sehen.

Da klingelte es an der Tür.

Giacomo ging aufmachen. Albert Alexander stand davor, ganz mit Schnee bedeckt. Er lächelte unsicher und hatte eine Flasche Wein in der Hand.

»Come in«, sagte Giacomo.

»Bitte auf Italienisch … Ich muss lernen …«

Giacomo schloss die Tür hinter ihm und ging voraus.

»Wie lief es in Amerika?«

Albert schüttelte seufzend den Kopf. »Sehr traurig alles. Aber jetzt ruht *Mummy* in Frieden. Das ist für euch …« Er gab ihm die Flasche und schaute sich mit glänzenden Augen um, während er sich die Jacke auszog.

»Wunderschön hier. Genau, wie ich mir vorgestellt habe.«

»Das ist jetzt auch dein Haus, Richard … oh, entschuldige, Albert.«

Der junge Amerikaner richtete die hellen Augen auf Giacomo, als verstünde er nicht.

»Papà hat es uns beiden vermacht.«

»Uns … beiden?«

»Seinen beiden Söhnen.«

Albert schien verlegen zu sein, das hatte er nicht erwartet.

»*But you have your family …* deine Familie.«

»Genau das meine ich. Asia, komm mal her, dein Onkel Albert ist gekommen!«

Julija kam herein, das Mädchen auf dem Arm, lächelnd.

»Das ist Julija.«

Sie ging zu Albert und gab ihm zur Begrüßung einen Kuss auf die Wange. »Herzlich willkommen.«

»Und diese kleine Pest kennst du ja schon, nicht wahr?«

»Ich keine Pest!« Die Kleine versteckte das Gesicht an der Schulter der Mutter. Albert wuschelte ihr zärtlich durch die Haare.

»*Hello,* Asia.«

Das Haus war warm, das Feuer knisterte im Kamin, aus der Küche drang der köstliche Geruch von Gulasch. Albert spürte, wie in seinem Herzen etwas schmolz. Er dachte an seine einsame Kindheit, an all die Jahre, in denen er sich wie ein Zirkustier gefühlt hatte, das bei jeder Gelegenheit ausgestellt wurde. Wie sehr hatte er sich einen Bruder gewünscht, jemand, mit dem man spielen, raufen, vielleicht auch streiten konnte, jemand, der es ihm erlaubte, ein richtiges Kind zu sein. Ein Kind, sonst nichts.

Diesen Bruder hatte er jetzt endlich.

Er musste ihn nur noch kennenlernen.